中国文学课

(上)

陈思和　郜元宝　张新颖等　著

四川人民出版社

本书著作者（以汉语拼音为序）

陈思和　复旦大学中文系资深教授、教育部长江学者特聘教授
陈晓兰　上海大学中文系教授
段怀清　复旦大学中文系教授
郜元宝　复旦大学中文系教授、教育部长江学者特聘教授
金　理　复旦大学中文系教授
李丹梦　华东师范大学中文系教授
孙　洁　复旦大学中文系副研究员
王宏图　复旦大学中文系教授
王小平　上海师范大学对外汉语学院副教授
文贵良　华东师范大学中文系教授
严　锋　复旦大学中文系教授
张新颖　复旦大学中文系教授、教育部长江学者特聘教授
张业松　复旦大学中文系教授

序言
陈思和

事情的起缘是这样的：去年十月，孙晶来找我，希望我领衔为喜马拉雅音频平台做一门现代文学的课程，以复旦大学中文系的教师为主力，打造一个音频课程的教学团队。其实我已经年过花甲，并且前几年转岗为学校图书馆馆长，另有所忙，中文系的工作逐步卸去，连坚持了三十多年的现代文学史基础课也不上了，剩下就是指导几个博士研究生读读书而已。但是既然孙晶开了口，我一时也找不到推辞的理由，只好勉强答应下来。

接下来的具体工作都是孙晶和她的团队成员在做。郜元宝及时给予了大力的支持，他担任了其中最多、最重的教学任务。我仅仅挂了一个领衔的名义，参与主持了若干讲课程。组建的教学团队，以复旦大学中文系的现当代文学教研室部分教师为主，也吸收了一部分其他院校的教师。复旦大学现当代文学学科在近二十年的发展中形成了自己独特的研究组合和研究风格，个人的研究与整体的组合构成良性循环。在文学史研究、重要作家研究、当代文学批评三个方向齐头并进，稳步地丰富学科内涵。这次音频课程的上线，是对我们教学与科研工作的一次社会检验。

我一向认为，高校的教育不应该局限在被围墙建筑起来的校园内，高校的资源应该在适当的条件下为社会服务。复旦大学开放性办学的氛围有着悠久传统，从我自己做学生听课时开始，在课堂上就不断地结识来自校外的听课者，他们可能是来自附近高校的学生，也可能是来自社会上的热爱文学的自学者，甚至有退休的、无业的人员，他们为了求知，自己端了小凳子，悄悄地坐在教室的空余地方。我以前讲课的时候，经常听到学生抱怨他们来迟了就找不到座位。当时我就想，如果有可能通过某种方式，把高校的优质教学资源向社会开放，让更多的学习者受益，那多好啊。

现在的音频平台满足了这种社会需要。我经常在出租车上遇到司机们边开车边收听音频节目。自从我领衔的这门课程上线以后，也经常会收到来自边远地区的听众对我表示感谢，由此我深感安慰。音频的听众有不同的文化层次，我在刚开始参与的时候，有不少朋友想劝阻我，怕我被所谓的流量弄得疲惫不堪，更是担心我不能适应这类以商业为目的的文化活动。那些知我爱我者的善意提醒，我是深深领情的，深记在心。但我也知道，任何文化创造和精神产品，都需要放到社会实践中去接受检验，我们可以选择我们的听者，培养我们的听众，并且在自己的学科领域内，尽可能地寻找更多知音。每年能够考进高校接受正规教育的人本来不多，能够考上复旦这样名校的幸运者就更少，如果我们的人文教育资源能够与他们共享，不管怎么说都是好事。这是我以前投入出版活动、编辑"火凤凰"的初衷，也是今天尝试着新媒体教学的目的。

当然，面对社会听众与面对在校的学生毕竟是不一样的，后者更多的是从学术研究的角度培养人才，而前者不是。对于社会听众，更需要的是通过文学来发生感情的作用，丰富人性内涵，鼓励人们对真善美元素的自觉追求，提升人们对人生百态的澄明的洞察能力。为了这个目的，我与我的团队一起设计了"文学与人生"的课程，从文学看人生，突出的是优秀文学作品的解读，从作品内涵来分析人生百态。文学是人学，好的文学作品一定是表现人、人性、人的生命现象及其折射的人生社会现象。我们把重点落实在这个维度，希望的是听众通过听课能够举一反三，融入自己的人生经验，使文学丰富对人生的理解，也使人生丰富文学的解读。

现在，我们的课程已经接近尾声了。四川人民出版社要出版我们的讲稿，我觉得这份讲稿还谈不上成熟，但至少完整地呈现出我们团队的音频课程的本来面目。在社会上弥漫着国学伪国学心灵鸡汤心灵鸭汤的噪声中，我们增添一份以"五四"精神为向导的新文学新传统新人生的不谐之音，大概也不算多余。将鲁迅为旗帜的现代文学向社会讲解普及，本身就是一种新文化的尝试。普及性的文化产品很难做到精致和完善，但是我们会继续努力，现在交出的只是一份初步的答卷。希望以后有机会我们不断修订不断改善，把这项工作做得更好。

在此，谨向参与音频课程、担任授课导师的著名作家王蒙、莫言、张炜、王安忆、严歌苓、余华、苏童、马原、叶兆言、张悦然，以及参与课程宣传的张大春和韩寒等，致以衷心的感谢，感谢你们的精彩参与，使这门课程生辉；也感谢喜马拉雅团队为这门课的上线做出了最大的合作诚意与支持。

陈思和

2019 年 7 月 26 日于海上鱼焦了斋

▶目 录◀

序 曲
创造人的神已经死了 3
郜元宝讲鲁迅《补天》

第一单元 诞生
生命是在血泊中形成的 11
陈思和讲徐志摩《婴儿》

来到世上,就要面临考验 17
陈思和讲冰心《分》

让不可能变成可能的新生命 23
郜元宝讲铁凝《孕妇和牛》

如何面对有缺陷的人生 30
郜元宝讲郭沫若《凤凰涅槃》

第二单元 童年
戏在台下 37
郜元宝讲鲁迅《社戏》

1

如何呵护脆弱的心灵 43
郜元宝讲鲁迅《风筝》

敞开的心灵和人生教育 50
张新颖讲沈从文《从文自传》

萧红不愿触及的记忆 56
文贵良讲萧红《呼兰河传》

顽童嬉耍荒原上 62
郜元宝讲余华《在细雨中呼喊》

苦难酿成金色的梦 69
陈思和讲莫言《透明的红萝卜》

第三单元　青春

初恋这件大事 77
张业松讲周作人《初恋》

青春注定是悲剧吗 83
李丹梦讲沈从文《边城》

"孤独的爱情"与丰富的现代敏感 90
张新颖讲穆旦《诗八首》

为什么小和尚的恋爱是美的 95
张业松讲汪曾祺《受戒》

"学习"和"忘记" 101
金理讲金庸《倚天屠龙记》

我们为什么要一次次流浪 107
金理讲韩寒《1988：我想和这个世界谈谈》

受伤的心重新上路 113
金理讲余华《十八岁出门远行》

走出生活的幻象 119
金理讲王安忆《妙妙》

青春岁月里的阅读和奋斗 125
金理讲路遥《平凡的世界》

底层青年的"逆袭" 131
金理讲路遥《人生》

你的生命是什么颜色 137
王宏图讲苏童《飞越我的枫杨树故乡》

如何面对人的自然本性 144
金理讲王朔《动物凶猛》

成长的代价就是丧失天真吗 150
金理讲张爱玲《沉香屑·第一炉香》之一

人生真的无法推倒重来吗 155
金理讲张爱玲《沉香屑·第一炉香》之二

面对生活危机的自救 160
金理讲张悦然《家》

如何把握理想与现实之间的关系 165
金理讲叶弥《成长如蜕》

举起全部的生命呼唤 171
郜元宝讲路翎《财主底儿女们》之一

第四单元 女性

那个女人连名字也没有 187
陈思和讲曹禺《雷雨》之一

人生没有迈不过去的门槛 194
陈思和讲曹禺《雷雨》之二

是什么让她扭曲成"魔鬼" 202
陈思和讲曹禺《雷雨》之三

真正的爱情就是"过家家"吗 209
李丹梦讲沈从文《萧萧》

女性是骄傲的 216
陈晓兰讲丁玲《沙菲女士的日记》

为什么讨厌虎妞 223
陈晓兰讲老舍《骆驼祥子》

农妇的命运 232
陈晓兰讲萧红《生死场》

新女性与旧枷锁 241
陈晓兰讲张爱玲《半生缘》

张爱玲了断私情之作 247
郜元宝讲张爱玲《色·戒》

两位人格扭曲的女性形象 254
郜元宝讲柳青《创业史》和陈忠实《白鹿原》

她像土地那样卑贱与丰饶 261
陈思和讲严歌苓《扶桑》

一个人与一座城 271
王小平讲王安忆《长恨歌》

第五单元 爱情与婚姻

和心爱者说分手 281
郜元宝讲鲁迅《伤逝》

包办婚姻也能诗意浪漫 288
李丹梦讲闻　多《红豆》

婚姻为何是围城 297
郜元宝讲钱锺书《围城》

人性的幽光到底能照多远 304
文贵良讲吴组缃《菉竹山房》

如何用一生去等待 309
陈思和讲严歌苓《陆犯焉识》

爱情是一种颠覆性的想象 317
严锋讲王小波《革命时期的爱情》

爱是心心相印，不是互相占有 323
陈晓兰讲舒婷《致橡树》

我们应该为了爱点什么而活着 329
文贵良讲张洁《方舟》

第六单元 在路上

当东方才子，遇到西方佳人 337
段怀清讲王韬《漫游随录》《淞隐漫录》

思想为什么会比旅途更遥远 343
段怀清讲梁启超《欧游心影录》

"愤青"老舍的异国探险 349
孙洁讲老舍《二马》

唯一成功的日本人形象 356
郜元宝讲鲁迅《藤野先生》

"少年中国"的精神气象 364
郜元宝讲王独清《我在欧洲的生活》《独清自选集》

什么样的城市是美的 372
陈晓兰讲朱自清《欧游杂记》

两个欧洲的撕裂与并存 379
郜元宝讲艾青《芦笛》《巴黎》《马赛》

英国人的乡村生活 388
陈晓兰讲储安平《英国采风录》

离开自我，用心去游 394
陈晓兰讲冯骥才《远行：与异文明的初恋》

第七单元 困顿

心情微近中年 403
郜元宝讲鲁迅《在酒楼上》

"孤独"是怎样炼成的（上） 410
郜元宝讲鲁迅《孤独者》

"孤独"是怎样炼成的（下） 415
郜元宝讲鲁迅《孤独者》

"狂人"的惧怕和焦虑来自哪里 421
陈晓兰讲鲁迅《狂人日记》

"自我暴露"的冲动与节制 427
郜元宝讲郁达夫《沉沦》

"最悲的悲剧，充满了无耻的笑声" 433
孙洁讲老舍《茶馆》

"不传！不传！" 440
孙洁讲老舍《断魂枪》

为什么好人没有好报 447
陈晓兰讲巴金《寒夜》

"一寸的前进"，苦难中的力量 453
文贵良讲阿垅《纤夫》

苦难中的爱情，总是让我们充满敬意 459
陈思和讲曾卓《有赠》

谁能代表中国的未来 466
陈思和讲食指《相信未来》

人生如棋，棋如人生 473
严锋讲阿城《棋王》

"一地鸡毛"还是"一地阳光" 480
文贵良讲刘震云《一地鸡毛》

第八单元 生活的艺术

"茶道"之"道" 489
郜元宝讲"周氏兄弟"同题杂文《喝茶》

宇宙之大与苍蝇之微 496
张业松讲周作人《苍蝇》

一根烟的哲学与文学 500
段怀清讲林语堂《我的戒烟》

猫儿相伴看流年 505
王小平讲丰子恺《阿咪》

作家怎样给人物穿衣 513
郜元宝讲张爱玲《更衣记》、鲁迅《洋服的没落》及其他

"草炉饼"与"满汉全席" 520
郜元宝讲汪曾祺《八千岁》

口福能再长久一点点，就不仅仅是口腹之欲了 527
段怀清讲梁实秋《雅舍谈吃》

园中春色如许，让艺术引领生命绽放 532
王小平讲白先勇《游园惊梦》

寻找生命中的桃花源 539
王小平讲王安忆《天香》

我们现在怎样做父亲 547
文贵良讲傅雷《傅雷家书》

第九单元 人性深处

惩罚和被惩罚，被伤害和伤害别人 555
张新颖讲余华《黄昏里的男孩》

资本与道德的较量 559
文贵良讲茅盾《子夜》

"更无情地解剖我自己" 564
郜元宝讲鲁迅《祝福》

人们应当肯定，并且宝贵的是什么 570
郜元宝讲路翎《财主底儿女们》之二

吴妈与阿Q 580
郜元宝讲鲁迅《阿Q正传》

瞧马伯乐这个人 587
郜元宝讲萧红《马伯乐》

爱的缺失比钱的缺失更可怕 593
陈思和讲张爱玲《金锁记》

假如你爸爸是"混蛋" 605
郜元宝讲王蒙《活动变人形》

南京大萝卜与名士风度 613
王宏图讲叶兆言《南京人》

我们往哪里去 619
文贵良讲马原《牛鬼蛇神》

宇宙维度中的生与死 624
严锋讲刘慈欣《三体》

第十单元 超越生死

划破黑夜的精神火炬 633
郜元宝讲胡适《不朽——我的宗教》和周作人《霭理斯的话》及其他

"魂灵的有无"与"死后" 639
郜元宝讲周作人《死之默想》及其他

反抗绝望 644
郜元宝讲鲁迅《未有天才之前》《希望》《生命的路》及其他

当你老了 649
郜元宝讲周作人《老年》、鲁迅《颓败线的颤动》及其他

智慧树下的吟唱 656
李丹梦讲穆旦《智慧之歌》

超越绝境的"过程" 665
李丹梦讲史铁生《命若琴弦》和《我与地坛》

大时代中的小家庭 674
文贵良讲杨绛《我们仨》

神游的脚步磨得夜气发烫…… 679
张业松讲张炜《融入野地》

尾　声

面对暮云，不忘理想 691
陈思和讲巴金《随想录》

序曲

创造人的神已经死了
郜元宝讲鲁迅《补天》

◇ 1 ◇

我们有时候在文学作品中看到作家们描写个体生命的孕育与诞生。但文学描写这一生命现象，难度很大，因为个体生命在孕育诞生的阶段还只是极幼稚、极不确定的雏形，无法看到它将来更丰富的展开。

降生为人的起初只是血糊糊一团肉，除了哇哇哭两声，既不会笑，也不会说话，眼睛也睁不开。因此更多情况下，与其说文学作品描写了生命的孕育与诞生，倒不如说是描写了孕育和诞生小生命的父母们的一段生命经历。但撇开个体，我们看人类群体的生命，也有一个孕育、诞生、更新、再造的过程。这个过程更加漫长，内容也更加丰富多彩。

小说《补天》没有专门描写具体某个人的诞生，但它写到人类群体的诞生，意义更重大，因为这一辉煌的创造和诞生所包含的无比丰富的生命信息，关乎我们每个人的存在，可以激发我们每个人对自己的生命展开严肃的思考。

《补天》完成于1922年11月，原来的标题叫《不周山》，最初收入1923年出版的鲁迅第一部短篇小说集《呐喊》，是《呐喊》最后一篇压卷之作。但1930年《呐喊》第十三次印刷时，鲁迅把《不周山》单独抽了出来。直到六年之后，也就是鲁迅逝世的1936年，由他本人编入他在后来的十三年里陆续完成的历史小说集《故事新编》，成了《故事新编》打头第一篇，标题也由《不周山》改为今天讲的《补天》。

只是改了题目，正文并无变动，但鲁迅在《故事新编·序言》中花了大半篇幅，反复说到他当初创作《不周山》、后来又改名《补天》并且加以重新编辑的经过，足见他对这篇小说的重视。

《补天》到底写了些什么呢？

简单地说，《补天》是鲁迅对女娲抟土造人、炼石补天的神话传说进行的一次极富个性的改写。

在中国文化中，造人和补天的神话传说出现得比较晚，内容也都很简单。关于女娲造人，宋代编辑的大型类书《太平御览》引汉代应劭的《风俗通义》说，"俗说：天地开辟，未有人民。女娲抟黄土作人，剧务，力不暇供，乃引绳于泥中，举以为人。故富贵者，黄土人；贫贱凡庸者，绠人。"四十几个字，概括了流传到汉代的一则神话传说，内容很简单。

关于补天，也是汉代才编辑成书的《淮南子·天文训》说，"昔者共工与颛顼争为帝，怒而触不周之山，天柱折，地维绝。天倾西北，故日月星辰移焉；地不满东南，故水潦尘埃归焉。"这也就只有寥寥四十几个字，内容同样很简单。

不仅造人、补天这两则神话传说的内容很简单，而且后世也并没有把它们太当真。这大概与"子不语怪力乱神"的儒家思想传统有关，所以根据这两则神话传说改编的作品很少，也并没有什么特别出色的。这就是中外学术界普遍承认的所谓中国上古神话传说不发达的现象。

但到了鲁迅这里，局面有了很大的改观。上述《风俗通义》《淮南子》里头短短八十几个字的内容，被鲁迅敷衍成将近六千字的一篇场面宏伟、设想瑰丽、故事发展跌宕起伏、细节丰富饱满的短篇小说。我下面讲的内容，跟原来的神话传说关系不大，主要都是小说《补天》的情节。

2

《补天》一开头写体魄健壮、精力充沛的巨神女娲不知怎么地，突然从梦中惊醒。

女娲醒来之后，觉得"从来没有这样无聊过"，就毫无目的、几乎是不由自主地按照自己的形象抟土造人。当她看到远远近近都布满了她双手所造的"和自己差不多的小东西"之后，就很诧异，也很喜欢，于是就"以未曾有的勇往和愉快继续着伊的事业"，一刻也不停息地进行着造人的工作。

她看到这些小人们不仅会彼此说话，还会冲着她发出笑声，就不仅惊诧，喜欢，称他们为"可爱的宝贝"，自己也"第一回笑得合不上嘴唇来"。

可见到此为止，女娲对自己所造之人很满意，也很喜爱。这就促使她加快了造人的速度，以至于身体疲惫，腰酸背痛，精力不济，情绪也变得焦躁起来，于是就不再用双手抟着黄泥巴造人。而是随手拉起一根从山顶一直长到天边的长长的紫藤，在泥水里不停地摆动这根紫藤，由此溅起来无数小块泥土，落在地面，就又跟先前创造的那些小人们一样了，"只是大半呆头呆脑，獐头鼠目的有些讨厌"。

这是女娲没有料到的。

女娲更没有料到,就在她所造之人当中,很快就出来两个彼此争斗的帝王,就是传说中炎帝的后代共工和黄帝的孙子颛顼。

争斗的结果,共工败而颛顼胜。失败的共工"怒而触不周之山",使"天倾西北","地不满东南"。小说写原来的世界因为共工颛顼这么一闹,就一片混乱,"仰面是歪斜开裂的天,低头是龌龊破烂的地,毫没有一些可以赏心悦目的东西了"。女娲因为抟土造人,本来已疲惫不堪,这时又不得不用尽最后的气力来炼石补天。好不容易才将天给勉强地补了起来,女娲也就力竭身亡了。

以上就是《补天》的故事梗概。我们前面说过,《补天》是鲁迅对上古神话传说的改写,改写后的《补天》就不再是神话传说,而成了寄托作者思想的寓言故事,其中有几点特别值得思考。

3

鲁迅首先告诉我们,女娲造人并无什么目的,只是精力弥漫,不做点什么就"无聊","觉得有什么不足,又觉得有什么太多了",于是就抱着游戏的心态,随手造出了人类。

这点很重要。原来女娲造人并无什么特殊意图,她对被造的人类也并无什么明确指令。女娲给予被造者充分的自由。她让被造者自己安排自己的生活,自己主宰自己的命运。但这样一来,人类作为被造者也就必须为自己的所作所为负责了!

女娲炼石补天,跟抟土造人一样,也不是特别要为人类做点什么,更不是为共工颛顼的争霸带来的后果承担责任,只是她自己愿意、自己高兴这么做而已。

最后天是补起来了,但人类必须面对自己所造成和所遭遇的一切。如果再闹得天崩地裂，就不会有人来收拾残局了，因为有力量补天的女娲已经死去，她既不会命令人类做什么，怎样做，也不会为人类行为的后果负任何责任。

所以，《补天》告诉我们，人类从诞生之日开始，就必须独自面对自己的命运，独自探索人生的方向，而不能指望创造者来帮助自己。

实际上人类的创造者女娲并非全知全能，她没有料到会造出那样的人类，没有料到她所造的人类会弄出那么多的花样。

她唯一的命令是对海上的乌龟下达的，但顽皮的乌龟们有没有遵从她的命令，到了小说结尾还仍然是个疑问。

这就是五四时期典型的人道主义或人本主义思想。人怎么来不重要。也许有个叫女娲的大神起初创造了人类，但人类跟这个创造者无关。人类的一切只能依靠自己。创造人的神已经死了，她在创造的时候也并非全知全能，所以只有人才是宇宙的中心。

其次，女娲造人，并非施恩于人，祈求回报，而完全是自己愿意、自己高兴的生命力冲动的结果，好比男女相爱，自然就有了孩子，并非像现在有些人所说，夫妻双方要有目的有计划地"造人""造小孩"。那样造出之后，必然要将小孩看作自己的私有财产，对他们寄予厚望，提出种种要求，做出种种安排，让他们的生命成为父母生命的附庸。

鲁迅在五四时期有篇文章叫《我们现在怎样做父亲》，就猛烈抨击过这种父母本位的伦理观念。女娲造了人，却并不据为己有。父母在生理的意义上可说是造了小孩，但孩子的生命是独立的，父母不能据为己有，孩子也不能一生一世依赖父母。

再次，女娲所造之人并不完美。起初她觉得被她造出来的人类颇为有趣，但很快就发现不对头，那些小人们渐渐有了自己的文化，不仅懂得用树叶遮住私处，还发展出自以为是的一整套复杂的说法。

比如在政治上，共工一方和颛顼一方就编造出各种理论，美化自己，攻击对方，动辄发动战争，弄得尸横遍野。他们都相信自己道德高尚，足以为天下立法，竟然批评裸体的女娲"失德蔑礼败度，禽兽行，国有常刑，惟禁！"

另外鲁迅还嘲笑了那些吃药修道、妄图成仙和长生不老的人，其中有道士，也有秦始皇和汉武帝。当然鲁迅讽刺最厉害的还是人类的虚伪与诡诈，比如他们本来要攻击女娲，可一旦占领了女娲的尸体，在那上面安营扎寨，就很快转变口风，自称"女娲氏之肠"，不许别人利益均沾了。

这些不完美，甚至根本性的邪恶，和女娲起初的创造有关：女娲用紫藤打出来的小人就比较粗劣，"大半呆头呆脑，獐头鼠目的有些讨厌"。问题是人类不能因此责怪女娲，这种责怪毫无用处，死去的女娲不会为人类的不完美负责。要让人性的不完美变得完美，只能依靠人类自己的努力，来进行重新的自我塑造。

以上这三点，可以说就是《补天》最主要的思想寄托。鲁迅写《补天》时四十一岁，距他青年时提出"立人"的学说过了十五年。《补天》完成后不久，1925年他又正式提出"改造国民性"的主张。鲁迅的创造新文化、再造新文明和新人类的思想可谓一以贯之。他注意到新文化有许多杂质，并非毫无瑕疵。强调这一点，并不意味着鲁迅的衰老与倒退，倒正是他成熟健康的标志。只有成熟健康的人，才不怕看到自身的不成熟不健康，才敢于并有能力进行更加美好的再创造，这就正如小说《狂人日记》抨击"吃人的人"，也是要为不再吃人的新人类的诞生做好准备。

描写新人类群体的诞生，特别是诞生之后的新人类群体，一开始就必须面对我们上面讲的三个根本问题，这就是《补天》对我们的启迪。

第一单元 诞生

如果没有对自己的意识，那么你的出生和不出生就跟一块石头一样。文学的写作，其中包含着一种对生命的珍惜，对生命的体会，也是对生命的追求。我们有时候受感动的也恰恰是我们看到了这个文学作品和自己起了共鸣，或者是和你的心情起了摩擦。写作是个好办法，把这一切很可能不再出现的种种的体验，能够让它写成文字保留下来。不变的就是我对人生有一种珍惜，有一种追求。

——王蒙

生命是在血泊中形成的
陈思和讲徐志摩《婴儿》

文学与人生为什么要从生命的诞生开始讲起？

因为文学就是人学，人的一生所有的活动都可以归纳为生命的运动现象，生老病死固然是生命的自然现象，喜怒哀乐也是生命对外界的反应。人生三大欲望，权力的欲望、物质的欲望和性的欲望，都是来自生命的冲动。所以，人生的道路就是生命百态，人的诞生就是生命的开始，人的死亡也就是生命的结束。从生命的开始到生命的结束这一段距离，就是所谓人生。文学写的就是人生的故事。

一般来说，人的生命诞生以前的事情，比如人类生命起源的问题，那是属于人类学的研究范围；人的生命结束以后的事情，比如人死了以后灵魂上天堂还是下地狱，是宗教关心的范围。而文学主要关心的是人的生命诞生以后到死亡以前这个阶段的故事，那就是人生。所以我们要讲对人生百态的理解，也就是对自己生命的理解，文学与人生的故事就是要从生命讲起。

今天我们要讲的是，生命的诞生。

文学是怎么来描写生命的诞生的？这个问题看上去好像很容易解答，其实不然，这是一个很难描写的境界。我们从巴金的《家》里读过瑞珏因为生孩子而死亡的故事；老舍在《骆驼祥子》里也写过虎妞生孩子难产而死，可是我们有没有发现，其实作家在这两个片段里描写的不是诞生，而是死亡？那是在控诉社会制度或者愚昧风俗的罪恶，而不是在歌颂生命的诞生。

那么，是哪一位作家真正描写了生命的诞生？依我的看法，现代文学史上第一个用强烈的生命意识来描写人类生命诞生的作家是鲁迅。1922年鲁迅创作了短篇小说《不周山》，是写女娲补天的神话故事。但这篇小说首先描写的，不是女娲补天，而是女娲造人。鲁迅非常生动地描写了女娲用泥土创造人的过程，但他的笔墨不是落在造人的泥土上，而是集中描写了一种强烈的生命意识，那就是弗洛伊德所谓的力比多，是人类强大的性意识把天地日月精华都融合在一起，这才创造了人类的生命，而泥土只是一个造人材料，反而变得微不足道。

继鲁迅以后，第二个直接描写人的生命诞生的作家是诗人徐志摩。我们今天要重点介绍他的诗《婴儿》。

2

徐志摩是一位抒情诗人，他的大多数诗歌作品都是与他的个人的感情经历有关。他的诗歌风格是以轻灵缠绵著称，都是比较甜腻。而我这次选了一首不仅在徐志摩的诗里非常少见，就是在整个中国现代文学史上也非常特殊的作品。在这首诗中，我们将看到一个陌生的诗人，也将读到一首陌生的诗。

《婴儿》不是一首独立的诗，它是通过一组散文诗来象征大时代的新旧交替。

1922—1924年，直系军阀和奉系军阀为争夺北京政府统治权，在华北地区进行了直奉战争，给人民带来深重灾难，徐志摩对这个恶劣的社会环境非常厌恶，他曾说，那个时候他过的日子简直是一团漆黑。每天深更半夜他无法入睡，就用手抱着脑袋伏在书桌上受罪，他说他感到整个时代的沉闷都压到了他的头上。

就是在这样的状态下，徐志摩创作了一组散文诗，一共三篇：第一篇《毒药》，第二篇《白旗》，第三篇就是《婴儿》。这组诗曾经被另外一位诗人朱湘称为当时流行散文诗里"最好的一首"。

在第一篇《毒药》里，诗人对那个黑暗的时代发出最恶毒的诅咒，诗歌节奏非常狂暴，所用的语言也非常恶毒，有点像法国诗人波德莱尔的《恶之花》，表达了诗人对这个时代绝情的否定。第二篇《白旗》，主题是灵魂的忏悔，白旗就是投降，就是说我们要改变这样黑暗的社会环境，重要的是我们自己要忏悔，要认识到这个时代之所以会变得这样坏，我们生活其间的每个人都是有责任的，有罪恶的，我们必须要认识到这一点。

我们只有清洗了自己的灵魂，新的理想社会才会像新生婴儿一样，在社会的阵痛中诞生。这就是第三篇《婴儿》的主题。所以说，从诅咒时代、忏悔人性，再到歌颂新的生命，这三个主题是紧密地联系在一起的，讲的就是一个大时代的新旧替代。《婴儿》就是一个象征，婴儿的生命诞生，象征了一个新的社会理想的诞生，象征着伟大的社会革命的到来。

但是这首诗写得太好了，诗人就是这么逼真地描写了一个女性如何在痛苦中生育自己的婴儿，使《婴儿》这首诗产生了独立的诗歌意象——赞美女性的伟大，歌颂生命的诞生。

3

《婴儿》作为一首独立的诗，篇幅不长。它是分两个部分，每部分的开头都是一句——"母亲在她生产的床上受罪"。

第一部分是描写母亲生育过程所经受的巨大痛苦。诗人所用的每个词语，每个比喻，都是非常尖锐的，有时候很刺激，很怪诞，隐隐地联系着生命的极度痛苦。比如他这么描写：

> 她那遍体的筋络都在她薄嫩的皮肤底里暴胀着，/可怕的青色与紫色，/像受惊的水青蛇在田沟里急泅似的，/汗珠站在她的前额上像一颗颗的黄豆，/她的四肢与身体猛烈地抽搐着，/畸屈着，奋挺着，纠旋着，/仿佛她垫着的席子是用针尖编成的，/仿佛她的帐围是用火焰织成的……

他描写了身体筋络在她皮肤里都胀大了，因为疼痛，颜色是可怕的青色和紫色，而且把筋络比喻成像一条条蛇一样，在母亲身体里游动。然后就描写这个人物的四肢和身体，用了四个词：抽搐，畸屈，奋挺，纠旋。这个身体一会儿抽搐，一会儿屈在那儿，一会儿又挺直了，一会儿又在翻滚，整个就描写女性在生孩子的时候，疼痛得不能自已的情况。

然后他说：

　　　　一个安详的，镇定的，端庄的，/美丽的少妇，/现在在绞痛的惨酷里变形成魔鬼似的可怖……

　　前面用了安详的、镇定的、端庄的、美丽的四个词来形容这个孕妇，表达的是这个孕妇在生孩子以前是一个非常美丽端庄的漂亮女性，可是在此刻这样一个生孩子的剧痛中，她像魔鬼一样的可怕。紧接着，就开始描写这个妇女的眼睛怎么样、嘴唇怎么样、头发怎么样，等等，用各种身体器官都变形的细节、状态，来烘托人物所受的那种痛苦：

　　　　她那眼，原来像冬夜池潭里反映着的明星，/现在吐露着青黄色的凶焰，/眼珠像是烧红的炭火，/映射出她灵魂最后的奋斗，/她的原来朱红色的口唇，/现在像是炉底的冷灰，/她的口颤着，噏着，扭着，/死神的热烈的亲吻不容许她一息的平安，/她的发是散披着，/横在口边，漫在胸前，/像揪乱的麻丝，/她的手指间紧抓着几穗拧下来的乱发。

　　到了第二部分，诗人还是重复了一遍"母亲在她生产的床上受罪"，但是接下来具体的描写就不一样了。第二部分还是写产妇的生产过程，还是写痛苦。可是诗人把关注点放到了产妇的精神领域，也就是说第一部分他要表现的是产妇在分娩过程中肉体经受的极度折磨，而第二部分则描写了她精神的欢悦。

　　肉体是痛苦的，可是肉体的痛苦她能够忍受，因为她的精神是欢悦的。因为她用肉体痛苦的代价，"守候着一个馨香的婴儿出世"，

所以诗人用了好几个转折句,"她还不曾绝望……""她还不曾放手……"整个语调都变了,一种微微的暖气就升上来了。诗人写道:

> 因为她知道这苦痛是婴儿要求出世的征候,是种子在泥土里爆裂成美丽的生命的消息,是她完成她自己生命的使命的时机。

写得真好!如果是一个有过生育经验的女性读者,看到这段文字,也许在她的心里就会浮现出自己身体曾经有过的神秘而高贵的经验,生命中的每一个希望都是产生在看似绝望的征候中。有时候我们陷入极其痛苦绝望当中,但你要知道,希望可能已经不知不觉地隐藏在其中了。母亲之所以伟大,就是因为她既是生命的受难者,又是生命的孕育者。

所以,当有人问生命是从哪里来的?当代作家朱苏进说过这样一句话。他说:"生命是在血中形成的。"是的,生命是在母亲的血中形成的。我们每个人的生命都是带着母亲的痛苦,被母亲的血泊漂着送到人间。是母亲的血,把婴儿的生命染成一朵通体嫣红的花。

来到世上，就要面临考验
陈思和讲冰心《分》

———— 1 ————

在第一讲里我们讲了生命的诞生，那么，生命诞生以后会怎么样呢？

那就是人生的开端。

生命的诞生是平等的，每个人的生命都是从母亲的血泊中漂来的，都是一样的，但是生命一旦降临人世间，以后的命运就不一样了。每个人的人生道路不一样，从生命离开母体的时候就已经被决定了。

当然，人生道路的分岔不是由生命本身决定的，而是由孕育生命的父母的社会背景所决定的。人生受制于社会，命运是与人生紧密联系在一起的。这就是冰心女士这篇小说的主题。

冰心是五四时期的著名作家，她是爱的哲学的鼓吹者。她的早期作品里充满了对母爱、情爱、人世间的一切爱的歌颂。但是这篇《分》是她在1931年所写，体现了作家对社会分化、分配不公现象的深深忧虑。

这篇小说写得非常有趣，是从一个刚刚离开母体的婴儿的视角，来叙述社会两极分化带来的不同的人生命运。叙述者是个婴儿，但它具有成年人的语言思维能力，而他说出来的语言，成年人无法听见，只有与他一样是婴儿的小朋友才听得懂。比如小说开始第一段是这样描写婴儿诞生的：

一个巨灵之掌，将我从忧闷痛楚的密网中打破了出来，我呱的哭出了第一声悲哀的哭。

睁开眼，我的一只腿仍在那巨灵的掌中倒提着，我看见自己的红到玲珑的两只小手，在我头上的空中摇舞着。

另一个巨灵之掌轻轻地托住我的腰，他笑着回头，向仰卧在白色床车上的一个女人说："大喜呵，好一个胖小子！"一面轻轻地放我在一个铺着白布的小筐里。

我挣扎着向外看：看见许多白衣白帽的护士乱哄哄的，无声地围住那个女人。她苍白着脸，脸上满了汗。她微呻着，仿佛刚从噩梦中醒来。眼皮红肿着，眼睛失神地半开着。她听见了医生的话，眼珠一转，眼泪涌了出来。放下一百个心似的，疲乏地微笑地闭上眼睛，嘴里说："真辛苦了你们了！"

我便大哭起来："母亲呀，辛苦的是我们呀，我们刚才都从死中挣扎出来的呀！"

写得非常有意思，也很幽默。对照我们上节课讲的徐志摩的散文诗《婴儿》，徐志摩写的是母亲生育过程的痛苦，而冰心写的是接下来的事情，婴儿生下来了，他与母亲、也是与人类进行对话，婴儿一出生就哇哇大哭，仿佛要向全世界宣告他们来到人间也很辛苦，是从母亲的生死一线中挣扎出来的。当然，这个辛苦也意味着今后他们将在人世间经受的辛苦考验。

接下来，作家着重写了育婴室里两个婴儿之间的交流。这个叙事的婴儿的父亲是一个大学教授，经济条件比较好，所以母亲生育孩子是住在高级病房里，为孩子购买的礼物都是高级的、漂亮的；而另一个婴儿的父亲是个杀猪的屠夫，居住、衣着条件都很差。

但是，两个刚刚来到尘世间的婴儿还是很友好地交流着彼此的信息，对未来世界充满了好奇。直到他们将要离开医院回到各自家中去了，这时候，护士们把婴儿在医院里穿的白衣服换下来，两个人换上了各自从家里带来的衣服，差别马上就出现了：

> 一个护士打开了我的小提箱，替我穿上小白绒紧子，套上白绒布长背心和睡衣，外面又穿戴上一色的豆青绒线褂子、帽子和袜子。……我觉得很舒适，却又很热，我暴躁得想哭。
>
> 小朋友也被举了起来。我愣然，我几乎不认识他了！他外面穿着大厚蓝布棉袄，袖子很大很长，上面还有拆改补缀的线迹；底下也是洗得褪色的蓝布的围裙。他两臂直伸着，头面埋在青棉的大风帽之内，臃肿得像一只风筝！我低头看着地上堆着的，从我们身上脱下的两套同样的白衣，我忽然打了一个寒噤。我们从此分开了，我们精神上，物质上的一切都永远分开了！

小说还隐隐约约地写到了一个细节：屠夫家婴儿的母亲奶水很充足，可是那个婴儿却无法享用母亲的奶水，因为他妈妈第二天就要到别人家去做奶妈赚钱，用奶水去哺育别人家的孩子，婴儿只能被送到乡下去，由乡下的祖母用米汤来喂养。

当然，米汤也是有营养的，但我们要说的其实不是这个意思。小说里有两次提到，那个教授家的婴儿的母亲没有奶水。虽然小说里作家没有明说，但是否在隐隐约约地暗示，屠夫家婴儿的母亲很可能是当了教授家婴儿的奶妈？这是非常有戏剧性的细节。作家没有明确写这个关系，但从作家精心安排的细节来暗示，这个故事所要揭示的，就是教授家的婴儿很可能是靠着吃穷人家的奶水长大的。

这是一个很有意思的构思，20世纪30年代左翼文化思潮弥漫社会，冰心女士显然受了左翼思潮的影响。当时的知识分子大学教授，一般都出身于富裕家庭，他们接受了左翼思潮，就会自觉寻找自己与劳动人民之间的某种联系。而最直接、也可能是最接近生命的联系，就是奶妈。

奶妈当然是属于劳动人民，而有钱人家的孩子吃了奶妈的奶水长大，就意味着他们曾经受过劳动人民的滋养。所以，在20世纪30年代的文学创作中，几乎同时出现了很多"奶妈"的文学意象。

比如左联五烈士之一的作家柔石创作了《为奴隶的母亲》，这个故事到现在还被改编为沪剧经常上演。诗人艾青创作了《大堰河——我的保姆》，里面写道：

我是地主的儿子；
也是吃了大堰河的奶而长大的

大堰河的儿子。
大堰河以养育我而养育了她的家，
而我，是吃了你的奶而被养育了的，
大堰河啊，我的保姆。

  这首诗写得非常有感情。另外，还有小说家吴组缃的小说《官官的补品》，这也是一篇写地主儿子吃奶妈的奶长大的叙事。有兴趣的读者，可以找这些作品来读一读。
  好，我们再回到小说文本来继续讨论。从徐志摩的《婴儿》，到冰心的《分》，我们从散文诗讲到短篇小说，仿佛看到了在作家的文学意象里，人的生命是如何从母体中艰难诞生，而生命一旦离开母体，就面临着严峻的考验。人生受制于社会环境，就被决定了人生的命运，就像那个屠夫家的婴儿，他一出生就明白了，自己将来也是要杀猪的。

3

  有的读者也许会提出问题，照这么来理解，人的命运是不是从一出生就被经济环境和社会背景决定了？那么穷人的孩子怎么来改变自己的命运呢？
  冰心在这篇小说里没有提供一个可行的方案。作家在小说里故意把这个穷人婴儿的父亲身份安排为屠夫，而不是一般的农民或者工人，这是为什么？
  或许这是作家有意安排的。屠夫是以杀猪为生的，所以那个婴儿就说：

"我父亲很穷,是个屠户,宰猪的。"——这时一滴硼酸水忽然洒上他的眼睛,他厌烦地喊了几声,挣扎着又睁开眼,说:"宰猪的!多痛快,白刀子进去,红刀子出来!我大了,也学我父亲,宰猪,——不但宰猪,也宰那些猪一般的尽吃不做的人!"

这句话讲得很可怕,一个刚刚出生的婴儿就怀了这样一颗仇恨的心来到尘世间,其实这并不符合冰心一贯宣传爱的哲学的创作风格,但是竟然在冰心的小说里也出现了这样的句子,这也可以说当时左翼思潮影响的证据,也是客观生活所决定的,就连冰心那样的温和的女性作家都看到了,如果社会两极分化越来越严重,仇恨就会像细菌一样飞速地在人的基因里蔓延开来,这是非常可怕的。

让不可能变成可能的新生命

郜元宝讲铁凝《孕妇和牛》

----◇ 1 ◇----

  这也是一篇关于生命诞生的故事，但它还没有写到实际的分娩，而是集中描写新生命在母腹中孕育的阶段，就已经散发出一股强盛而美好的生命之气，犹如一股奇异的馨香弥漫全篇。

  《孕妇和牛》故事很简单，说一个"俊得少有"的姑娘，从闭塞贫穷的山里嫁到相对开放富裕的平原，做了人见人爱的小媳妇。这小媳妇怀孕之后，丈夫、婆婆乃至全村人更是加倍喜爱她。她高兴就到处逛逛，可以什么都不做。

  一天下午，小媳妇去镇上赶完集，牵着自家一头名叫"黑"的同样怀孕的母牛，走在回家的路上。小媳妇想着肚子里的孩子就要诞生，心中油然升起对未来的无限憧憬。这样边走边想，毕竟大腹便便，不知不觉走累了，就顺势坐在路边一块据说是清朝某个王爷陵墓的神道碑上。她以前也坐在这碑上休息过，这次却好像是头一回看到了石碑上还有"海碗样的大字"，就小心地挪开屁股，只敢坐在石碑边沿上。就是说，小媳妇突然产生了类似"敬惜字纸"的那种心理。

不仅如此，她还突发奇想，向放学回家的小学生（一个本家侄儿）"要了一张白纸和一杆铅笔"，然后蹲在（或趴在）石碑上（作者没明说），"好像用尽了她毕生的聪慧毕生的力"，硬是一笔一画，抄下石碑上那十七个"海碗样的大字"。

等她重新站起来，就感到心里涌动着"一股热乎乎的东西"。这热乎乎的东西，"弥漫着她的心房。她很想把这突然的热乎乎说给什么人听，她很想对人形容一下她心中这突然的发热，她永远也形容不出，心中的这一股情绪就叫作感动"。

《孕妇和牛》的主题似乎很明确，又似乎很模糊。作者明确指出小媳妇在孕育生命的过程中有了一种"感动"，但这"感动"究竟有哪些具体内容，作者还是不肯明说。

从《孕妇和牛》1992年发表至今，铁凝笔下这位小媳妇的"感动"，不停地感动着一波又一波读者，而一波又一波读者又不停地讨论着（甚至争论着）这小媳妇的"感动"究竟是什么，讨论着甚至争论着作者这样描写小媳妇的"感动"，尤其是"孕妇抄碑"这件事，究竟符合不符合生活与艺术的真实。

◆ 2 ◆

要解答这个问题，还得从那块石碑以及石碑所属的陵墓说起。

其实小说中的清朝王爷的陵墓并非虚构，乃是康熙第十三子爱新觉罗·胤祥（生前被封为怡亲王）的陵寝，位于河北省保定市涞水县石亭镇东，属国家重点文物保护单位。

石碑上的字也很有来历。原来雍正皇帝特别器重他这位小弟弟胤祥，曾赠给他御笔亲书的八字匾额，叫作"忠敬诚直勤慎廉明"，以示褒奖。怡亲王死后，雍正十分悲痛，加封谥号为"贤"，落葬时又追加"和硕"二字，这就有了小媳妇所抄录的"忠敬诚直勤慎廉明和硕怡贤亲王神道碑"十七个大字。

　　生活中的小媳妇可能听人说过怡亲王陵墓、陵墓前方高大的汉白玉牌楼、石碑以及碑文的来历，但小说故意强调小媳妇对这一切知之甚少。她曾问丈夫，那都是些什么字。丈夫比她好一点，不完全是文盲，但详细情况也不清楚，因他只念过三年小学。丈夫还说："知道了有什么用？一个老辈子的东西。"

　　既然小媳妇对碑文一无所知，既然她丈夫也对此不屑一顾，那她为何如此看重这十七个字，费那么大功夫，一个一个"描"下来呢？这是否违背了生活的逻辑？作者是否拔高了小媳妇的思想境界，或者把小媳妇写成一个疯疯癫癫"不着调"的人？

　　这是对《孕妇和牛》最主要的质疑。

　　其次还有人说，一个从来没拿过笔的文盲，不可能"描"下那十七个字。强有力的旁证，就是鲁迅写阿Q被人强逼着画圆圈。阿Q用尽吃奶的劲，"使出洪荒之力"吧，也才画出瓜子样的圆圈。就算小媳妇心灵手巧，她也不可能完成这个抄碑文的工作，毕竟写字跟画圈，有着天壤之别。

　　还有人指出，小媳妇借来的小学生铅笔，通常要么削得马马虎虎，要么削得尖尖细细，初次捏笔的小媳妇肯定无法控制用笔的力度，因此除非那块碑石非常光滑，除非小媳妇无师自通，第一次就掌握了用笔的力度，否则铅笔尖很快会写秃掉。而且小说只强调小媳妇如何用力，如何耗时甚久，没说她是否反复涂改。给人印象，好像是一气呵成,抄下了这十七个字。这怎么可能呢?

再者,怡亲王神道碑文是满汉两种文字并列。小媳妇肯定分不清,她很可能一口气描下紧挨着的满汉两种文字。这难度就更大了,更加不可能了。

3

上述问题并非近年才提出。

早在1993年,也就是小说发表的第二年,非常欣赏铁凝的老作家汪曾祺就听到过类似意见。汪老的回答是:"铁凝愿意叫小媳妇描下来,为她肚子里的孩子描下来,她硬是描下来了,你管得着吗?"汪老好像生气了,其实不然。他所谓"为她肚子里的孩子",这其实已经点出了铁凝为何敢那么写的根据。

要知道,赶集回家的路上,小媳妇一开始并没想到要去抄碑文。为何不迟不早,偏偏在那一天发生了抄碑文的想法,并且想到就做到了呢?

很简单,因为那天不比往日,小媳妇肚子里的胎儿更大了。

小说写道,"她的肚子已经很明显地隆起,把碎花薄棉袄的前襟支起来老高"。这正是母性意识越来越强烈、越来越自觉的时候,所以她才意识到家里的母牛也怀孕了,"她和它各自怀着一个小生命,仿佛有点儿同命相怜,又有点儿共同的自豪感"。一路上,平常对母牛并无好感的小媳妇,这一回竟然特别爱惜母牛,不仅舍不得骑它(婆婆把母牛牵出来就是给她骑的),还一个劲地跟母牛说话,几乎把它当作贴心贴肺的闺蜜了。

小媳妇母性意识的觉醒与强烈,还表现在她看到一群小学生放学时的遐想。她想将来她的孩子"无疑"要加入这上学、放学的队伍,"无疑"要识很多字,"无疑"要问她许多问题,"无疑"也要问起这石碑上的字。作者连用四个"无疑",表达的是小媳妇对孩子的将来极其热切的憧憬,也是对尚未出世的孩子深深的母爱。

正是在这种母性意识和母爱的驱使下,小媳妇才毅然决定把这些字抄在纸上,带回村里,"请教识字的先生那字的名称,请教那些名称的含义"。她不只是抄下这些文字,还打算好好学习呢!

为什么?

因为"她不能够对孩子说不知道,她不愿意对不起她的孩子"。所以等到她千辛万苦,终于把描下那十七个字的白纸揣进怀里时,"她似乎才获得了一种资格,她似乎才真的俊秀起来,她似乎才敢与她未来的孩子谋面。那是她提前的准备,她要给她的孩子一个满意的回答。"

很显然,铁凝不是写别的,而是写小媳妇日益觉醒的母爱,写她在母爱的驱使下,做了一件别人以为不可能的事,所以汪曾祺才说,她"为她肚子里的孩子描下来(那些字)……你管得着吗?"作者通过"孕妇抄碑"这件事,赞美了母爱的伟大与美好。诚如汪曾祺所说:"这是一篇快乐的小说,温暖的小说,为这个世界祝福的小说。"

◇ 4 ◇

但是还有一个问题:铁凝为何不给这篇小说起名叫《孕妇抄碑》,而偏偏叫《孕妇和牛》呢?上面提到小媳妇认为自己跟怀孕的母牛同命相怜,此外怀孕的母牛还有什么别的寓意吗?

我想，小说之所以在"孕妇抄碑"的同时频频写到"孕牛"，主要是"孕妇"找不到别人做倾诉的对象。她对石碑上的"字"发生那种感情和想象，乃是一种无法跟周围人交流的"感动"，所以小媳妇"充满着羞涩的欣喜"。之所以"羞涩"，是因为小媳妇知道，这样的感动不但自己说不清，也很难与人分享。但既然是感动，就想有个交流的对象。找不到适合的人一诉衷肠，她丈夫只读了小学三年级，只知道下苦力干重活，肯定也不能理解，那么将同样怀孕的母牛想象成贴心贴肺的闺蜜，也就顺理成章了。

有人把"牛"的地位抬得太高，像小媳妇那样赋予母牛某种善解人意的灵性，这未必妥当。小媳妇可以这样做，但读者不能。小媳妇选择母牛为倾诉对象，乃是不得已。如果她能找到适当的人倾诉心中的感动，她就不会跟母牛说话了。

小媳妇只能与母牛交流母爱，她预感到，周围人不会理解她表达母爱的具体行为——为肚子里的孩子抄碑文。不仅不理解，还会讥笑，嘲弄。他们会说，这小媳妇俊是俊，可就是有点傻，有点痴嘛！

小媳妇为何会有这种预感？因为这平原地带虽然比她山里的娘家富裕开放，却并不是一个爱惜文字的地方。那刻着文字的石碑，早就被无数的"屁股们"磨得很光滑。小媳妇先前也是不假思索，就那么坐下去的。

再上溯到多年前，当地还有过破坏文物古迹的疯狂行为。那高高的汉白玉牌楼，若非婆婆的爹领着村里人集体下跪，差点就被城里来的年轻人用炸药给炸了。婆婆的爹保住了牌楼，却未能保住石碑。石碑本来由石龟驮着，那伙年轻人硬是把它推倒，让它常年躺卧在地上。疯狂的年代过去了，后果却很严重。比如小媳妇的丈夫就只念到小学三年级，他对文物古迹不屑一顾，无法理解妻子的想法。

其实对怡亲王陵墓的破坏还不止20世纪60年代中期那一次。早在1925年和1935年,以及日本侵略者侵占时期,就有过三次严重的破坏。一连串的破坏消灭了人们对文物古迹的敬畏和爱惜之心。当然在小说中,陵墓、牌楼和石碑也不仅仅是文物,而是小媳妇朦胧认识到的文化的象征。但是在那样的文化环境中,小媳妇描下碑文给将来的孩子看的这个想法,就只能跟冥顽不灵的母牛倾诉了。

所以,母爱不仅让小媳妇做了一件大家认为不可能的事,母爱也让小媳妇顶着压力,做了一件她只能跟母牛交流的事。这样看来,那正在孕育新生命的母爱,或者说那正在孕育、还未诞生的新生命本身所发出的馨香之气,是多么强盛,多么美好。

小说《孕妇和牛》所要传达的,就是新生命孕育之时所特有的那股强盛而美好的馨香之气。

如何面对有缺陷的人生

郜元宝讲郭沫若《凤凰涅槃》

《凤凰涅槃》的内容很简单,不用多介绍。需要稍加解释的是,《凤凰涅槃》前面的两小段散文性的说明,交代"凤凰涅槃"这个说法的来历和寓意:

> 天方国古有神鸟名"菲尼克司"(phoenix),满五百岁后,集香木自焚,复从死灰中更生,鲜美异常,不再死。按此鸟殆即中国所谓凤凰。雄为凤,雌为凰。《孔演图》云:"凤凰火精,生丹穴。"《广雅》云:"凤凰……雄鸣曰即即,雌鸣曰足足。"

郭沫若说"凤凰涅槃"这个典故是从天方国来的,天方国的"菲尼克司"就相当于中国古代的凤凰,这个"菲尼克司"五百年一个轮回,必须收集很多香木,把自己烧死,然后浴火重生。中国古代称阿拉伯地区为"天房国",因为那里有著名的"天房",即圣地麦加的圣殿"克尔白"。后人以讹传讹,把"天房国"叫成"天方国"。阿拉伯文学故事集《一千零一夜》也将错就错,译成《天方夜谭》。但阿拉伯传说中的不死鸟"菲尼克司"并非中国人所说的凤凰。

郭沫若将"菲尼克司"五百年集香木自焚而"更生"(即复活)的传说,嫁接到中国古代传说中的神鸟凤凰,是五四时期典型的做法,即采用外国文化来改造中国固有文化,以促使中国文化的更新与再造。我们要看《凤凰涅槃》中心寓意在于凤凰的浴火重生,不必太计较郭沫若将阿拉伯的"菲尼克司"比附为中国的凤凰是否妥当。

《凤凰涅槃》借"菲尼克司"五百年集香木自焚并从死里复活的传说来讴歌新生命、新文明、新宇宙的重生与再造,同时也看到凤凰之外其他"群鸟"种种的丑态,所以《凤凰涅槃》跟《补天》一样,也有其现实主义冷静清醒的一面。

《凤凰涅槃》中的"群鸟"以为凤与凰积木自焚,并无意义,只是自寻死路。它们以为机会来了,一个个跃跃欲试,想取而代之。比如岩鹰,要趁机做"空界的霸王"。孔雀,要别人欣赏它们"花翎上的威光"。鸱枭(猫头鹰)闻到了它们最爱的腐鼠的味道;家鸽以为,没有凤凰,它们就可以享受"驯良百姓的安康"了。而鹦鹉,趁机亮出了"雄辩家的主张",白鹤则要请大家从今往后看它们"高蹈派的徜徉"。

这些是郭沫若象征性的描写,但所有这些"群鸟"的丑态,最后都淹没在凤凰涅槃的无边光彩中。凤凰在烈火中死而复生,"群鸟"就消失得无影无踪。它们的扬扬得意,只是一个无伤大雅的小插曲。

从这里我们就可以看出《凤凰涅槃》与《补天》的区别。《补天》既写到女娲辉煌的创造,也让我们真切地看到紧随其后的破坏与毁灭,而这破坏和毁灭恰恰出自女娲所创造的人类之手，连女娲也看不懂，为什么她创造出来的人类竟如此虚伪而残忍，她甚至后悔创造了它们。

所以，《补天》真正的问题是在小说结束之处才真正展开，就是人类该怎么办？而《凤凰涅槃》的结尾也就是它所有故事的高潮，是苏醒、复活、更新的凤与凰尽情的歌唱：

> 我们欢唱，我们翱翔。/我们翱翔，我们欢唱。/一切的一，常在欢唱。/一的一切，常在欢唱。/是你在欢唱？是我在欢唱？/是他在欢唱？是火在欢唱？/欢唱在欢唱！/欢唱在欢唱！/只有欢唱！/只有欢唱！/欢唱！/欢唱！/欢唱！

凤与凰满心喜悦地迎接崭新美好的世界，满心喜悦地拥抱自己的新生命。而《补天》结尾则是不知其丑陋的人类尽情享受杀戮的快感，并自以为是地建设虚伪可笑的"道德"。它们也在迎接新世界，但这个新世界埋伏太多的危机，需要引起我们足够的重视。

显然，鲁迅所写的是人类群体起初一次性的并不完美的被造与诞生，郭沫若写的则是生命在起初并不完美的被造之后，由人类自己完成又一次的更新与再造。《凤凰涅槃》虽然比《补天》早两年写成，在内含的寓意上却仿佛是接着《补天》的故事往下讲：起初被造的生命因为不完美，所以必须像凤凰一样浴火重生，再造一次，迎接生命的第二次诞生。

总之《补天》写人类生命起初的被造，《凤凰涅槃》则写人类自己完成的生命更新与再造。《补天》和《凤凰涅槃》一前一后，在中国新文学最初阶段提供了两个巨大的象征，分别代表生命诞生的两种形态：一种是起初的被造，是一次性的，并不完美；一种是人类自己进行自我的塑造，重新地诞生一次。

2

说到《凤凰涅槃》，就不能不说一说创造社所崇奉的"创造"这个理念。到底什么是创造社的"创造"？

他们的宣言是这么说的：

> 上帝，你如果真是这样把世界创出了时，／至少你创造我们人类未免太粗滥了罢？／……上帝！我们是不甘于这样缺陷充满的人生，／我们是要重新创造我们的自我。／我们自我创造的工程／便从你贪懒好闲的第七天做起。

原来，创造社所谓"创造"，就是不满上帝创造的工程，他们号称要在上帝休息的第七天开始人类自己的创造。这种创造，包括对客观世界的改造，也包括对人类主观的再造。凤凰浴火重生，就包含了主客观世界一同更新和再造的意思。

无独有偶，鲁迅小说《兔和猫》也说，"假使造物也可以责备，那么，我以为他实在将生命造得太滥，毁得太滥了"。这段话容易引起误解。我讲《补天》时强调过，人类没有必要也不应该责备女娲。女娲是抟土造人、炼石补天的创造者，她的创造只是自己乐意，自己高兴，在多余的生命力驱使下完成的工程。上帝创造天地万物，又按自己的形象创造人类，然后在第七日歇了他的工作。女娲造人补天之后不仅歇了她的工作，也结束了她的生命。因此责备女娲是不应该的，也是没有用的。

人若对世界、对自身有所不满，就必须依靠人自己进行新的创造，迎接新的世界和新的人类的诞生。鲁迅在杂文中就曾经呼吁中国的青年行动起来，推翻人肉宴席一般的旧世界，创造"中国历史上未曾有过的第三样时代"（《灯下漫笔》）。这样看来，《兔和猫》这篇小说所谓"假使造物也可以责备"，就真的是一个用"假使"开头的比喻性的说法，鲁迅实际上想责备的并非"造物"，而是不完美的人自己。

因此在鲁迅的思想中，合乎逻辑地包含着《凤凰涅槃》的"创造"的思想。鲁迅与郭沫若的文学风格迥然有别，但心是相通的。他们都要凭借人自己的力量，重新创造不完美的世界和同样不完美的人自身。他们把这不完美归罪于"上帝"或"造物主"的粗制滥造或"贪懒好闲"，都只是一种比喻，意思是说，客观世界和主观世界的缺陷，不管来自怎样一种强大的力量，人都可以不予承认，人都可以重新来过。

如此肯定人的价值，相信人的力量，高举人的旗帜，正是五四时代的最强音，在这一点上，鲁迅和郭沫若可谓心心相印。1926年鲁迅南下广州，目的之一就是要跟创造社联手，结成统一战线。创造社的主将是郭沫若，跟创造社联手，也就是要跟郭沫若联手。

可惜鲁迅到广州，郭沫若却奔赴了北伐战争的前线。现代文坛"双子星座"，正如郭沫若自己所说，终于"缘悭一面"，失之交臂。

但这个遗憾还可以弥补：我们不妨把《凤凰涅槃》和《补天》放在一起欣赏，那么中国新文学如同日出一般磅礴壮丽的开篇，就可以看得更加清楚。新文学的主题是新人类的诞生，以及新人类诞生之后必须面对的处境与必须承担的使命。

这仍然是我们今天必须思考的处境和使命：生命的诞生是一次性的，生命的更新与再造却永无止境。

第二单元　童年

如果给我一个幸福的童年，我宁愿不要当作家。童年时期也是一个人的成长过程当中，他的世界观、价值观，他的性格确立的一个非常重要的阶段。正是因为每个人的家庭、生活、个人经验，乃至于他出生的地点的不一样，才使我们个体千姿百态，才使我们人的性格千奇百怪。那么这样一种奇特性、独特性，就是文学最需要的。

——莫言

戏在台下

郜元宝讲鲁迅《社戏》

· 1 ·

《社戏》，是鲁迅第一部短篇小说集《呐喊》的最后一篇，大家都很熟悉，中小学语文课本经常会选到这一篇。

《社戏》主要写一群小孩子，写他们幸福的童年。

其实鲁迅很喜欢描写小孩。《呐喊》一共十四篇短篇小说，至少有十一篇写到小孩。但鲁迅笔下的小孩，一般都很悲惨。

《狂人日记》《风波》里的小孩被父母打骂得很凶。《孔乙己》里的学徒被掌柜欺负得很厉害。《药》和《明天》里的小孩都病死了。《阿Q正传》里的小孩当了假洋鬼子的替罪羊，被阿Q骂作"秃驴"。《故乡》里的孩子们饱受小伙伴的分离之苦。闰土的几个孩子更是可怜。

面对这么多不幸的小孩，难怪《狂人日记》最后要发出"救救孩子——"的呐喊。

《呐喊》最后这篇《社戏》，画风大变，大写特写幸福的童年，这大概就是鲁迅本人对"救救孩子"这声呐喊的回应吧。

一部《呐喊》，是以《狂人日记》"救救孩子——"的呼喊开篇，再以《社戏》中一群孩子的欢声笑语结束。鲁迅笔下的中国故事，因为《社戏》，就有了一条光明的尾巴。

《呐喊》最后，紧挨着《社戏》，还有《兔和猫》《鸭的喜剧》这两篇，也是写小孩，也是写快乐的童年，显然是一个整体，而且这二篇鲁迅所署的写作日期，也都是1922年10月。

1922年的《鲁迅日记》丢失了，只有许寿裳的抄稿。这是现代文学史的一段佳话。鲁迅的老同学许寿裳非常崇拜鲁迅，连他的日记都要抄。可惜他只抄到片段，因此看不出这三篇小说的写作时间究竟谁先谁后。

但不管怎样，总之，《社戏》被排在了最后。

这或许是因为《社戏》在最后这三篇中确实出类拔萃，《社戏》中孩子们的幸福指数也最高，所以不管《社戏》具体写作时间是否最靠后，用它来做《呐喊》的收官之作，真是最恰当不过了。

2

但《社戏》也有问题。

这问题就出在它最后的一句话里面——

> 真的，一直到现在，我实在再没有吃到那夜似的好豆，——也不再看到那夜似的好戏了。

所谓"那夜似的好豆"，是说《社戏》里那群孩子那天晚上看完戏，回来的路上偷吃了村子里"六一公公"的罗汉豆,大家吃得不亦乐乎,所以豆是好豆,这个确凿无疑。

但戏是不是好戏,就值得商榷了。

不信就请看小说所提供的几个细节。

细节一,看戏的孩子们最喜欢"有名的铁头老生",但他那一夜并没有"连翻八十四个筋斗"。"我"最想看到的"蛇精"和"黄布衣跳老虎"也未上台。唯一激动孩子们的是一个穿红衣服的小丑被绑在柱子上,给一个花白胡子的人用马鞭抽打。仅此而已。

所以孩子们哈欠连天,最后"骂着老旦",离开戏台。这样的戏,能说是好戏吗?

细节二,"我"的母亲说,"我们鲁镇的戏比小村里的好得多,一年能看几回"。所以就戏论戏,那天晚上"我"在赵庄看到的戏,不可能是一生当中最好的。

既然如此,为何小说结尾,作者"我"偏偏要说,他再也没有看到"那夜似的好戏了"呢?

这就要看我们如何理解,在孩子们的心目中,到底什么是"好戏"。

对大人来说,评价一出戏好不好,只能看这出戏本身的质量。

但孩子们可就完全不同了。他们关心的戏不在台上,或主要不在台上,而在看戏的全过程。

从听到演戏的消息开始,那些根本还不知道名目和内容的戏,就已经在孩子们的心里上演了。这是孩子们看戏特有的前奏。

《社戏》的戏台,不在"我"的外祖母家,而在五里之外的赵庄。因此村民们如何合计,如何请戏班子,如何搭戏台,戏班子来了如何排练,如何轰动全村,全省略了。其实这些细节也能带给孩子们极大的兴奋与满足。

对"我"来说,看过戏的小伙伴们"高高兴兴来讲戏",也让我无限神往。这当然不是神往于具体的戏文,而是似乎已经从远处飘来的"锣鼓的声音",以及"他们在戏台下买豆浆喝"的热闹场面。

再有一大开心之事,就是好事多磨,却又得遂所愿。

原来那天晚上,船,这水乡唯一的交通工具,突然特别紧张。外祖母家没雇上船,眼看去不了,几乎绝望了,却终于发生大逆转,村里早出晚归唯一的"航船"居然回来了,而经过小伙伴们一再"写保票",外祖母和母亲居然同意由他们带"我"去看夜戏了。

这种幸福无法形容,但鲁迅居然把它给形容出来:

> 我的很重的心忽而轻松了,身体也似乎舒展到说不出的大。

接下来,就是读者熟悉的一去一回的沿路风光,特别是回来的路上大家在月光底下煮罗汉豆吃,以及多少年后仍然无限深长的回味。

这才是社戏真正的内容。这才是社戏的主体和高潮所在。

孩子们的赏心乐事,跟大人们张罗的戏台上那出不知名也并不精彩的戏文,其实关系不大。

所以,并不是大人们张罗的那台戏,给孩子们带来怎样的快乐。恰恰相反,是孩子们的快乐,是孩子们自己在台下不知不觉演出的童年的戏剧,赋予台上那出戏以某种意义和美感。

孩子有自己的世界。他们在大地大舞台演出自己的人生戏剧。至于看大人们张罗的简陋无比的戏文,只是一个幌子而已。

3

但要说大人们毫无功劳，也不完全对。

大人们张罗的戏剧虽然简陋，毕竟给孩子们提供了一个由头，孩子们可以借助这个由头，来上演他们自己的戏剧。

大人们的功劳，也就到此为止。如果因为提供了这么一个由头，就说自己给孩子们创造了莫大的幸福，那就太夸张了。

尽管如此，孩子们还是应该特别地感谢三位大人。

首先是六一公公。孩子们回来的路上偷吃了他的罗汉豆，他非但不生气，反而问孩子们："豆可中吃吗？"

更了不起的是，他居然关心"昨天的戏可好吗？"这个看似简单的问题，许多对孩子的精神世界完全不了解，只晓得忙忙碌碌、怨气冲天的父母们，是肯定提不出来的。

六一公公的两个问题，有助于孩子们再次重温和确认刚刚过去的那些赏心乐事。

其次是外祖母，她见"我"因为没有船去看戏而焦急失望，就非常"气恼"，怪家里人为何不早点把船给雇下。她一直为此絮叨个不停。晚饭时见"我"还在生气，外祖母的安慰也非常到位："说我应当不高兴，他们太怠慢，是待客的礼数里从来所没有的。"

如此关注并且理解小孩的心理状态，这就不是一般的外祖母了。

最后是母亲。表面上她对"我"的看戏并不热衷，对"我"的生气更不以为然，甚至让"我"不要"装模作样"的"急得要哭"，免得招外祖母生气。

其实这主要因为是在娘家，作为嫁出去的女儿，母亲也是客人的身份，必须处处小心，不能像在自己家里那样满足孩子的要求。

但母亲很想让"我"去看戏。一旦得到机会，稍稍犹豫一番，她就同意了孩子们的计划，在没有大人陪同的情况下，让孩子们自己坐航船，去五里之外的赵庄看夜戏。

这可不是一般的母亲所愿意、所敢做的决定。

可以想象，母亲在孩子们出发之后肯定一直在担惊受怕。航船刚回平桥村，"我"就看见母亲一个人站在桥上，等着儿子归来。而且已经是三更了，不知道母亲什么时候就开始站在桥上。母亲虽然"颇有些生气"，但孩子们既然平安回来，她也就没再说什么，"笑着邀大家去吃炒米"。

换一个母亲，黑暗中在村口的桥上独自等到三更，她接到自己的孩子，第一反应，大概就是抱怨，怪罪，训斥，甚至辱骂吧？但小说中"我"的母亲并不是这样。

"我"的母亲还有一个值得感谢之处，就是她既没有请别的某位大人跟孩子们一起去，也没有亲自陪着孩子去。她宁可自己担惊受怕，也要顺着孩子们的合理的心愿。她没有自以为是地介入孩子们的世界。她尊重孩子们的自主权。

如果那天母亲自己去了，或请某个大人帮助照看孩子们，还会有孩子们那么多的开心之事吗？还会有这篇温暖而美好的小说《社戏》吗？

答案应该是：肯定没有。

为了孩子们的独立，为了孩子们的幸福，有时候，大人们真的不能事事冲在前面，而必须退居幕后，甚至做出必要的让步、必要的牺牲。

鲁迅杂文有一句非常有名的话："自己背着因袭的重担，肩住了黑暗的闸门，放他们到宽阔光明的地方去；此后幸福的度日，合理的做人。"

这个意思，应该就是小说《社戏》所要表达的思想吧。

如何呵护脆弱的心灵
郜元宝讲鲁迅《风筝》

―――――― ◇ 1 ◇ ――――――

《风筝》值得探讨的问题很多，但所有的问题其实都集中在结尾，而最不容易理解的也正是《风筝》的结尾。

要讲清楚这个相当奇怪的结尾，必须对《风筝》所描述的两兄弟童年时代那件伤心的往事，有一个通盘的了解。

这件事其实很简单，它说的是第一人称讲述者"我"从小就不爱玩风筝。不爱玩风筝也没什么，尽管大多数孩子可能都爱玩，但"人各有志"，总有例外。可是这个"我"他真的有些特别，不仅自己不玩风筝，还反对家里人放风筝。理由是：玩风筝是最没出息的孩子才干的事。

这理由当然站不住脚。

孩子们的一种普通的游戏和爱好，被他说成是一种无法原谅的罪过。所以你看这个作者"我"啊，还真霸道得不行。

但"我"的小弟弟酷爱风筝。弟弟当然买不起风筝，哥哥又不让玩，因此他就特别羡慕那些可以随便放风筝的孩子们，常常"张着小嘴，呆看着空中出神，有时至于小半日。远处的蟹风筝突然落下来了，他惊呼；两个瓦片风筝的缠绕解开了，他高兴得跳跃"。弟弟爱风筝，爱到了痴迷的地步，但这一切在当哥哥的"我"看来，却"都是笑柄，可鄙的"。

碰到这样的哥哥，弟弟也真是倒霉透了。没办法，他只好偷偷找来一些材料，躲在一间不太有人去的堆杂物的小屋里，自己制作风筝。

就要大功告成的时候，被"我"发现了。"我"想弟弟怎么这样没出息，做什么不好，为何背着人做风筝？当时的"我"气愤至极，二话不说就抢上前去，手脚并用，三下五除二，彻底砸烂了弟弟"苦心孤诣"快要糊好的那只风筝。

"我"凶巴巴地做了这件事之后，毫不在乎弟弟的感受，就一个人扬长而去了。

此后兄弟二人再也没有提起这件事。

然而没想到，二十年后"我"偶尔看到一本外国人研究儿童的书，知道游戏是儿童最正当的行为，玩具则是儿童的天使，这才恍然大悟，意识到二十年前那一幕，乃是对弟弟进行了一场"精神的虐杀"。

认识到这点，"我"就感到一种迟到的惩罚终于降临，"我的心也仿佛同时变了铅块，很重很重地堕下去了。"

于是，"我"就想弥补二十年前的这个错误，但又不知怎么办才好，"送他风筝，赞成他放，劝他放，我和他一同放。我们嚷着，跑着，笑着。——然而他其时已经和我一样，早已有了胡子了。"既然这都不行，那就只剩下一个办法：当面向弟弟认错，请求他的原谅。

没想到，听了哥哥"我"的致歉和忏悔之后，已经人到中年的弟弟居然这样说：

"'有过这样的事吗？'他惊异地笑着说，就像旁听着别人的故事一样。他什么也不记得了。"

弟弟的反应，大大地出乎"我"的意料。"我"本来想弟弟应该说，"我可是毫不怪你呵"。"我想，他要说了，我即刻便受了宽恕，我的心从此也宽松了罢。"没想到弟弟根本就把这件事给彻底遗忘了。

如果说弟弟的反应让"我"感到意外，那么接下来"我"对弟弟反应的反应，就轮到让作为读者的我们感到意外了。因为接下来"我"是这么说的——

全然忘却，毫无怨恨，又有什么宽恕之可言呢？无怨的恕，说谎罢了。

我还能希求什么呢？我的心只得沉重着。

所以说，鲁迅这篇《风筝》怪就怪在文章最后哥哥"我"的情绪反应。

他小时候禁止家人放风筝的霸道和一点小变态倒也罢了，毕竟后来意识到错了。真正奇怪的是后来，当弟弟明确告诉他，已经不记得小时候哥哥那一幕"精神的虐杀"，依据常情常理，当哥哥的应该高兴才是。因为至少此时此刻，弟弟已经把那不愉快的、从哥哥的角度看来一定是受到严重心理伤害的往事忘得干干净净，不会再有心理创伤，也不会记恨哥哥了。既然如此，哥哥应该为弟弟高兴，也应该为自己高兴才是，怎么反倒更加闷闷不乐了呢？

而且不仅说"我的心只得沉重着",接下来还用一大段更加阴郁奇怪的文字,做了这篇文章的结尾——

现在,故乡的春天又在这异地的空中了(文章说的是在北京看人放风筝,想起儿时故乡的风筝,想起自己对弟弟那一场"精神的虐杀"),既给我久经逝去的儿时的回忆,而一并也带着无可把握的悲哀。我倒不如躲到肃杀的严冬中去罢,——但是,四面又明明是严冬,正给我非常的寒威和冷气。

这就是《风筝》的结尾。

大家看后不觉得奇怪吗?看这个结尾,好像心理受伤的不是小时候被哥哥砸烂了心爱的风筝的弟弟,反倒是砸烂弟弟风筝的哥哥,而且他的似乎越来越严重的心理创伤的形成,还是在人到中年,意识到小时候伤害过弟弟,但弟弟又告诉他根本不记得此事之后。

到底是怎么回事?看来,这还非得仔细琢磨琢磨不可。

◆ 2 ◆

第一种可能是,这个"我"啊,他有点不正常。

他硬是想证实弟弟当时似乎受了伤害,他硬是希望听到曾经受到过他伤害的弟弟对他说,"我可是毫不怪你呵"。似乎只有这样,他才能感到满意,心里的一块石头终于可以落地了。

果真如此,那么这个"我"很可能就有点强迫症了,非要别人的思想感情甚至对于往事的记忆都必须走在自己设计的轨道上,他才感到心安理得，否则就横竖不舒坦。

如果真的是这样，那么追根溯源，当然还是因为儿时种下的那枚苦果，现在终于要他自己来吞下了。

第二种可能是，当弟弟说完全忘记了二十年前那件事的时候，做哥哥的"我"不相信这是真的。

他可能认为弟弟是在骗他，是不想跟他多啰唆，是在用打哈哈的方法拒绝他的致歉与忏悔。哥哥可能认为，弟弟这样做，恰恰说明弟弟当时确实受了伤害，而且打那以后还一直记着这个伤害，随着时间的推移，心理医学上所说的"创伤记忆"越来越严重，以至于深入骨髓，所以根本不想接受来自哥哥的廉价的致歉与忏悔。

这也就是说，弟弟至今还痛并恨着，做哥哥的"我"这才感到痛苦不堪，而且毫无办法，所以"我的心只得沉重着"。

实际上这种可能性还可以分作两个方面：其一哥哥的怀疑是对的，弟弟确实至今仍然痛苦并且痛恨着；其二是哥哥的怀疑错了，这只不过暴露了哥哥的心理变态，疑心病太重，不该怀疑的事情偏要怀疑，偏要无事生非，凡事都朝最坏的方向去设想。

无论哥哥的怀疑对不对，这都是一件不折不扣的心理和感情的悲剧。

第三种可能是，这位做哥哥的"我"是弗洛伊德或佛洛伊德学生卡尔·荣格派心理治疗学的拥护者。

这派学说认为，一个人早期的心理创伤，随着时间推移，容易压抑在潜意识甚至无意识里，表面上风平浪静，连患者本人都以为根本没有受到过什么伤害，就像《风筝》里的弟弟说他不记得了，但被压抑在潜意识或无意识里的早年创伤正不断从精神深处伤害着患者，在患者意识不到的情况下不断流露出各种精神的症状。

医治的办法，就是在催眠状态下诱导患者慢慢回忆起早年的某一段经历，把这段经历从潜意识或无意识深处唤醒，让它浮现到意识的层面，这样就好像把身体里的毒性逼出来，从而达到治愈的效果。但心理和精神上的这种治疗过程相当麻烦，对患者来说是极其痛苦的，而且不一定总是能够奏效。

做哥哥的"我"也许正是想到这一点，才为他的弟弟感到深深的悲哀，同时也为他自己少年时代的糊涂和粗暴感到追悔莫及，因为被害者因为忘记了曾经遭受的伤害，他们灵魂深处的伤口就无法愈合，而曾经的加害者的道歉与忏悔，也就永远无法完成。

说实话，很难说清究竟哪一种更接近事实的真相。鲁迅先生的高明之处，就在于他给《风筝》安排了这样一个结尾，完全出人意料，奇峰突起，急转直下，而又戛然而止，让人迷惑，又让人似乎可以展开无限的遐想。

但不管我们怎么迷惑，怎么猜测，怎么遐想，有一点可以肯定，那就是人类之间相互所加的伤害，不管是轻是重，是此刻当下，还是在遥远的过去，甚或懵懂的儿时，对于受害者和施害者来说，后果都非常严重。精神的伤口，不是你想治愈，就能治愈得了的。

因此，关爱兄弟和邻舍，呵护幼小稚嫩而脆弱的心灵，是人类最值得去做、最需要去做、最应该去做的事。爱人如己，没有比这个更加重要的了。

当然，你或许会说，这些推测和遐想是否纯属多余，是否是一种"过度阐释"，鲁迅很可能根本就没想那么多。他只是大笔一挥，随便写写。

《风筝》写于1925年，但早在1919年，鲁迅就发表过一组简短的寓言故事，其中一篇《我的兄弟》，故事情节，包括结尾，跟《风筝》

一模一样，只是内容和文字描写要简单得多，显然是《风筝》的雏形或初稿。因此，至少在公开发表的文本层面，《风筝》的创作前后持续了六年之久。

一篇短短的散文，竟然花了六年时间才定稿，能说是大笔一挥，随便写写，并无什么微言大义吗？

显然不是如此吧。

敞开的心灵和人生教育
张新颖讲沈从文《从文自传》

/

1932 年，沈从文在青岛大学国文系做讲师，暑假期间用三个星期写了一本书，叫《从文自传》。这一年他三十岁，这本书写的是他二十一岁以前的事情，写到他离开湘西闯荡进北京就戛然而止。

《从文自传》可以分成两部分，前一部分的背景在小城凤凰，主要是一个小学生的生活，重点却不是读书，而是逃学读社会这本大书，作者自己说这一部分可以称作"顽童自传"；后一部分是一个小兵的生活，他十五岁离开了凤凰和家庭，进入更大也更加严酷的社会，随部队辗转，在各种各样的见闻和遭遇中成长。

沈从文把他所有的经历都看作是对他的人生"教育"，而他的心灵状态，是敞开来去接受各种各样的"教育"，其中最重要的，可以从三个方面来谈：一是自然现象，二是人生现象，三是人类智慧的光辉。

沈从文从小就有强烈的兴趣和冲动去读自然和社会这部大书。

他说,"同一切自然相亲近"的生活"形成了我一生性格与感情的基础","当我学会了用自己眼睛看世界一切,到一切生活中去生活时,学校对于我便已毫无兴味可言了。"他叙述自己逃学的"顽劣事迹",不仅仅是要表现一个"顽劣"的性格,而是要描述和说明自己因此而得到的教育。这种教育,要宽阔得多,也更根本,更深入骨髓。它是以自然现象和人生现象为一本永远也读不完的大书而进行的不停息的自我教育过程。"尽我到日光下去认识这大千世界微妙的光,稀奇的色,以及万汇百物的动静","我的心总得为一种新鲜声音,新鲜颜色,新鲜气味而跳。我得认识本人生活以外的生活。"

从一开始,这颗向宽广世界敞开的小小心灵,就被这个没有边界的世界带进了永远不会满足也就永远停不下来的探寻过程中,在这个过程中,小小的心灵变得越来越充实,越来越阔大。"我生活中充满了疑问,都得我自己去找寻答解。我要知道的太多,所知道的又太少,有时便有点发愁。""在我面前的世界已够宽广了,但我似乎就还得一个更宽广的世界。"

———— 2 ————

在叙述人生现象的"教育"时,沈从文描述了一种特别的经验:看杀人。他说:"我刚好知道'人生'时,我知道的原来就是这些事情。"

在现代中国文学史上,还没有哪个作家这么多次地写到这么大规模的砍头式杀人,也没有哪个作家能控制得这么"不动声色"地写看杀人。

他这样写,是冷漠和麻木吗?如果看杀人只是看杀人而没有对自己实实在在的影响,真正地无动于衷,那么,他就是一个鲁迅所说意义上的"看客";而沈从文想表达的却是,看杀人深刻地"教育"了自己,成为建构自己人生观念的重要因素;有这样的因素参与建构的一个人,与没有此类因素参与建构、没有受过同样"教育"的其他人,当然有着无法泯灭的区别。

所以,他在叙述怀化镇的生活时说了这么一段话:

> 我在那地方约一年零四个月,大致眼看杀过七百人。一些人在什么情形下被拷打;在什么情况下被把头砍下,我皆懂透了。又看到许多所谓人类做出的蠢事,简直无从说起。这一分经验在我心上有了一个分量,使我活下来永远不能同城市中人爱憎感觉一致了。从那里以及其他一些地方,我看了些平常人不看过的蠢事,听了些平常人不听过的喊声,且嗅了些平常人不嗅过的气味……

除了自然现象和人生现象,建构生命的另一种东西,在成长过程中不断变换着形式出现,而且越来越显示出重要性和沉潜的影响力,这种东西,沈从文把它称为人类智慧的光辉。

他在当兵时期接触到外国文学,姨父家中有两大箱商务印行的《说部丛书》。他谈到这些书时曾这样说:

> 这些书便轮流作了我最好的朋友。我记得迭更司的《冰雪姻缘》《滑稽外史》《贼史》这三部书,反复约占去了我两个月的时间。我欢喜这种书,因为它告给我的正是我所要明白的。它不如别的书说道理,它只记下一些现象。……

我就是个不想明白道理却永远为现象所倾心的人。

这就是一个作家的特质。

沈从文一个月大概有三四块钱，可是随身带的包袱里，有一本值六块钱的《云麾碑》，值五块钱的《圣教序》，值两块钱的《兰亭序》，值五块钱的《虞世南夫子庙堂碑》，还有一部《李义山诗集》。"这份产业现在说来，依然是很动人的。"在《从文自传》里面，这个细节特别打动我。

后来，他在篡军统领官陈渠珍身边做书记，保管整理大量的古书、字画、碑帖、文物：

> 这份生活实在是我一个转机，使我对于全个历史各时代各方面的光辉，得了一个从容机会去认识，去接近……这就是说我从这方面对于这个民族在一段长长的年份中，用一片颜色，一把线，一块青铜或一堆泥土，以及一组文字，加上自己生命作成的种种艺术，皆得了一个初步普遍的认识。由于这点初步知识，使一个以鉴赏人类生活与自然现象为生的乡下人，进而对于人类智慧光辉的领会，发生了极宽泛而深切的兴味。

那时候从长沙来了个受五四运动影响的印刷工人，带来些新书新杂志，沈从文很快就对新书"投了降"，"喜欢看《新潮》《改造》了。""为了读这些新书，知识同权力相比，我愿意得到智慧，放下权力。我明白人活到社会里应当有许多事情可做，应当为现在的别人去设想，为未来的人类去设想，为自己一点点理想受苦，不能随便马虎过日子，不能委屈过日子了。"

他做出一个决定，到北京去。没过多久，他就在北京西河沿一家小客店的旅客簿上，写下——"沈从文年二十岁学生湖南凤凰县人"，"便开始进到一个使我永远无从毕业的学校，来学那课永远学不尽的人生了"。

3

我们回头来看沈从文离开湘西时初步形成的知识文化结构。

这其中，有中国古代的历史和艺术，他把在陈渠珍身边做书记的军部称为"学历史的地方"；当然有中国古代文学，也有意外碰到的西洋"说部"；还有刚刚开始接触便产生实际影响的"新文化"。

我们在讲沈从文的传奇时，特别喜欢说到沈从文是一个小学毕业生，好像他是一个没有文化的人。可是当我们看到他有着这样一个知识结构的时候，我们太爱好传奇了，可能要把他实际有的知识结构缩小到很小，才使那个传奇更加传奇。可是实际情形可能不是这样的。

特别是，当二十一岁的军中书记从古代文物和艺术品中感受人类智慧的光辉时，当三十岁的小说家的自传写到"学历史的地方"来回忆这段经历时，他一定没有想到，他的后半生，是历史博物馆的馆员，一个最终取得辉煌成就的物质文化史专家和学者。我们或许应该想到生命的奇妙，想到沈从文的《从文自传》为未来的历史埋下的伏笔。

当这部自传结束的时候，传主的形象已经确立起来，他经历的一切构成了一个独立、独特的自我。借助自传的写作，沈从文重新"发现"了使自我区别于他人的特别因素，这个自我的形成和特质就变得显豁和明朗起来。

基本上可以说，通过《从文自传》的写作，沈从文找到了自己。找到了自己之后，最能代表个人特色的作品就呼之欲出了：《边城》和《湘行散记》接踵而来。

沈从文的学生汪曾祺说《从文自传》是"一本奇妙的书"，"它告诉我们一个人是怎样成为作家的，一个作家需要具备哪些素质，接受哪些'教育'。"

我们回看沈从文的一生，不必把这本自传的意义局限在文学里面。

对于更加漫长的人生来说，这个确立的自我，要去应对各种各样的挫折、苦难和挑战，要去经历多重的困惑、痛苦的毁灭和艰难的重生，在生命的终结处，获得圆满。

萧红不愿触及的记忆

文贵良讲萧红《呼兰河传》

　　《呼兰河传》是萧红晚年创作的长篇小说。

　　说晚年，也许不一定恰当。1940年冬天写完《呼兰河传》，1942年春天萧红就去世了，去世的时候也才只有三十一岁，真正的英年早逝！

　　《呼兰河传》不是为呼兰河立传，而是为呼兰县城立传。呼兰县因呼兰河得名，2004年成了哈尔滨的一个区，叫呼兰区。这部小说被学界认为是一部自叙传小说，即讲述的是萧红自己的童年。

　　中国现代文学史上的作家们，不管成年后生活经历如何曲折，他们大多数的童年往往还是快乐的。鲁迅、张爱玲、郭沫若等的童年还是快乐的，原因是他们父辈家境还都不错。当然家境不错，也并不一定有童年快乐。

　　萧红的父亲张廷举读过师范，做过县教育局局长，家境属于殷实一类。萧红的童年生活如果说有一个转折点，就是1919年她八岁的时候生母去世，父亲续弦。萧红跟继母的关系一直不融洽，后来为了读初中和抵抗包办婚姻，与家庭彻底闹翻了。

《呼兰河传》直接写萧红童年生活最著名的段落是写她在自己家的大花园里玩耍。这些段落作为描写童年快乐生活的例文被选入到中小学语文课本中。

《呼兰河传》中的大花园虽然没有曹雪芹笔下的大观园、鲁迅笔下的百草园那么著名，但也是文学中的花园精品。"大花园"一般被认为是童年萧红的乐园，在那里她可以自由自在地玩耍。她不是一个人玩，还有她的爷爷带着她玩。

小说是这样描写的：

> 花开了，就像花睡醒了似的。鸟飞了，就像鸟上天了似的。虫子叫了，就像虫子在说话似的。一切都活了。都有无限的本领，要做什么，就做什么。要怎么样，就怎么样。都是自由的。倭瓜愿意爬上架就爬上架，愿意爬上房就爬上房。黄瓜愿意开一个谎花，就开一个谎花，愿意结一个黄瓜，就结一个黄瓜。若都不愿意，就是一个黄瓜也不结，一朵花也不开，也没有人问它。玉米愿意长多高就长多高，他若愿意长上天去，也没有人管。蝴蝶随意的飞，一会从墙头上飞来一对黄蝴蝶，一会又从墙头上飞走了一个白蝴蝶。它们是从谁家来的，又飞到谁家去？太阳也不知道这个。
>
> 只是天空蓝悠悠的，又高又远。
>
> 可是白云一来了的时候，那大团的白云，好像洒了花的白银似的，从祖父的头上经过，好像要压到了祖父的草帽那么低。

我玩累了，就在房子底下找个阴凉的地方睡着了。不用枕头，不用席子，就把草帽遮在脸上就睡了。

在大花园里，花开，鸟飞，虫叫，一切都是健康的，活跃的，都有无限的本领。"要做什么，就做什么。要怎么样，就怎么样。""要……，就……"和"愿意……，就……"的句式好像表达了它们无限的可能性，它们的意志随时可以得到实现。

蓝天悠悠，白云悠悠，花自由自在地开，鸟自由自在地飞，虫子自自在在地鸣叫，"我"自由自在地玩耍，想睡了，就在阴凉的地方用草帽盖着脸睡觉了。天和地，人和物，人和人，都和谐共处。

不得不承认，这些段落确实写出了一个小女孩童年的无忧无虑的快乐，不愁吃，不愁穿，只要跟着爷爷玩耍就可以了。还有那么大一个大花园是她独有的，没有别的小孩来占领，来破坏。

2

那么，今天的我们如何理解这种大花园的快乐？

仔细琢磨，我们会发现这种大花园的快乐也有一些缺陷。"要……，就……"和"愿意……，就……"的句式很像上帝的句式。《圣经》的《创世纪》中，上帝说要有光就有光了，要有啥就有啥了。听上去一切都有可能，但其实就是一种可能。

倭瓜、黄瓜、蝴蝶似乎愿意怎样，就可以怎样，但整个语句的意思却是在告诉我们，它们都只有在自身的范围内才有那种可能性。而且，春天到夏天，繁花似锦，红花绿叶，那是充满活力的、生机勃勃的场面，却只有一个小孩与一个老人在里面，就很不协调。

《红楼梦》中的大观园，是人与园相得益彰。而《呼兰河传》中的大花园里，一个老人戴着大草帽，一个小人戴着小草帽，栽花、拔草、下种，说快乐也有快乐，但对于一个小孩来讲，其实有的是一种寂寞的快乐、逃避的快乐。

如果我们把萧红对大花园的描写放到小说对家的描写中来看，就很明显了。

第三章是以祖母的去世为线索，来写"我"的童年生活。其中写到，"我"跟祖父学习唐诗，与表哥一起玩耍，与亲戚们的小伙伴一起去摘荷叶，还有她自己在大花园里玩耍。这些活动确实带给了萧红无限的快乐。

但是，我们再来看看第四章写了什么？

第四章写"我"家，共五小节，除第一小节外，其余四小节的开头分别是：我家是荒凉的／我家的院子是很荒凉的／我家的院子是很荒凉的／我家是荒凉的。

《呼兰河传》描写家，只写了家的外部环境，根本没有写到家的内部，根本没有写到童年萧红住的什么房间，里面有什么样的布置。

就家里人物来看，只写了祖父和祖母，没有写到自己的父亲和母亲，也没有写到自己的弟弟。小说展示给读者的是一个明晃晃的大花园，而大花园旁边的家，像一个黑洞，像一个没有打开的包裹。

我们可以说，家的荒凉更加突出了大花园的明晃晃的快乐；但是否也可以说：大花园的明晃晃的快乐掩盖了自己的原生家庭中无法叙说的寂寞与痛苦呢？

3

《呼兰河传》共七章。第一章写呼兰河城里的药铺，火磨房，学校，小胡同，还有傍晚的火烧云，这些是多么平常，哪个城市都有，但是这一章小说重点写了大泥坑。城市本来是平整的、整齐的、清洁的、有序的、规则的，但突然有这么一个大泥坑，仿佛是城市撕开的裂口。

第二章写跳大神、放河灯、野台子戏、四月十八娘娘庙大会，是人的裂口。这些都是写鬼的世界。鬼是人的裂口。人在世上是痛苦的、恐惧的、不安全的；人在人的身上找不到安全，找不到保障，于是只有打开人的规则，把裂口显露出来，于是鬼的世界被创造出来。

第三章和第四章写大花园，前面分析过主要写的是家的外部。家本来是温馨的、热情的。其实，萧红那个没有写的家是寂寞的，大花园则好像是家的一个裂口。

在后三章里，每一章都写了一个人物：小团圆媳妇、有二伯和冯歪嘴子。这三个人各有特色：小团圆媳妇是童养媳，尽管童养媳是有家的，但是娘家没有权利管她，婆家又不把她当人看，童养媳因为尚未成年，并没有获得人的权益。有二伯是长工，无家无室；冯歪嘴子则是磨倌，寄住他人家。

在中国传统社会中，家族是社会的基本结构，家与家成为族，族与族成为社会。小团圆媳妇、有二伯和冯歪嘴子，却是在家族之外的，他们都是属于无家的人，都是属于萧红所说的"偏僻的人生"，都处在家与家的缝隙之间。

"偏僻的人生"是社会的裂口。"裂口"这个词语则出现在《呼兰河传》的开头：

严冬一封锁了大地的时候，则大地满地裂着口。从南到北，从东到西，几尺长的，一丈长的，还有好几丈长的，它们毫无方向地，更随时随地，只要严冬一到，大地就裂开口了。

裂口这个意象深深地触动了我们：大地上的裂口！这些裂口没有方向，没有规则，是对大地的无序撕扯，成为阳光照不到的阴暗之所。但裂口又成为大地的见证，成为平整的见证。裂口是一种伤痕，是一种撕扯，又是一种封闭。裂口的撕扯，见证的是大地的坚强。

大花园的快乐，给寂寞的家打开了一个裂口，见证了家的无法叙说的往事。《呼兰河传》的故事所叙说的童年记忆同样像一个裂口，暗示了萧红童年记忆中那些没有触及的部分，或者不愿意触及的部分。而这些内容都成为萧红成长道路上的力量。

顽童嬉耍荒原上

郜元宝讲余华《在细雨中呼喊》

20 世纪 80 年代后期，继右派作家（"重放的鲜花"）和知青作家之后，中国文坛突然涌现了一大批"60 后青年作家"，比如苏童、余华、叶兆言、格非、孙甘露等。他们丰神俊朗，才华横溢，迥异于当时的文坛主流，令人刮目相看。通常人们称这批文学新生代为"先锋作家"。

"先锋"一词，当时主要着眼于他们令人眼花缭乱的小说叙述方式和语言形式，这些都明显不同于传统现实主义或浪漫主义小说，也是当时青年读者喜爱他们的理由之一，都说他们带来了小说叙事和语言的革命。稳健一点的批评家则说他们完成了一场前无古人的"先锋形式的探索"。

从他们的小说中，人们可以读出卡夫卡的恐惧与战栗，可以读出美国作家福克纳、索尔·贝娄、雷蒙德·卡弗的神采，可以读出法国新小说派作家罗布·格里耶等的影子，还可以读出马尔克斯、博尔赫斯、略萨等拉美作家的气味——总之他们和外国文学新潮息息相通，有人说他们就是用汉语书写"某种外国文学"。

先锋小说最初的冲击波确实来自他们横空出世的叙事方式和语言形式，但今天回过头来再去读他们的作品，尤其当我们对新形式和新语言的"探索"已有一定经验之后，你就会发现单纯形式上的研究已经非常不够。

我们必须提出这样的问题：先锋作家除了探索新的叙事方式和语言形式之外，在小说内容方面可曾提供哪些新的因素？这些新因素究竟新在何处，是完全的创新，还是和中国文学的某种传统仍然有千丝万缕的联系？

读过先锋作家余华的长篇小说《在细雨中呼喊》，或许我们就可以尝试回答这个问题。

2

当大家打开这部小说时，首先看到的是什么？

让我感到震惊的，是过去读当代小说时熟悉的那些人和事忽然不见了。比如，右派作家小说中常见的知识分子和老干部受迫害时的痛苦与幻灭，或重返工作岗位后新的困惑，就很少在余华的笔下出现；也很少看到知青小说反复思考的知识青年上山下乡的问题；至于路遥《人生》中高加林式回乡知青的苦闷，《平凡的世界》中草根青年的困苦、挣扎和坚持不懈的努力，也并非余华的兴趣所在；再比如伤痕、反思、改革文学的主流作品，像古华《芙蓉镇》、高晓声《陈奂生上城》、贾平凹《浮躁》、张炜《古船》、张洁《沉重的翅膀》等对重大社会历史问题的关切，似乎也都荡然无存。

那么，这一切之外，我们还能看到什么别的内容呢？

我们首先看到的，是一个叫孙光林的第一人称叙述者"我"透过时间的帷幕，在回忆里重新看到一大群儿时的伙伴。他们的年纪从五六岁到十七八岁不等，主要是孙光林的哥哥、弟弟、邻居、同学。

他们要么还是小孩，刚学会走路说话，要么是懵懂少年，对社会人生似懂非懂，正朝着未知的将来快速成长。他们（包括孙光林本人）的心思意念和言语行为，有时愚蠢可笑，顽劣可叹，有时又尖锐犀利、脑洞大开。所有这些搅成一团，呈现出孩童和少年世界真实可感的完整图景。

当然我们也看到了这群"昔日顽童"所处的20世纪60年代后半期和整个70年代。但余华不像右派作家或知青作家那样具体审视那个年代的社会政治，而是用顽童心态与视角，远距离眺望那个年代。

无论孙光林一家生活的乡村南门，还是孙光林养父养母所在的小镇孙荡，在孙光林的回忆里都显得贫穷、荒凉、寂寞。显然，冷静客观地展现20世纪60年代至70年代中国社会的一般生活状况，并非《在细雨中呼喊》以及其他先锋作家早期作品的长处。对那段历史，80年代新时期文学已经形成稳固的集体记忆，对此先锋作家兴趣不大，他们要越过集体化的历史记忆，打捞自己的童年和少年。这跟集体的历史记忆并不完全一致，许多细节和色调还相差太远，但这毕竟是他们的真实记忆，对集体记忆来说，未必不是一个有趣的补充。

比如，小说中大量描写了少年人珍贵的友谊，以及转瞬之间对友谊的背弃。苏家兄弟苏宇、苏杭跟随父母从城里下放到农村，农村少年孙光林一开始就对他们充满了好奇、羡慕、景仰与向往。后来他们成了朋友，共同度过一段快乐美好的时光，但不久便是友谊的破裂与彼此伤害。上中学后，孙光林与高年级同学之间又重演了同样的悲剧。

那时候，成年人最怕政治迫害、经济拮据、文化生活匮乏，但少年人并不计较这些。令他们兴奋的是友谊，令他们伤悲的则是友谊的破碎。

小说也如实描写了少年人（主要是男孩）对性的无知、好奇、充满犯罪感和恐惧感的探索，以及探索过后因为自我谴责和害怕惩罚而产生的精神负担。这大概也属于鲁迅所谓"越轨的笔致"吧。

余华的描写大胆乃至出格，却并未沉溺于此。随着成长的继续，这一阶段自然也就过去了，只是已经发生的可笑、可叹、可悲、可怕的经历，永远留在记忆深处，每次重温，感伤、羞愧乃至恐惧战栗之情还会如期而至。成长可以掩盖许多往事，却很难抹去附着于往事的五味杂陈的回忆。

你也许可以说，如何看待少年人的友谊，如何培养正确的性意识以及与此有关的朦胧的爱情，都是中小学教育的任务。《在细雨中呼喊》围绕友谊和性的主题发生那么多喜剧、闹剧和悲剧，都可以归结为当时中小学教育的落后，过来人不必纠缠于这样的过去，而应该努力当下，放眼未来。这当然不错。但人类记忆的力量往往不可抗拒。当记忆的洪水涌来，我们会无法回避，也无法选择，只好凭一己之力再次投入其中。

《在细雨中呼喊》就是一部有关记忆的小说，它教我们学习在记忆的洪水中游泳而不至于遭受灭顶之灾。

3

比较起来，小说更多的还是透过童年和少年的敏感心灵，折射出那个年代普遍丧失和扭曲的"亲情"。

比如，"我"的同学国庆的母亲死后，父亲抛弃国庆，与别的女人重组家庭，而国庆居然无师自通，给母亲的兄弟姐妹挨个写信，让他们干预父亲的生活，以恶作剧式的破坏与捣乱表达他对父亲无限的眷恋。

小说叙述的重点，是第一人称主人公"孙光林"在两个家庭之间被抛来抛去的窘境。因为贫穷，六岁的孙光林就告别故乡和亲生父母，被养父带去一个叫"孙荡"的小镇，在那里一住就是五六年。好不容易跟养父母建立起亲密的关系，却因为养父搞外遇被抓而自杀、养母回娘家而一切归零，被迫重返全然陌生的亲生父母家。从此直到考上大学，整个初、高中阶段，孙光林在亲生父母家的地位都无异于局外人。小说的主要内容就是从孙光林这个局外人的心灵感受出发，写出以父亲孙广才为中心的一家三代严重扭曲的亲情关系。

在孙光林眼中，父亲孙广才无疑是十足的恶棍和无赖。孙广才上有老，下有小，但他对三个儿子的爱心之稀少，一如他对父亲孙有元的孝心之淡薄。小说不厌其烦地描写孙广才怎样动不动发脾气，辱骂和毒打三个儿子，又怎样变着法子虐待失去劳动能力的父亲。孙广才对妻子也缺乏基本的忠诚与尊重，长年与本村一位寡妇通奸。他做这一切都理直气壮、明火执仗，因为在他眼里，儿子、父亲、妻子都是他的累赘，甚至都是危害他生命的仇敌，他们的价值远在他所豢养的家畜家禽之下。

受孙广才影响，孙光林的哥哥与弟弟也参与了对祖父孙有元的虐待。但从孙光林冷眼看去，祖父孙有元也并非善类：他因为腰伤失去劳动能力，但他的狡猾冷漠超过孙广才，比如他利用小孙子的年幼无知，跟一家之主孙广才斗智斗勇，常常令孙广才甘拜下风。

在孙荡镇，在南门村，像孙广才这样的家庭比比皆是。孙家只是那个年代无数中国家庭的一个缩影。亲情的扭曲和丧失还表现在一个触目的细节上：孙家祖孙三代互相一概直呼其名，彼此尊重和怜爱的话语几乎荡然无存。

4

如果余华仅仅是残酷地揭露那个年代中国家庭亲情的丧失，那么《在细雨中呼喊》就是不折不扣的审父与溢恶之作。但事实上，余华既大胆揭露了那个年代中国家庭亲情的普遍丧失和扭曲，同时也看到即使在这种情况下，人类与生俱来的亲情关系仍然以这样或那样的方式存在着。

《在细雨中呼喊》中，到处可见家庭内部爱的纽带隐蔽甚至变态的存在，犹如灰烬中的余火，给人意想不到的温暖。

比如弟弟舍己救人而溺死之后，父亲和哥哥幻想以此换来褒奖与补偿，这固然令人唾弃，但另一方面，他们起初把弟弟从水里捞起来，轮流倒背着，拔足狂奔，希望救活弟弟，这个场面又充分显示了他们的兄弟之爱和父子之情。

再比如，尽管父亲与寡妇通奸，把妻子抛在脑后，但妻子死后，他还是深夜偷偷跑到妻子的坟头，发出令全村人毛骨悚然的痛哭。

还比如，晚年的祖父与父亲成了冤家对头，但祖父死后，父亲也曾流露出真诚的痛苦与忏悔，痛骂自己没有在祖父活着的时候尽孝，而祖父最后坚持绝食，只求速死，目的竟然是为了给儿子减轻生活负担。

如果用心阅读《在细雨中呼喊》，我们就会发现余华犹如一个冷静的医生，用寒光闪闪的解剖刀，先剥去中国家庭外表上温情脉脉的面纱，露出底下彼此仇恨的关系，然后又继续剥去这层彼此仇恨的关系，露出尚未完全折断只是隐藏更深的亲情的纽带。

通过上述分析，我们不难看出，在先锋实验和成长小说的外衣下，余华真正关心的还是中国社会和中国家庭的感情维系。他无情地"揭"露了人类感情遭破坏、被扭曲的悲剧，但也努力挖掘人类之间爱的联系得以修复的希望所在。

这一文学母题，在他后续的小说《活着》《许三观卖血记》《兄弟》和《第七天》中不断重现。余华表面上可能有点离经叛道，其实却越来越靠近文学史上那些具有深厚人道主义思想和现实批判精神的经典作家。强调这一点非常必要，也非常重要。

苦难酿成金色的梦
陈思和讲莫言《透明的红萝卜》

《透明的红萝卜》集中体现了莫言早期的创作风格，描写了一个叫作"黑孩"的农村孩子的奇异的感觉世界。

莫言对这个作品情有独钟。2012年莫言获得诺贝尔文学奖，他在瑞典斯德哥尔摩领奖前，发表了著名的演讲《讲故事的人》。在演讲中，他就提到了这部小说。他说：

> 我认为《透明的红萝卜》是我的作品中最有象征性、最意味深长的一部。那个浑身漆黑、具有超人的忍受痛苦的能力和超人的感受能力的孩子，是我全部小说的灵魂，尽管在后来的小说里，我写了很多的人物，但没有一个人物比它更贴近我的灵魂。

莫言在这里强调了两点。

第一，黑孩这个农村孩子具有承载苦难的特殊能力。

第二，黑孩还具有感受大自然的特殊能力。这两种特殊能力加在一起，就会让人感到：这个孩子仿佛是有特异功能的。

莫言在这段话里，反复用了一个词：超人的。不是一般的人，是超人。但这个超人，不是指那种力大无穷、改天换地的英雄，恰恰相反，他写了一个毫无自我保护能力的孩子，在忍受苦难方面具有特殊的能力。

这正是莫言小说中令人心痛，也是最引人佩服的地方，体现了莫言的早期风格。

《透明的红萝卜》是以"文革"后期（大约是20世纪70年代中后期）农村修闸工地为背景的，写了工地上一个十岁的儿童，因为长得黑，又比较脏，大家就叫他黑孩。黑孩的母亲死了，父亲闯关东去了，家里有一个后妈和后妈生的儿子，后妈一直酗酒，喝醉了酒就打他骂他虐待他。这个孩子渐渐地变傻了，变得不会说话，像哑巴一样。深秋天还光着背脊，只穿一条大裤头，而且脏得不能再脏。所以作家写道："人们的眼光都追着他，看着他光着背，忽然都感到身上发冷。"

大家注意，这就是典型的莫言的语言。

他不是直接写一个人感到冷，而是通过别人看着他，引起了一种感觉。别人看着他光着背，看的人感到冷，用这个方法来传达黑孩的冷。

— 2 —

作者接下来就把笔墨转换到黑孩的身上，他的描写就越来越神奇了：

小石匠吹着口哨，手指在黑孩头上轻轻地敲着鼓点，两人一起走上了九孔桥。黑孩很小心地走着，尽量使头处在最适宜小石匠敲打的位置上。小石匠的手指骨节粗大，坚硬的像小棒槌，敲在光头上很痛，黑孩忍着，一声不吭，只是把嘴角微微吊起来。小石匠的嘴非常灵巧，两片红润的嘴唇忽而噘起，忽而张开，从他唇间流出百灵鸟的婉转啼声，响，脆，直冲到云霄里。

这段话写得很有意思，一共四句话，就有四层意思。

第一句，讲那个小石匠用手指骨节去敲打那个黑孩的光头。第二句，写黑孩非但不躲开，反而迎着那个指头的敲打把头顶上去，是不是这样敲打很舒服呢？不是的。所以第三句，又强调说，这个敲打其实是很痛的，那问题就来了，既然痛，他为什么不躲开，反而要迎合呢？这就是第四句话，原来黑孩对小石匠口哨吹出的鸟声有特殊的敏感。

这一层一层的意思，都是在反复，都是在反过来讲的。反过来讲意思就是说，黑孩因为他对音乐、对那个鸟的叫声特别敏感，所以他宁可把头顶上去，用他的头跟那个小石匠手指之间敲打形成一种节奏，这种节奏跟小石匠嘴里吹出来的口哨的鸟声相吻合。

那么，这里它突出的是什么呢？

一个就是黑孩能够忍受疼痛的能力，另一个就是他对鸟叫声音有特殊的感受能力。这样黑孩的形象就有了双重意义。一方面黑孩的形象是实实在在的、现实生活当中的苦孩子，失爱的童年、暴力的家庭、冷酷的社会环境，使他不仅丧失了作为正常孩子的智力，也丧失了与人类社会正常交流的能力，他只能用动物的方式来表达对人类社会的感受。

接下去好多描写，比如他写到一个姑娘，用手去抚摸黑孩的肩膀和耳朵的时候，黑孩朦胧地生出了一些温暖的感受，但这种感受他没办法表达；小说里就这么写，他只能用吸鼻子的方法，不停地抽泣，用吸鼻子的方法来表达。像一条小狗一样，你喜欢它，它就用鼻子来回报你。还有当姑娘出于同情把他拉出铁匠铺的时候，他不知所措，不知道怎么来表达对这个姑娘的感觉，于是他就用牙齿咬姑娘的手，就表现出一种兽性的冲动。又比如因为经常被毒打，他失去了对疼痛的敏感，但这并不是说他没有痛感，而只是他不知道如何理解和表示痛感。

作者多次写到他用听觉和嗅觉来表示痛感。比如他在挨打的时候，有一个情节，是有人用一个大的巴掌从他头上敲下去。

莫言是这样描写的，说那个小孩他"听到头上响起一阵风，感到有一个带棱角的巴掌从自己头皮上扇过去，紧接着听到一个很脆的响，像在地上摔死了一只青蛙"。

还有一个细节，就是有一个铁匠在捉弄黑孩，让黑孩用手去抓烧红的铁砧。黑孩不知道烧红的铁砧很烫，用手去抓了，一抓以后这个铁砧就把他的手烧焦了。但黑孩完全不知道痛是怎么回事。小说描写他就说他"听到自己手里吱吱啦啦的声音，像握了一只知了"，紧接着就说他的"鼻子里也嗅到了炒猪肉的味道"，也就是说肉都烧焦了。像这些反应都不是正常理性下的人的感觉，而是近于动物的生理反应。尤其有一段写他用脚掌去捻带刺的蒺藜，他是这么写的，他说：

> 黑孩正在和沙地上一棵老蒺藜作战，他用脚指头把个个六个尖或者八个尖的蒺藜撕下来，用脚掌去捻。他的脚像骡马的硬蹄一样，蒺藜尖一根根断了，蒺藜一个个碎了。

大家可以看到，在这里他写这个孩子的生理上更具有动物的特点。

3

但是，另一方面，黑孩的意义还远不止于此。

一方面他是从人倒退到动物兽类，与人类社会无法正常交流。另一方面，他却能把所有的心思都用在理解自然、拥抱自然、与自然对话上。他像小动物那样和大自然浑然成为一体，运用自己的各种感觉去捕捉自然信息。他能听到自然界的各种声音：比如，麻黄地里鸟叫般的音乐和音乐般的秋虫鸣叫、空气碰撞在植物叶子上而发出的震耳欲聋的响声、蚂蚱剪动翅膀的声音像火车过铁桥、萝卜的根须与土壤突然分离时发出水泡分裂似的声响……他甚至能够听到姑娘的头发落地的声音。

显然，莫言笔下的黑孩拥有超越正常人的视听能力，他更接近动物对自然的感觉，用半人半兽的感觉世界来理解人类社会。

更重要的是，这个被异化为"动物"的农村孩子，依然拥有人性最美好的因素——美感与理想。他不但能够聆听大自然的各种音乐般的声音，能够分辨自然界的各种奇异的色彩，而且还有一般动物所不可能具备的绚烂极致的想象力。

小说里有一段很重要的描写，写了孩子看着一个萝卜产生的幻觉：

> 黑孩的眼睛原本大而亮，这时更变得如同电光源。他看到了一幅奇特美丽的图画：光滑的铁砧子，泛着青幽幽

蓝幽幽的光。泛着青幽幽蓝幽幽的光的铁砧子上,有一个金色的红萝卜。红萝卜的形状和大小都像一个大个阳梨,还拖着一条长尾巴,尾巴上的根根须须像金色的羊毛。红萝卜晶莹透明,玲珑剔透。透明的、金色的外壳里包孕着活泼的银色液体。红萝卜的线条流畅优美,从美丽的弧线上泛出一圈金色的光芒。光芒有长有短,长的如麦芒,短的如睫毛,全是金色……

这个片段是小说描写的核心,它通篇用金色的幻觉跟小说整体上笼罩的阴暗、压抑、沉重的基调来对抗,以奇特的梦想,来对抗单调、黯淡的现实,昭示着生命理想的追求。

这篇小说,莫言原来把它取名为《金色的萝卜》,后来是编辑部把它改成《透明的红萝卜》。"透明的红萝卜"这个色彩当然比较亮丽,但是它突出的只是红色。因为这篇小说里,黑孩眼睛里对红色特别敏感,很多地方都出现了"红色"这个意象。但莫言这一段描写其实突出的不是红色,而是金色,是一种充满了精神性的东西,跟红色还是有不一样的地方。红色基本上在动物眼睛里也可以看出来,而金色的这样一种光芒是属于人类的,不是属于动物的。所以原来的"金色的萝卜"这个名字,更能够突出这部小说的意象。

最后,关于黑孩还有必要强调一点,黑孩看上去是一个有神奇感觉的孩子,但实际上他并不神秘。因为他是一个来自农村的孩子,没有经过什么科学教育,他所有的生命信息,都是从大自然获得的。

这是莫言对于苦难中的农村孩子的特殊理解和描写,也是新文学人物画廊里一个独特而深刻的艺术形象。

第三单元 青春

每一代人的青春故事都是不同的。但是从某种意义上说，每一代人的青春是相似的。因为所有的青春的意义也许从来不曾改变。这种青春的意义也许就是冲破那些阻碍，翻过面前的一堵一堵的高墙，青春也是关于摆脱束缚的，青春也是关于寻求自由的。确实有很多的小说都给我们提供了令人难忘的青春形象。

——张悦然

初恋这件大事
张业松讲周作人《初恋》

/

现代文学中关于初恋的名篇不算多。沈从文的《边城》算是其中之一。翠翠梦中的山歌、与二佬的邂逅，酿成了爱的酸楚，也培育了爱的根苗。结尾一句"这个人也许永远不回来了，也许明天回来！"留下悲欢离合的无尽怅惘，也留下有情世界与无情山水"常"与"变"的悠远变奏，成为读者心头萦绕不去的美的召唤。

周作人的《初恋》则可算是直接书写初恋主题的杰作。相对于人生的其他主题，初恋无论如何不算重大，一般事过境迁，人们回想起来也大多不甚了了，似乎没有多少东西可写。周氏这篇却在短小的篇幅和淡淡的笔触中，包含了微妙而丰富的内涵，启人心智之处甚多。

初恋当其发生时，当然是了不得的大事。

"我不曾和她谈过一句话，也不曾仔细的看过她的面貌与姿态。……虽然非意识的对于她很是感到亲近，一面却似乎为她的光辉所掩，开不起眼来去端详她了。"

这样的初恋的感觉你有没有？当初恋发生多年以后，还能把这种细腻微妙的感觉写出来，很不容易。周作人在这个短篇中，写下的是初恋的滋味和意味。

滋味不必说了，就是这种"虽然非意识的对于她很是感到亲近，一面却似乎为她的光辉所掩，开不起眼来去端详她了"的甜蜜惊慌的感觉。还有"每逢她抱着猫来看我写字，我便不自觉的振作起来，用了平常所无的努力去映写，感着一种无所希求的迷蒙的喜乐"。

什么叫"迷蒙的喜乐"？就是似乎要昏过去了同时却高兴得不知所措的感觉。

这里写出的是年轻的心、年轻的激情、年轻的笨拙和年轻的不由自主地想要在对方面前表现得更为杰出的自我克制和加倍努力。由此我们知道，在初恋的甜蜜的惊慌中，不只是有着盲目不自明的感情的冲动，而分明也有着同样不自明的理智上的努力的成分，恋爱激发出了一种促使人向上自我提升的力量。这就要说到初恋的意味了，即它到底给人带来什么？

2

周作人在《初恋》中对于这个主题的表达，更集中地体现在文章的后半部分：

> 有一天晚上，宋姨太太忽然又发表对于姚姓的憎恨，末了说道，"阿三那小东西，也不是好货，将来总要流落到拱辰桥去做婊子的。"

我不很明白做婊子这些是什么事情，但当时听了心里想道，"她如果真是流落做了婊子，我必定去救她出来。"

这是英雄救美的壮志。

我们知道，历史上和传奇中的很多盖世大英雄，确乎正是出于对倾国倾城或惊世骇俗的爱的冲动，才做出了他们的不朽盛事。过去我们从小说或史书上读到这些，或者也曾不胜向往仰慕之至，但最终大概总觉得这种传奇事业太了不起，跟我们的庸常生活没什么关系。周作人颠覆了这种直感，让我们看到，伟大的抱负和伟大的事业可能诞生于渺小的根苗。

然而小孩子的高调，终究也不能太当真。时过境迁，也许不过几个月的工夫，内心的丘壑已是另一番面目。

紧接上引段落，作品中这样写道：

大半年的光阴这样的消费过去了。到了七八月里因为母亲生病，我便离开杭州回家去了。

一个月以后，阮升告假回去，顺便到我家里，说起花牌楼的事情，说道："杨家的三姑娘患霍乱死了。"

我那时也很觉得不快，想象她的悲惨的死相，但同时却又似乎很是安静，仿佛心里有一块大石头已经放下了。

为什么"很觉得不快"，"却又似乎很是安静，仿佛心里有一块大石头已经放下了"呢？

"不快"是真的，"一块大石头已经放下"也是真的。从我们老于世故的眼界来看，仿佛矛盾的感情中，包含了残酷的现实条款所约束的诸多不可能，因此最好就是恰好，一个不幸的小姑娘，不必勉强一个怯懦的"丑小鸭"去做他的英雄梦。

于是，一个悲惨的死，抵过一分真实的爱和怜惜，似乎也有点银货两讫的意思，完满了丑陋的人世。所以，最终尽管是人已经逝去，经由初恋装进心里的"大石头"不放也得放了，却好像是那个小小的"我"对于"她"有了情感上的负债，总是有些"安静"中的"不快"。

这种情感上的负债感，也就是"我"从初恋中有所获得，却并没有回馈给对方什么的感觉，这是对的。

《初恋》真正要说的，其实是初恋对于人的赐予。

作品中说："总之对于她的存在感到亲近喜悦，并且愿为她有所尽力，这是当时实在的心情，也是她所给我的赐物了"，"赐物"即赏赐之物，来自于慷慨善意、不求回报的给予。所给予的东西，说得出来的是喜悦之感，和"愿为她有所尽力"的自我提振的心情，对于成长中的少年来说，二者都是相当正向的力量。而在这种正向的提振力量的作用下，少年人局促在自我中心的儿童世界里的天真之眼，开始看向身外更广大的世界，并从中铆定一个对象，通过她，开始建立与广大世界的真切的联系。

这才是初恋之赐予中最核心的东西。一种基于爱的，"于自己以外感到对于别人的爱着"；和一种诱导性的，"引起我没有明了的性之概念的，对于异性的恋慕"。

所谓情窦初开，爱和恋的共同作用，启蒙了懵懂少年，使他开始初尝人生的甜味与苦味，对于未来的人生，有了基于美好的人间关系的初步准备。

当此时刻，"在她是怎样不能知道，自己的情绪大约只是淡淡的一种恋慕，始终没有想到男女夫妇的问题"，这种关系与成人世界的男女之事还有着不小的距离，正是理所当然的。

3

张爱玲的《爱》也是为大家所熟知的名篇。

她说：

有个村庄的小康之家的女孩子，生得美，有许多人来做媒，但都没有说成。那年她不过十五六岁吧，是春天的晚上，她立在后门口，手扶着桃树。她记得她穿的是一件月白的衫子。对门的年轻人同她见过面，可是从来没有打过招呼的，他走了过来。离得不远，站定了，轻轻地说了一声："哦，你也在这里吗？"她没有说什么，他也没有再说什么，站了一会，各自走开了。

后来这女子被亲眷拐卖到他乡外县去做妾，又几次三番地被转卖，经过无数的惊险的风波，老了的时候她还记得从前那一回事，常常说起，在那春天的晚上，在后门口的桃树下，那年轻人。

可以说，这就是爱的力量。

"哦，你也在这里吗？"轻轻地问一声，一念之善，也许就支撑了人世的无限艰难。初恋的意味，是对于人格的培育，对于勇敢、善良等品格的启发和召唤，对于单纯、纯洁等境界的珍惜与神往。

初恋从字面上说是初次恋，原本没有限定必须是和所有对象的第一次恋，所以理论上说，和每一个对象都是可以有初恋的。古人诗中说:"还将旧时意,怜取脸前人"(元稹)。又说:"满目山河空念远,落花风雨更伤春。不如怜取眼前人"(晏殊)。这说的是,如果初恋已经不可追踪,也不必过于惋惜,比起过往,更重要的是对当下的感情的珍惜吧!当然这是玩笑话了,且供一乐。

我们这里所说的,或者是周作人所教给我们的,却是初恋虽小,所关甚大,在初恋里,人们奠定的是自己人生的根基。

青春注定是悲剧吗
李丹梦讲沈从文《边城》

―――――◇ １ ◇―――――

《边城》是沈从文最负盛名的作品。它以川湘交界的小镇茶峒为背景，讲述了码头船总的两个儿子天保、傩送与摆渡人的外孙女翠翠的曲折爱情。

《边城》写得极美，它为我们勾勒了一幅纯净自然的优美画面：那里有青山绿水，有河边的老船夫，有十六岁的翠翠，有江流木排上的天保，龙舟中生龙活虎的傩送……可惜，结局并不美好。由于一系列的不巧和误会，天保身亡，傩送出走，祖父也在一个暴风雨的夜晚死去了。

沈从文动笔写《边城》是在 1933 年秋，1934 年 4 月 19 日完成。当时的中国危机四伏，东三省已然沦陷，国民党正在对共产党进行"围剿"。中国往何处去，成为文学创作无法回避的问题。

与同期盛行的左翼文学、抗战文学相比，《边城》是个另类，这里看不到任何正在进行的现实矛盾，仿佛不食人间烟火。它跟沈从文的文化思维、对文学功能的定位有直接关系。沈从文反对文学充当政治的工具，他坚持文学的独立性审美性，让文学致力于个体精神的守护。这并不意味着逃避中国问题，恰恰相反，在《边城》中沈从文提出了一个看似间接迂回却是根本的拯救中国的策略：那就是人性。

战争往往导致社会上功利思维甚嚣尘上，一般人在战争中看到的只是国家失败了，却感觉不到人性的颓败与扭曲。这让沈从文很痛苦。他觉得只有人的素质上去了，中国才会真正走出困境。

他写得很美，就此而言，《边城》不啻为用抒情诗写成的激越"呐喊"与"社会警示"。《边城》表现了一种"优美、健康、自然而又不悖乎人性的人生方式"，进而"为人类'爱'字作一恰如其分的说明"。

2

翠翠是《边城》的灵魂人物。

这是个父母双亡的孤儿，她的名字是爷爷起的，因为住的地方山上多竹林，翠色逼人。"老船夫就随便给这个可怜的孤雏取了一个身边的名字，唤作翠翠。"书中说的"随便"其实绝非"随便"的笔触，这也是沈从文惯用的一种行文方式：越是在乎、在意的地方，笔触越是平静轻盈，甚至正话反说，言不由衷。当你最终领悟的时候，会蓦地感觉悲从中来。试想，孩子的父母已经不在了，姓氏都隐去了，名字不随便又能怎样呢？这是豁达的无奈，还是无奈的豁达呢？

不单如此，貌似"随便"的命名，也暗示了翠翠的生命存在是宛若山中翠竹般的自然天趣。在翠翠身上，决计没有社会、人群中的算计和功利。她生动活泼，又孤独异类。沈从文拯救人性的模板、旗帜，在翠翠的命名中已悄然升起。打量翠翠，也是在追溯和思索我们的本来面目。这里说的自然，是相对于社会而言的。在沈从文内心的价值天平上，翠翠式的自然人要高于我们这样的社会人、现代人。因为前者代表了原初和真纯，后者则因诸多造作、染污而难免虚伪。

似乎是为了印证和展开"翠翠"名字中埋伏的道理，沈从文紧接着给出了翠翠的相貌描绘，那是一段相当经典的文字：

> 翠翠在风日里长养着，把皮肤变得黑黑的，触目为青山绿水，一对眸子清明如水晶，自然既长养她且教育她。为人天真活泼，处处俨然如一只小兽物。人又那么乖，如山头黄麂一样，从不想到残忍事情，从不发愁，从不动气。平时在渡船上遇陌生人对她有所注意时，便把光光的眼睛瞅着那陌生人，作成随时皆可举步逃入深山的神气，但明白了人无机心后，就又从从容容的在水边玩耍了。

大家看，这绝非知识教化出的形象，翠翠是自然化育的精灵，她不会多愁善感，没有病态美，更没有"生于忧患死于安乐"的长远、深刻意识。她只是一个如翠竹般健康、知足的少女，一切按照天意行事。"风日里长养着"，焕发出了翠翠黑黑的皮肤；青山绿水的滋润，营造了她清明如水晶的眸子。这哪里是在写人，也是在写自然嘛。它既是生命现象的呈现，又是自然现象的涌动。或者说，翠翠的身形已和自然融为了一体，她时时在跟自然进行着光合作用般的密切交流。

请注意，文中有两个很触目的语词："小兽物""山头黄麂"。用动物来形容人一般都带有讥嘲贬义的色彩（最常见的例子就是"敌人夹着尾巴逃走了"）。像沈从文这样把动物和心中供奉的美好人性结合起来，比较少见，也很冒险。这不是呼唤兽性的回归，而是指向一种未经开化的、浑然原始、童真自足的生命状态。它对被现代机制阉割的人性（我们称之为单面人，譬如，那些只晓得挣钱、斗争或死读书的人）具有特殊的参照和拯救意义。

文学在构建人类的救赎形式时，往往选择少女的意象，这是想象的一种模式，用曹雪芹的话说，叫"女儿"。《红楼梦》中的大观园之所以美好，就因为有那么一群似乎永远长不大的女儿在。她们的纯真洗涤了人间的尘埃污浊，让宝玉类的凡胎流连不已。女儿不能长大，一长大，大观园就分崩离析了。

《边城》里的翠翠显然也是属于"女儿系列"中的形象，自始至终，沈从文都小心翼翼地把翠翠铭刻在少女和青春的阶段。我们很难想象翠翠长大或衰老了会怎样，那应该是另一篇小说的故事了。倘若设计翠翠进城当了个勤劳致富的打工妹，那感觉也很怪，不伦不类的，翠翠应该不会这么有上进心和经济头脑吧。小说里有个跟"进城"近似的细节：翠翠在孤独中下意识地想到了"出走"，那是一个相当现代、时髦又叛逆的字眼。她想象爷爷用各种方法找她都没有结果，最后无可奈何地躺在渡船上，对人说："我家翠翠走了。我要拿把刀去杀了她。"翠翠被自己的想法吓住了，她心很痛，她叫着爷爷，果断打消了出走的念头。

看来，翠翠也觉得她只适于长在茶峒这样美丽、宁静而贫困的土地上，这里才是她的家。

3

在我们前面提到的关于翠翠身份的诸多假设中,已然涉及关于青春、少女的想象问题,我们觉得似乎存在那么一种叫作"青春"的标准。但究竟什么是青春?怎么讲述它才合宜呢?

一般说来,青春意味着年轻、青涩、不成熟,这是从成人社会及理性的眼光来看待和评价的。在成人眼中,青春是一个受忽视、被贬低甚至令人不屑的字眼,这跟少女和我们之前提到的"自然人"地位相同。我们时常会怀念青春岁月,因为那时我们不懂,少了算计和功利,会做点可笑又可爱的傻事,现在不会做了。但回想起来,能做傻事是多么美妙的感觉!那是青春的权利与魅力。

翠翠给人的启迪完全是青春式的。和城里女子相比,翠翠在爱情方面毫无概念和程式,她甚至不会表达自己的感情。《边城》读到后来,让人实在有点着急。为什么翠翠不能直接问傩送:"你究竟有几个好妹妹?你和她之间,是否有了真感情?"这样不就把误会解开了吗?但,那就是翠翠。她就像一棵原地伫立、不事张扬、自我消耗的竹子,一切全凭本能行事。那种纯净、矜持、羞涩,让人怜爱心痛。翠翠不会教育你,也不会开导你,她话很少,那是自然人的语言,一种懵懂、本真的流露。沈从文对此写得很传神,我们不妨看下翠翠跟二佬傩送的几次对话:

翠翠第一次见二佬是在某年端午,她在河边等爷爷,二佬见她孤身一人便邀她到家里坐坐,却被翠翠误认为要带她去妓院。她骂了二佬"你个悖时砍脑壳的",二佬笑着吓唬她:"你要待在这,回头水里大鱼来咬你,你可不要叫喊。"一个美丽的误会让二人情窦初生,悲剧也由此埋下伏笔:一切始于误会,又终于误会。最后爷爷来了,他连喊:"翠翠,是你吗?"翠翠轻轻地说:"不是翠翠,

不是翠翠,翠翠早被大河里鲤鱼吃去了。"这是在重复二佬之前的话,表明少女对二佬的印象多么深刻。

第二年端午,二佬去了青龙滩,翠翠和爷爷进城时没见到他。回去的路上,她问:"爷爷,你的船是不是正在下青龙滩呢?"这透露出少女的牵挂。

到了第三年端午,二佬到翠翠家送爷爷落在城里的酒葫芦,翠翠居然没认出他来。这很难想象,两年中翠翠时常都牵挂着二佬,可二佬到跟前了,却没认出他来。翠翠只"觉得好像是个熟人,却不明白在什么地方见过面"。但也正像是不肯把这人想到某方面去,方猜不到这来人的身份。这跟现代人实在太不一样了。现代人谈朋友就像看物品、看商品,对方几斤几两,多高多胖,瞧得不要太清楚。一米六以下,不予考虑。可翠翠的爱情纯然是感觉,她甚至有些隐隐地害怕那炽烈的感情。这也算是青春的傻气、呆气吧。

在看龙舟竞渡时,翠翠和二佬再度相遇。翠翠当时正在找她的黄狗,迎面碰到了划龙舟失足落水、刚从水中爬起来、一身湿漉漉的二佬。路很窄,两人手肘相碰,却来不及细谈。

翠翠挤到水边找到了黄狗。黄狗张着耳朵昂头四面一望,猛地扑下水中。翠翠这时说了一句话:"得了,狗,装什么疯!你又不翻船,谁要你落水呢?"——虽然翠翠说话很少,但说出来的却是句句精彩。刚才二佬翻船落水,她既心疼,又可气,这种郁结终于借着呵斥狗宣泄了出来。除了二佬落水,刚才看龙舟时听到的诸多议论也让翠翠不自在,"只看二佬今天那么一股劲,就可以猜想得出,这劲是岸上一个黄花姑娘给他的!"这话让翠翠心里极乱。

像翠翠这样一个纯真的少女,究竟如何在现实中栖身,沈从文其实并没有想清楚。我们知道,太晶莹的东西往往容易夭折,或者被冷漠的社会吞噬同化了。从结局上看，青春、少女、自然人似乎注定是和悲剧联系在一起的。沈从文最后让翠翠在无尽的等待中结束《边城》，也是没有办法的办法。说起来这已经算得仁慈的文学处理了。作者结尾时还添了一笔意味深长的亮色："这个人（指傩送）也许永远不回来了，也许明天回来！"

　　沈从文创作《边城》是出于人性救赎的设计与希冀，翠翠便是他心目中理想人性的化身。虽然翠翠的结局并不美好，但悲剧也许正是人性救赎展开的方式，甚至是一种必然的方式。因为只有这样，你才会记住它、珍惜它并试图葆有、重建它。翠翠浑身发散的健康美丽，就像徐徐的清风，时时沁入被各种成规压抑的现代人的心脾。

"孤独的爱情"与丰富的现代敏感

张新颖讲穆旦《诗八首》

《诗八首》写于1942年,穆旦二十四岁,已经处在现代汉语诗写作"探险队"的最前沿。"探险队"这个比喻,来自穆旦本人,他的第一本诗集就以此命名。

《诗八首》通常看成组诗,其实可以直接看成是一首诗,一首爱情诗,分八个部分,前后衔接紧密,有头有尾,写出了一个完整的爱情过程。

说到爱情,生活里的爱情和文学里的爱情,我们不妨先自动联想一下,看看浮现到我们脑海里的是什么,然后再来读穆旦的这首诗,做一个对比,或许更能体会穆旦的特质。

诗的开篇:"你底眼睛看见这一场火灾",第一句就描述出一个爱情现场。

把爱情比喻成火,说它的温暖和热烈,很常见,换句话说,也可能是陈词滥调;穆旦加了一个字,变成一个词"火灾",同时说出了它的热烈和危险，热烈到有可能成为灾难的程度。穆旦经常会在一个意象里包含不同的意思，这是一个很小的例子。

第二句紧接着深入这个现场，情形出人意料："你看不见我，虽然，我为你点燃"，"你"和"我"之间的距离关系突显。

三、四句是冷峻的分析和深重的感慨："唉，那烧着的不过是成熟的年代，／你底，我底。我们相隔如重山！"

"从这自然底蜕变程序里，／我却爱了一个暂时的你。"为什么是"暂时的你"？生命本身处在不停息的变化中，任何时候的生命都是"暂时"的，一旦没有变化，停滞了，生命也就不是生命了。这是"自然底蜕变程序"，个体都在这个"程序"里。"自然底蜕变程序"也让我们回过头来理解上一节的"成熟的年代"，"你底，我底"青春也是"自然底蜕变"而来的。"你"是"暂时的你"，那么"我"呢？当然也是"暂时的我"，所以这一句其实是"暂时的我却爱了一个暂时的你"，不稳固、不确定的性质愈发强烈。

"即使我哭泣，变灰，变灰又新生，／姑娘，那只是上帝玩弄他自己。""上帝""玩弄""你"和"我"，"你"和"我"都是他的造物，也就是"玩弄他自己"。

从"成熟的年代"到"自然底蜕变程序"到"上帝"，越来越清楚地显示出一种力量，这种力量既高于我们个体的生命，又内在于我们个体的生命，它时时刻刻作用于我们，也当然作用于我们的爱情。所以在爱的关系中，不仅仅有"我"，有"你"，还有这样一种无形却强大的力量，使得爱变得复杂和困难。而且，通过爱情，开启了对生命的思考。

这是第一首，它处在爱情开始的阶段，却呈现出了这场爱情的基本格局，呈现出了各种重要的因素之间的动态的紧张关系。

顺着对第一首的理解,我们来看下面的诗。

第二首,"水流山石间沉淀下你我,／而我们成长,在死底子宫里。"孕育生命的"子宫"却是属于"死"的,尖锐冲突的力量被扭结在一个短语里,强烈地突出了"成长"的生命所感受的阻碍和抑制。"在死底子宫里"如何"成长"?"在无数的可能里一个变形的生命／永远不能完成他自己。"

接下来,"我和你谈话,相信你,爱你,／这时候就听见我底主暗笑","我底主",那种力量又出现了,"不断地他添来另外的你我／使我们丰富而且危险。"成长,变化,新因素的加入,我们的生命才变得"丰富",但不断"丰富"的生命也不断增加不确定性,对于爱情来说,也意味着"危险"。

第一首、第二首,是在爱的强烈渴求和对这种渴求的冷峻的理性思考之间,在这两种力量的纠缠、撕扯中艰难推进的,到第三首,理性暂时退场,青春和爱情的感受性得以充分表现。

这一首比较好读,越过"大理石的智慧底殿堂",感受年轻生命里的"小小野兽","春草一样"的"呼吸","颜色,芳香丰满",感受生命接触的"疯狂"、"温暖"、"惊喜"。

第四首承接第三首,"静静地,我们拥抱在／用言语所能照明的世界里";但即使如此,也预留了"危险":因为还有"言语"所不能"照明的世界","而那未成形的黑暗是可怕的";不过,在"那可能的和不可能的使我们沉迷"之际,先不管它。"那窒息我们的／是甜蜜的未生即死的言语,／它底幽灵笼罩,使我们游离,／游进混乱的爱底自由和美丽。"

第五首，理性回来了，但它不表现为无情的怀疑，而表现为有情的肯定。自然的景物和自然的秩序引发"我"沉思，夕阳西下，微风吹拂田野的美好与平静，有其根源，是"多么久的原因在这里积累"；同样的原因，同样的力量，使"我"走向"你"："那移动了景物的移动我底心／从最古老的开端流向你，安睡。""那形成了树木和屹立的岩石的，／将使我此时的渴望永存。"与此永存的渴望同时，自然秩序的"形成"和"移动"，也启发"我"："一切在它底过程中流露的美／教我爱你的方法，教我变更。"

　　第六首，说爱情是一条"危险的窄路"，在相同而生的"怠倦"和差别造成的"陌生"之间，"我驱使自己在那上面旅行"。"制造"，即从"我"分裂出一个"他"，"他底痛苦是不断的寻求／你底秩序，求得了又必须背离。"

　　第七首，上一节是对爱的祈求："风暴，远路，寂寞的夜晚，／丢失，记忆，永续的时间，／所有科学不能祛除的恐惧／让我在你底怀里得到安憩——"；破折号接下来的下一节，却并不能让这个祈求得到圆满实现："呵，在你底不能自主的心上，／你底随有随无的美丽形象，／那里，我看见你孤独的爱情／笔立着，和我底平行着生长！""孤独的爱情"，不交叉，不融为一体，各自生长。

　　第八首结束全篇，说两个人像两片树叶，分享共同的阳光，这是"再没有更近的接近"了。"等季候一到就要各自飘落，／而赐生我们的巨树永青，／它对我们不仁的嘲弄／（和哭泣）在合一的老根里化为平静。""赐生我们的巨树"让我们想起"自然底蜕变程序"，它对"我们"的嘲弄让我们想到"上帝"对他的造物的"玩弄"，而永青的"巨树"不仅"嘲弄"，而且"哭泣"，又让我们想到这是"上帝玩弄他自己"。

全诗以"化为平静"归结，实际上却很不平静。

《诗八首》热烈和冷峻交相作用，生动的形象和理智的思考紧密结合，身体的感受性和抽象的思辨一并展开，一并深入。穆旦在情感、意识和思想不同层面的现代敏感，在这个作品中体现得复杂、尖锐而丰富，成就了这篇中国新诗史上的杰作。

为什么小和尚的恋爱是美的
张业松讲汪曾祺《受戒》

汪曾祺的《受戒》是一篇奇异的作品，读来很多地方都给人惊异之感。

首先，它写于1980年8月，那是整个中国社会刚刚从"文革"的浩劫中走出来，社会物质和精神生活都还相当贫乏的年代。受制于贫乏的约束，人们对丰富性的想象力也是有限度的。所以这篇作品给人的第一个鲜明的印象，可能就是扑面而来的让人感到陌生而奇异的丰富的细节，比如，作品在介绍主角的时候说：

> 明海在家叫小明子。他是从小就确定要出家的。他的家乡不叫"出家"，叫"当和尚"。他的家乡出和尚。就像有的地方出劁猪的，有的地方出织席子的，有的地方出箍桶的，有的地方出弹棉花的，有的地方出画匠，有的地方出婊子，他的家乡出和尚。人家弟兄多，就派一个出去当

和尚。当和尚也要通过关系,也有帮。这地方的和尚有的走得很远。有到杭州灵隐寺的、上海静安寺的、镇江金山寺的、扬州天宁寺的。一般的就在本县的寺庙。

这一段关于和尚和和尚庙的知识,对于经历过"破四旧"的社会来说,就是陌生的知识,而整个作品故事背景的设定基于这种陌生的知识,无疑会引起读者的惊奇,也给作品的叙事空间带来了很大的张力。事实上,作品在"受戒"的题目和情节框架下,讲述的是小和尚的恋爱,角色与情节的冲突更是令人惊奇。

那么《受戒》讲的是什么故事呢?

它说的是一个叫明海的小和尚,出家以后,与庙旁边的一户人家建立起很密切的生活联系,在接下来的几年中,与这户人家年纪相当的小女儿——小英子,两小无猜,共同劳作,游戏,生活和成长,相互之间也产生了很亲密的情愫。直到明海要正式受戒的那一天,小英子主动向他表白,问:"我给你当老婆,要不要?"明海在被追问的情急之下,先是小声说了,被呵斥后又大声答"要",于是成就了一个小和尚的恋爱。

2

这篇作品如今已成为当代文学中当之无愧的经典,其经典性来自多个层面,既有写作技巧上的,也有思想感情上的,其中最关键的是作者对于美、人性、健康的生活、诗意,以及什么才是人应该生活于其中的理想境界的想象和表达。在这个境界中,各种人间的人为的界限、禁忌和约束,都是不必要的,都是反人性乃至丑陋的。

可以说，在这里体现了汪曾祺的一种根本看法：顺其自然的生活才是最理想的生活。

由此在叙事技巧上，汪曾祺的作品体现出一种所谓的"无技巧性"。所谓"无技巧性"，当然不是真的无技巧，而是能写得"随事曲折，若无结构"，看起来像没有技巧，仿佛真像他在《自报家门》中所说的那样："结构的原则是：随便。"随便不是真的随随便便，无论什么东西都可以牵着走，而是"随事"之便，由其曲折，在描摹刻画事情本身的发展逻辑的过程中，把故事的来龙去脉讲清楚，同时也把讲这个故事的用意实现了。

"小和尚的恋爱"，犯戒律吧？有戒律和爱情的冲突吧？会引起神界与俗界的矛盾吧？不可能有什么好结果吧？……如此这般，连串的悬念有待解决，作品究竟会朝哪个方向走，呈现为什么样的风格，不仅对读者是很大的吸引，而且首先对作者是很大的挑战。我们看到，汪曾祺最终是以"随事曲折"若无技巧的技巧，把这个主题下所可能埋藏的雷区，若无其事地一一拆除了，最后达成的阅读效果，竟然是此情此景之下，小和尚本来就是应该好好恋爱的，倘若明海和小英子的恋爱没有好的结果，我们不答应！

如此一来，所谓"受戒"，明的情节线上确实是像小英子所说的那样，小和尚"领一张和尚的合格文凭"的本来意义上的"受戒"，暗地里，或者说与此进程相伴随，另一条更重要的线索，是少年人在饱满丰富的人间生活——神俗混融、万物和谐的生活境界中，情感和理智均衡成长的过程，这个过程中的重要环节，就是恋爱。明海很幸运，在与小英子两小无猜的共同成长中，收获了人生的密戒——爱的给予和获得。

3

另一方面，这篇作品给人的突出印象是"无时间性"，好像卓然超拔于任何特定的时代之外，自成一体，所以尽管也发表于20世纪80年代初，却似乎从未被"联系时代"加以讨论。洪子诚先生的《中国当代文学史》中也说："在自称或被称的文学群体、流派涌动更迭的80年代，汪曾祺是为数不很多的'潮流之外'的作家之一。"

但照我看来，汪曾祺在艺术表达上的独特性固然突出，但在作品的实质内涵和诉求上，却也不能说外在于"时代文学"。它固然没有"展览伤痕"，但谁也不能说，在文本表层的宁静恬美、丰富自在之下，没有一颗因为现实的单调贫乏和恶行恶状而深感受伤的心。

某种程度上，作品对庙事、农事、艺事和各种普通人的日常生活和各种奇技淫巧的极尽详尽之能事的描摹刻画，也是对他自己的"想象的匮乏"的补偿，好比一个过于饥饿的人的饕餮一样。作品中这样的细节太多了，只举一个明海被初恋击中的例子：

> 捏荸荠，这是小英子最爱干的生活。秋天过去了，地净场光，荸荠的叶子枯了，——荸荠的笔直的小葱一样的圆叶子里是一格一格的，用手一捋，哔哔地响，小英子最爱捋着玩，——荸荠藏在烂泥里。赤了脚，在凉浸浸滑溜溜的泥里踩着，——哎，一个硬疙瘩！伸手下去，一个红紫红紫的荸荠。她自己爱干这生活，还拉了明子一起去。她老是故意用自己的光脚去踩明子的脚。
>
> 她挎着一篮子荸荠回去了，在柔软的田埂上留了一串脚印。明海看着她的脚印，傻了。五个小小的趾头，脚掌平平的，脚跟细细的，脚弓部分缺了一块。明海身上有一

种从来没有过的感觉,他觉得心里痒痒的。这一串美丽的脚印把小和尚的心搞乱了。

对这种少年的爱情刻画,一定出于作者心中最柔软的部分,与此同时,更是出自作者对何谓美好青春的想象和执念。作品结尾写着:"一九八〇年八月十二日,写四十三年前的一个梦。"

"梦"是现实的镜子,如果现实太沉重,它照出的就是轻盈的翅膀和飞翔的想望。作品围绕一个小和尚的初恋,铺展一种"时间之外"的生活,从主人公身份、故事情节、人物言行到故事背景、风土人情乃至遣词造句等,果然无不令人有恍若梦寐之感,尤其是相对于刚刚从"文革"中走出来的阅读环境而言。

这究竟是一个怎样的梦呢?从标注的写作日期往前推,四十三年前的八月十二日,正是七七事变后一个月、八一三淞沪抗战打响的前夜。这个时间点未免太富于典型和象征意义,以及过于意味深长、含义丰富了。它不可能是可有可无、例行公事式的顺手交代,而必须被视为作品的有机组成部分。

文艺作品的这个部分有个专用名称叫作落款,在中国传统书画艺术中,落款是一门学问。汪曾祺深通书画,显然也把落款的学问带进小说中来了。《受戒》的落款中隐藏着解读作品的关键信息,提示着作品的创作情境及意图等,如果充分解读了它,其实也就无须乎作者在作品之外自我阐发了。

⁂

当然,汪曾祺还是有许多关于自我的阐发的。

关于《受戒》，汪曾祺曾说："四十多年前的事，我是用一个 80 年代的人的感情来写的。《受戒》的产生，是我这样一个 80 年代的中国人的各种感情的一个总和。"又说："试想一想：不用说十年浩劫，就是'十七年'，我会写出这样一篇东西么？写出了，会有地方发表么？发表了，会有人没有顾虑地表示他喜欢这篇作品么？都不可能的。"还说："这篇小说写的是什么？我在大体上有了一个设想之后，曾和个别同志谈过。'你为什么要写这样一篇东西呢？'当时我没有回答，只是带着一点激动说：'我要写！我一定要把它写得很美，很健康，很有诗意！'写成后，我说：'我写的是美，是健康的人性。'美，人性，是任何时候都需要的。"

他还说："这两年重提美育，我认为是很有必要的。这是医治民族的创伤，提高青年品德的一个很重要的措施。我们的青年应该生活得更充实，更优美，更高尚。我甚至相信，一个真正能欣赏齐白石和柴可夫斯基的青年，不大会成为一个打砸抢分子。"

这些常常被引用的"夫子自道"，道出的正是汪曾祺对于理想生活的全部热望。总之，对于讲述这个故事的人来说，梦一样的生活，停留在了四十三年前的"八一三"的前夜，也就是江浙地区抗日战争全面打响的前夜。这个时间点之后，所有的一切不再可能，这是何等的伤痛！为了安抚和疗救这样的伤痛发愤而作，这样的文学，正是疗救社会的伤痛和贫乏、丰富我们对美好生活的想象的最好的文学。

"学习"和"忘记"
金理讲金庸《倚天屠龙记》

———— 1 ————

  2018年10月30日,武侠小说泰斗金庸去世,从微信朋友圈的泪奔刷屏,到各大媒体的专题报道,到浙江卫视重播经典1983版《射雕英雄传》……金庸辞世的影响,真可以用巨大、震撼这样的词来形容。

  金庸作品首先提供给读者的,是完全不同于现实世界的、由宏阔而瑰丽的想象力所创造出来的另一个世界。我们往往称其为"成人童话",原因就在于阅读金庸小说时,焦虑、无奈、紧张等情绪都能得到释放,我们每个人都需要一个超越于现实之上的世界去舒张一下精神,释放一下压力。这是金庸小说的魅力所在。

  金庸小说也给中国文学带来启示,比如他的叙述语言融汇了典雅的文言和通俗的白话,而且运用得那么纯熟。在中国当代小说当中,从目前来看还找不到第二人。尤其是,金庸作品提供了鲜活而有长久生命力的人物形象。举个例子,《天龙八部》第四十三章,在少室山举行的武林大会上,两大绝顶高手萧远山、慕容博针锋相对,仇人相见分外眼红,眼看又将掀起一场血雨腥风。就在这危急时刻,一位无人知其姓名、日常功课就是打扫藏经阁庭院的僧人出场,以无上武学秒败两大绝顶高手,此后又以上乘佛法化解二人恩怨,这位神秘的僧人就在小说这一回里登场又一闪而过。

通过金庸的演绎,伴随着金庸武侠小说的深入人心,我们今天在日常生活中随口就会提到"无名扫地僧",他成为一类人物符号,指的是那种非常谦卑的隐藏在民间又神龙见首不见尾的高人。类似例子在金庸作品中不胜枚举,几乎已经可以媲美贾宝玉、阿Q这样文学史上经典的人物形象、人物符号。

金庸小说深入人心,其源头,深植于中国传统文化的精髓;其去向,完全进入普通中国人的日常生活。可谓凡有井水处,皆能歌柳词;凡有华人处,皆读金庸书。

2

《倚天屠龙记》是金庸的代表性长篇,以元末朱元璋揭竿而起建立明朝为历史背景,以主人公张无忌的成长为线索,叙写江湖上的恩怨情仇。张无忌是武当弟子张翠山的儿子,父母惨死之后他过着颠沛流离的生活,又在机缘巧合下练成了绝世武功九阳神功和乾坤大挪移,当上了明教教主,此后又身陷抢夺屠龙刀的江湖纷争,遭遇以蒙古郡主赵敏为首的想要统一武林的官方势力的挑战。腥风血雨之后,张无忌与赵敏不打不相识,由敌人变成爱侣,最终退出江湖,携手归隐。

金庸的《倚天屠龙记》是可以从各个角度进入的鸿篇巨制。

我们从张无忌与赵敏、周芷若、小昭等人的离合中，读到爱情；从张翠山与金毛狮王的化敌为友中，读到侠义；从明教兴起与元朝覆亡中，读到历史。

下面，我们选择一个特殊的角度，从金庸作品与中国传统文化的关联当中，来讨论人在学习过程中的一个关键环节。

人的成长过程伴随着学习知识的过程，而最终目的是为了成就自由自在、通达无碍的人生，这就是人生真谛。任何一种手段和方法都是为这一最终目的来服务的，我们在乎的是这个真谛，而不应拘泥于手法，用古人的话说，就是"得鱼忘筌"。这番道理，我们结合金庸的小说来讨论。

《倚天屠龙记》中有一幕精彩的临阵现场教学：

赵敏带着玄冥二老等高手偷袭少林武当，暗算了张三丰，危急时刻张无忌赶到武当山，连挫赵敏阵中两员大将。

第三场拼斗开始之前，张三丰对张无忌说："我有一套太极剑，不妨现下传了你……我在这儿教，你在这儿学，即炒即卖，新鲜热辣。不用半个时辰，一套太极剑法便能教完……"

张三丰"慢吞吞、软绵绵"地练了一套剑法给张无忌看，然后张三丰问张无忌："孩儿，你看清楚了没有？"张无忌道："看清楚了。"

张三丰道："都记得了没有？"张无忌道："已忘记了一小半。"

张三丰道："好，那也难为了你。你自己去想想罢。"张无忌低头默想。过了一会，张三丰问道："现下怎样了？"张无忌道："已忘记了一大半。"

张无忌这边的明教一干人等都吓坏了，临阵磨枪本就是兵家大忌，而且忘记得那么快……张三丰却微笑道："好，我再使一遍。"提剑出招，演将起来。众人只看了数招，心下大奇，原来第二次所使，和第一次使的竟然没一招相同。

最后张三丰画剑成圈,问道:"孩儿,怎样啦?"张无忌道:"还有三招没忘记。"张三丰点点头,收剑归座。张无忌在殿上缓缓踱了一个圈子,沉思半晌,又缓缓踱了半个圈子,抬起头来,满脸喜色,叫道:"这我可全忘了,忘得干干净净的了。"张三丰道:"不坏不坏!忘得真快!"

张三丰传授张无忌太极剑法,初看上去最让人无法理解的是,这个学习的过程居然是通过不断的"忘记"来实现的,那么张无忌忘记的到底是什么?

我们刚才说过,金庸武侠小说的一大魅力,来自于对中国古典传统的继承。张三丰传授剑法的原型,我们可以在《庄子》中看到。

其中很著名的一段这样写:"颜回曰:'回益矣。'仲尼曰:'何谓也?'曰:'回忘礼乐矣。'曰:'可矣,犹未也。'他日,复见,曰:'回益矣。'曰:'何谓也?'曰:'回忘仁义矣。'曰:'可矣,犹未也。'他日,复见,曰:'回益矣。'曰:'何谓也?'曰:'回坐忘矣。'"上面这一段翻译成白话的意思是:孔子最优秀的弟子颜回,见到孔子后说:"我进步了。"孔子说:"你说的进步是什么呢?"颜回说:"我忘掉仁义了。"孔子说:"还可以,然而不够。"过些日子,颜回又见到孔子,说:"我进步了。"孔子说:"你说的进步是什么呢?"颜回说:"我忘掉礼乐了。"孔子说:"还可以,然而不够。"又过些日子,颜回再见到孔子,又说:"我进步了。"孔子说:"你说的进步是什么呢?颜回说:"我坐忘了。"

我们知道,"坐忘"是道家哲学中最高境界,而这个境界的达成,也是通过不断地"忘掉"来实现的。金庸设计的张三丰传剑给张无忌这一段,和庄子设想的孔子对颜回的调教,其思路甚至对白的用语都前后贯通。

3

那么问题来了，为什么学习的过程同时伴随着忘记，忘记的是什么，掌握的是什么，这里的"忘记"和"掌握"到底构成什么关系？

如果用庄子的话来回答上述问题，那么就是"得鱼忘筌，得意忘言"。

《庄子》原文如下：

> 筌者所以在鱼，得鱼而忘筌；蹄者所以在兔，得兔而忘蹄；言者所以在意，得意而忘言。

我们来解释一下："筌"是指捕鱼的器具，"蹄"是捕兔的工具。就是说，设下捕鱼的器具，目的是为了鱼，捉到了鱼，就可以把器具忘掉了；设下捕兔的器具，目的是为了兔，捉到了兔子，就可以把器具忘掉了。庄子这两句话都是打比方，最终引出的结论在后面这句：说话的目的是所要表达的意义，领会了意义，所说的话语就可以忘掉了。

也就是说，我们最终要抵达的是真意的领会，是"意"而非"言"，前者是根本目的，后者是手段，目的达到了，就不要纠缠于手段。

现在，我们可以来回答《倚天屠龙记》中张无忌忘记的是什么、掌握的是什么，张无忌忘记的是具体的招数，领会的是上乘的武学精髓。

我们记得张三丰特意将太极剑法演示了两遍给张无忌看，"第二次所使，和第一次使的竟然没一招相同"，金庸在这个细节里藏着苦心，他就是要提醒我们：具体的招数都是不重要的，只是服务于武学精髓的融会贯通。这二者之间既是手段目的的关系，也有因果关系：首先，如果我们达到了根本目的，就不需要过于执着于手段；其次，如果我们死抠字眼，则"死于句下"，很可能身陷语言的陷阱而忘了真意的融会贯通。好比上桥是为了渡河，如果在桥头往复徘徊，那如何真正过得了河呢？

我们为什么要一次次流浪
金理讲韩寒《1988：我想和这个世界谈谈》

大概四五年前，我参加过一次有趣的会议，由两拨人现场对话——其中一拨是1980年代走上文坛而迄今依然是中国文坛中流砥柱式的著名作家，另一拨就是我这个年纪的青年批评家。会场上有一位前辈发言，讲着讲着就开始批判韩寒、郭敬明，批判脑残的粉丝群体。就在他吐槽的时候，我听到背后传来一声嘟囔："谁说的！"——这声音虽然细微却分明表达着一丝对前辈发言的不满。回头一看，听众席上的一位旁听者，看年纪是比我还小的90后。我就身处这两种声音的代表者之间，那一刻非常惭愧。

因为我以文学批评为业，一个从事文学批评的人，原该在上述这两种声音之间架起沟通的桥梁，但目前来看这项任务完成得很差劲：一方面我们没有去告诉前辈，为什么他们眼中不入流的作品恰恰有可能拨动当下年轻人的心弦；另一方面，哪怕对韩寒、郭敬明，我们也没有认真对待过，对于两位的评价，往往会被流行的舆论声音所混同、淹没。

我接下来要表达的第二层意思是：韩寒不仅值得我们认真、严肃地去对待，而且值得我们以文学分析的方式去对待。

韩寒是个话题人物，经常出现在我们视野当中。

他以新概念获奖者的身份横空出世，然后迅速被包装成现行教育体制的反叛者、公民代表、时事热点的批判者、优秀的赛车手，甚至"国民岳父"，等等。除了新概念的那段经历之外，韩寒在流行视野中一直在远离文学，而我们也往往是以传媒话题甚至娱乐新闻的方式去看待他。

非常有意味的是，《1988：我想和这个世界谈谈》中有一个细节：主人公"我"读小学的时候，学校紧挨着儿童乐园，有一次"我"爬上了滑梯，又纵身一跃跳到了旁边升降国旗的旗杆上，"顺着绳子和旗杆又往上爬了几米"，这个时候，"我"既达到了"一个从来没有任何同学到过的制高点"，又面临着生命危险，老师同学们都挤在旗杆下，人群中有施救的，也有看热闹的……

结合韩寒的成名历程，这是一个非常有意味的隐喻：他年少成名，被各种各样的力量推到了常人难以企及的"制高点"，但也"高处不胜寒"；这各种各样的力量当中有商业、市场的炒作行为，也少不了韩寒本人有意无意的配合，但对这种合力、合谋，韩寒还是保持着一份清醒、警惕。

所以，我们要做的是，拨开那些形形色色的力量，回到文学的平台上，去体会韩寒作为作家的特殊性，以及《1988：我想和这个世界谈谈》这部小说内在的文学肌理，在这个基础上，将审美与社会、作家作品与历史语境等信息内外呼应、结合起来。

2

　　小说写"我"开着一辆1988年出厂的老爷车上路,去迎接监狱里出来的朋友,这一路上,既回溯自我的成长经历,也不断遇到新鲜的人事,最主要的是遇到了洗头房里的小姐娜娜,娜娜已经怀有身孕,一路上两人分分合合产生了温暖而真挚的感情,但最终娜娜不辞而别。两年后,"我"收到了娜娜辗转托付给"我"的孩子。

　　我们不妨从这段感情开始谈起。

　　"我"是无业青年,娜娜是洗头房小姐,两人萍水相逢,从身份来看,他们都是被挤到社会角落里的边缘人。

　　小说里有这样一个细节:有天晚上,一帮以扫黄为名义实则是来敲诈的人闯入了"我"和娜娜的房间,但荒诞的是,这帮人中负责取证的摄影师"镜头盖没开,只录到了声音",于是他们要求"重新进来一次",并且喝令"我"和娜娜"保持这个姿势不要动",但因为房门已经被踹坏了关不上,于是摄影师掏出一块手帕压在门缝里以便门被关严实,当门再一次被踹开时,手帕飞了出来,正好落在"我"脚边,"我"连忙拾起手帕扔给娜娜,让她好歹遮掩一下,而"我"因为这个举动支付的代价是"被一脚踢晕"……

　　这里,韩寒特意写了一笔:当手帕从眼前掠过时,"我"看到"手帕上绣了一个雷峰塔"。众所周知,雷峰塔是以暴力镇压的方式粗暴介入、干涉真挚情感的象征,"我"和娜娜都是被权力所污辱的人。在这个冷酷的世界上,只有他俩彼此间互相体恤、抱团取暖。所以,"我"不惜以被踢晕为代价,以传递一块遮身蔽体的手帕的方式,来维护娜娜残存的一丝尊严。"我"和娜娜之间的感情,就是通过类似上述互相体恤、抱团取暖的时刻来建立起来的。

　　小说后来还通过另一个细节来升华了这段感情:"我"叫娜娜

站到窗户边,把阳光遮住,好让自己睡觉。等"我"醒过来时发现,从下仰望,那个站在床边被阳光穿透的女孩形象,仿佛圣母马利亚……

这一刻在"我"眼中,娜娜完全超越了她原本低贱的身份,变得如此圣洁。由此再来理解小说最后娜娜托付给"我"的婴儿就顺理成章:娜娜的这个孩子是私生子,父亲是谁不知道,他的出生环境想必免不了血污、肮脏,他的未来肯定也要面临各种艰险,但韩寒要强调的是,这个孩子是健康的、纯洁的。

读到这里,其实挺令人感动,这是一个"80后"作家在隐喻新生命的艰难诞生啊。

我们上面分析的韩寒小说情节,其实可以抽样出经典文学尤其是中国古典文学中的两个原型结构——同是天涯沦落人和托孤。前者比如白居易的长诗《琵琶行》以及马致远据此改编的元杂剧《青衫泪》,往往表现郁郁不得志的落魄读书人和流落风尘的女子同甘苦共患难;后者比如原载《史记》又被后世无数戏曲、戏剧所改编的《赵氏孤儿》,往往表现将身后的孤儿郑重托付给别人,这个过程会牵涉出各种力量的参与、争夺。

3

《1988:我想和这个世界谈谈》这部小说,一开篇的第一句话是"空气越来越差,我必须上路了";结尾写"我带着一个属于全世界的孩子上路了……这条路没有错,继续前行吧"。

这是韩寒作品中反复出现的人物形象和姿态——一个青年人在路上流浪。主流舆论对韩寒的批评也一再集中到这个焦点上,为什么我们时代的年轻人这么虚无，茫无目的的流浪？《1988：我想和这个世界谈谈》中经常出现这样的表达："我不能整天都将自己闷在这样的一个空间，我需要开门，但我只是把自己闷到稍大的一个空间里而已，那些要和我照面走过的人一个个表情阴郁"，"这个世界上没有什么比从高墙里走出来更好，虽然外面也只是没有高墙的院子"……这些句子要表达的意思无非是门内门外、墙内墙外都无地自由，为什么我们身处一个变革的大时代，韩寒笔下的青年人却觉得无地自由？

这部小说中的很多人物和情节，后来被韩寒改编成电影《后会无期》，这部电影回答了流浪的起源或者说根源。在电影一开始的情节里，冯绍峰演的那个主人公回到家乡，准备投身建设家乡，这里其实延续了中国当代小说尤其是以青年人为主人公的小说的核心主题——青年人发现身处的环境不健康、有待改进，于是投入环境，试图改变，最后，在完善环境的同时也获得了个人幸福。我们发现，在这个主题里，青年人和社会之间有着有机的关联，但是这种关联，在韩寒看来今天可能已经不存在了。

电影《后会无期》里，满怀热情回到家乡的主人公，在一次集会中准备登高一呼发动群众，结果不但人家不要听，连话筒音响都被停掉了，这个青年人无比绝望，只能背井离乡、上路流浪……所以，韩寒笔下的年轻人不像主流舆论所批评的那样，他们其实有理想，原本对世界、对社会充满着热望，但是因为种种客观原因，他们感觉不到、摸索不到可以实现理想、报效社会的途径，几番受挫之后，就变得颓废、虚无起来。

1922年的时候，茅盾先生写过一篇文章，题为《青年的疲倦》。那是五四新文化运动的退潮期，类似颓废、虚无的青年想必正不少，和今天一样，当时的舆论也在指责青年的暮气沉沉。

但是茅盾却很为青年人叫屈，他说：

> 理想与现实的冲突，各派思想的交流，都足以使青年感得精神上的苦闷。青年的感觉愈锐敏，情绪愈热烈，愿望愈高远，则苦闷愈甚。他们中间或者也有因为不堪苦闷，转而宁愿无知无识，不闻不见，对于社会上一切大问题暂时取了冷淡的态度，例如九十年代的俄国青年；但是他们何曾忘记了那些大问题，他们的冷淡是反动，不是疲倦，换句话说，不是更无余力去注意，乃是愤激过度，不愿注意。

请注意，茅盾先生的意思是，青年人的冷淡、虚无、"没意思"，恰是"反向而动"，拨开这些表面现象，我们恰能发现底下"锐敏的感觉""热烈的情绪"与"高远的愿望"，总之，青年还未被彻底压服，他们的血依然是热的。

最后，让我们再回顾一下上面提到的托孤意象，那个婴儿虽然起于血污，但历尽艰难险阻而依然活泼、圣洁，新生命的诞生不正代表着韩寒们对未来的庄重承诺吗？在流浪的路上，希望依然在发出召唤……

受伤的心重新上路
金理讲余华《十八岁出门远行》

余华的成名作《十八岁出门远行》，我们不妨把它理解为一部成长小说。

小说讲述年轻的"我"初次出门闯荡世界，但是崭新的、外部的世界不断地否定、消解"我"原先的内在经验。小说中有一段"看山看云"的语段反复出现，是我们理解这部作品的钥匙。

第一次出现时的原文是这样写的：

> 我在这条路上走了整整一天，已经看了很多山和很多云。所有的山所有的云，都让我联想起了熟悉的人。我就朝着它们呼唤他们的绰号。所以尽管走了一天，可我一点也不累。

根据上面这段话，读者可以做出推论：

尽管小说中的"我"自以为已经长大成人；尽管"我"实际上已经投入到一个陌生世界中，但其实"我"还没有做好准备，主人公并不是去面对、探索未知的东西，并不是培养自己面对新事物的新鲜经验，而是试图把外部陌生的东西"熟悉化"、符合自我原先的期待，扩展一点说，就是把社会现实纳入到自己的价值体系中，把外部世界整合到自己原先的认识中，动用这种"熟悉化"的程序能够给自身带来一种安全感。

我们要来解释下什么叫"熟悉化"的程序。

大家不妨想象一下，假设你去国外留学，初来乍到，陌生的环境不免让你焦虑、紧张，这个时候，也许你会有意给自己做一道家乡菜，那熟悉的味道一下子把你带回了家人身边。同样道理，当小说中的"我"置身于全新的现实时，也在使用"熟悉化"的程序来抵消焦虑和紧张。

这个不难理解，但大家也许还是会有疑惑，如果我们总是退守到熟悉的氛围中，不敢直面不断流变的现实，那么我们如何更新自身的经验呢？如何面对日新月异的世界呢？

请不要着急，我们在此留个"伏笔"，"看山看云"的语段在下文中会一再重复。

2

小说情节其实很简单："我"十八岁出门远行，走了一天疲惫了，想找家旅店休息，当年找来找去找不到，小说里写：

> 公路高低起伏，那高处总在诱惑我，诱惑我没命奔上

去看旅店，可每次都只看到另一个高处，中间是一个叫人沮丧的弧度。尽管这样我还是一次一次地往高处奔，次次都是没命地奔。

如同西绪福斯神话——那个遭受惩罚的神灵，不断推石头上山，石头又因重力不断掉下，于是循环往复，无有止尽。同样，在余华小说中"我"没命奔跑又次次落空的这一时刻，生活第一次显示了它的无意义和荒谬感，但问题随即解决："我"找到一辆卡车，并且递了香烟给司机，"我"满以为这是一种"交换"的达成而"心安理得"，以为既然司机"接过我的烟，他就得让我坐他的车"，但当"我"搭车的时候，司机却"用黑乎乎的手推了我一把"并粗暴地让"我""滚开"。这虽然是非常失礼的举动，但其实可视作一种提醒，提醒年轻的"我"：世界并不是按照你熟悉的游戏规则来运行的，你的内在经验并不足以应对外在现实。

可惜，这一提醒并未引起"我"足够注意，因为司机转变了态度，"我"登上了卡车，而且两人相处得不错。

于是，第一次的危机被化解了。也就是说，"我"似乎与外部世界建立起了一种彼此信任的契约。在主人公看来："我"用原来熟悉的人名去命名那些山和云是贴切的，"我"启用原来的游戏规则是能通用于现在这个世界的。

于是"看山看云"的语段又一次重复，小说里写：

车窗外的一切应该是我熟悉的，那些山那些云都让我联想起来了另一帮熟悉的人来了，于是我又叫唤起另一批绰号来了。

但好景不长，卡车抛锚停在公路上，车上的苹果被一群人哄抢，"我"去阻止这不义的举动，却被抢苹果的人围殴。至此我们要对小说稍作总结：十八岁的"我"初次远行，一开始总以为自己原先的经验足以应付陌生的世界，总以为可以和现实建立起安全、彼此信任的契约，但是一场暴力围殴撕毁了这一契约，以赤裸裸的形式警告"我"：别想得太天真，过往的经验没有办法去处理日新月异的世界。

我们可以从这里引申出小说的一个主题：人类经验的不可凭据。

这个主题往悲观的方面说，人永恒地处于一个"陌生"的世界中，就如作家米兰·昆德拉所言："我把缺乏经验看作是人类生存处境的性质之一。人生下来就这么一次，人永远无法带着前世生活的经验重新开始另一种生活。人走出儿童时代时，不知青年时代是什么样子，结婚时不知结了婚是什么样子，甚至步入老年时，也还不知道往哪里走：老人是对老年一无所知的孩子。从这个意义上说，人的大地是缺乏经验的世界。"（米兰·昆德拉：《小说的艺术》）但反过来积极一点说，既然人类的经验总是会"过时"，那么就需要不断更新、开放自我面对世界的态度。

3

在小说结尾，遍体鳞伤的"我"发现同样遍体鳞伤的"卡车"：

> 我打开车门钻了进去，座椅没被他们撬去，这让我心里稍稍有了安慰。我就在驾驶室里躺了下来。我闻到了一股漏出来的汽油味，那气味像是我身内流出的血液的气味。

外面风越来越大，但我躺在座椅上开始感到暖和一点了。我感到这汽车虽然遍体鳞伤，可它心窝还是健全的，还是暖和的。我知道自己的心窝也是暖和的。我一直在寻找旅店，没想到旅店你竟在这里。

这个结尾具有开放性，能够引发多重理解。

理解一：十八岁的"我"出门远行，在外部世界走一遭，遭遇到了挫折，最后回归到内心世界。也就是说，虽然遭遇了一场暴力围殴，但人物的结局却不乏乐观。

故事告诉我们：外在世界尽管充斥着荒诞、背叛和暴力，但只要我们持守"健全""暖和"的内在世界，生活和生命的意义还是可以重新设定的。小说看似荒诞的情节其实要表达的是：年轻的"我"在退回内心世界的过程中发现了"自我"，在"内在自我"之上建立起个人独特的价值。由此我们应该充分重视小说中那场暴力围殴的意义，对于年轻的"我"来说，这诚然是一场灾难，但是这一痛苦的经历对于真正的成长来说又是必需的。

在典型的成长小说中，这被理解为"顿悟"，一种突发的精神现象，借此主人公对自我或事物的本质有了深刻理解。那么顿悟的必要条件是什么呢？就是中止我们一开始提到的"熟悉化"程序，让"山"和"云"显现出其原来的面貌。所以小说结尾写道："天色完全黑了，四周什么都没有，那时候开始起风了，风很大，山上树叶摇动时的声音像是海涛的声音，这声音使我恐惧……"

你看，到了这个时候，"我"原先那招"熟悉化"的程序不管用了，现实的本来面目开始呈现，"我"曾一度以为"一切应该是我熟悉"的外部环境变得陌生、"使我恐惧"；但是，恰恰在这个过程中，一个人离开了原先的生活环境和"安乐窝",对过往坚信不疑的经验和世界观产生了怀疑,在怀疑的意识当中,孕育出"新的自我"。

理解二:也许不像上面那种理解那么乐观,因为,当"我"蜷缩在卡车里体会着"暖和"的内心世界时,一个行动的主体也消散了,同时萎缩的,还有这个主体在现实世界中实践自由意志、展开行动的决心。

主人公会不会这样告慰自己:你看,外部世界充斥着荒诞、背叛和暴力,"我"曾经做过抗争,但都失败了,失败就封锁了继续行动与抗争的意义,"我"只有退回到自己的内心之中,在那里也只有在那里,"我"才是安全的。在这样一个逃离外部世界的过程当中,主人公也告别了社会,同时,也卸下了"我"对世界的责任。

理解三:必须强调的是,以上提供的都只是一种猜测,其实小说中"我"的未来"走向"依然有再度开放的可能性。

"我"在小说中寻找的是"旅店",我们把"旅店"理解为暂时休憩之所,"旅店"毕竟不是"家",只要当"我"在"旅店"中安抚好伤口,重新上路,重新置身于尽管荒诞但也必须去直面、闯荡的现实世界之时,新的可能性就又诞生了。我们还必须注意到这部小说有一个类似"公路小说"的外形。公路小说表达了不停地行走、永远在路上的情境,其中凝聚着人类不竭探索的精神主题。

其实,不管我们如何理解小说的结尾,它都给了我们一个启示:对于我们每个人来讲,一个健全而温暖的内心世界的重要性,无论怎么估量都不为过;但同样重要的是,人应该具备重新上路的勇气和不断行走的实践……

走出生活的幻象
金理讲王安忆《妙妙》

◆━━━／━━━◆

在你身边有没有这样的女孩子：她心比天高，但自我预期和自身实际之间有着巨大差距；她拼命想在某个方面表现出特立独行，但在周围人眼中这只是不可理喻；她讨厌目前身处的环境，想要投身到一个远方的大世界中，但她实在不具备实现梦想的配套技能，甚至她对这个梦想本身也没有几分清晰的认识……

王安忆笔下的妙妙，就是这样一个女孩子。

那么，我们如何来理解这种拥有倔强个性的女孩子呢？如果我们完全就是以一种看待怪物的眼光来看待她们，这种眼光本身是否合适呢？

在小说的起点，妙妙十六岁，生活在远不算开放的头铺街，那是 1986 年，妙妙心心念念向往着北上广一线大都市的生活。妙妙委身的第一个男人，是来头铺街拍电影的摄制组中的北京演员，在这个渣男的诱骗下，妙妙献出了自己的身体。

这一切是如何发生的呢？

小说里这样写妙妙的心态："这些普通的话由他（北京演员）那一口清脆悦耳的北京话说出来，有一股难以形容的好听的味道。妙妙的心不觉柔和下来……"原来诱骗的工具就是"那一口清脆悦耳的北京话"，女性读者肯定会惊呼：妙妙太傻太天真！

可是我们追问一下：如果现在在你面前、与你交往的那位男生，说一口标准的美语，或者流利的伦敦腔，你会不会情不自禁地给这位男生加分呢？所以，当年的北京话，和今天的美语、伦敦腔，在以妙妙为代表的女孩子面前，其实是同样性质的东西，它们象征着"远方世界"、"美好的未来"、更加高级的生活，如同一种文化符号，它携带着权势的力量，标举着方向和落差，指向都市、域外、全球化，向着所谓的"现代"无限开放。

———— 2 ————

妙妙到底是如何来理解"现代世界"的？

我们不妨通过三个细节来分析：

第一，北京演员离开之前送给妙妙唯一的一件礼物是"一只小半导体收音机"，这是妙妙想象远方世界的非常重要的载体。

然而尽管"妙妙就很专注地听着"，但是"这只收音机的频道很难调准，总是咯吱咯吱响着，发出模模糊糊的声音"。这是不是在暗示：妙妙所接收的远方世界的信息与图景其实模糊不清，信息的"模模糊糊"与接收者的专注虔诚构成一种微妙的反讽，妙妙就沉浸于误读性的幻想之中。

第二，妙妙"只崇拜中国的三个城市：北京、上海、广州。然而事实上，她连县城也仅仅去了一回"，小时候生病，公社医院将普通感冒诊断为猩红热，父母连夜将妙妙送往县城……也就是说，妙妙从来没有踏足过一心向往的北上广，去过最远的地方不过是县城，且居然是缘于一次误诊，妙妙和远方世界的关系是多么荒诞。

第三，尽管妙妙一再撇清与头铺街的关系，但在来自远方世界的人眼里，妙妙就是头铺街女孩的代表。有一次她遇到摄制组的女主角，后者表示要和妙妙换一下服装以体验头铺街当地的生活，也就是说，妙妙苦心经营的、在头铺街与众不同的服装，在一个来自城市的"时髦青年"眼中，却正是头铺街的代表装束。小说里写，妙妙眼泪都要下来了。

由上面三个细节可以看出，妙妙无时无刻不在构想的与远方世界的关系，其实虚无缥缈，经不起追究。

妙妙主要通过服饰打扮来显示对北上广的追随，由此在头铺街人的眼中显得格格不入。王安忆这样剖析妙妙心中的苦恼："妙妙的这些苦恼，已不仅仅是有关服饰方面的具体问题，而是抽象到了一个理论的范畴，含有人的社会价值内容，人和世界的关系，及人在世界中的位置，这些深刻的哲学命题在此都以一种极朴素的面目出现在妙妙的思索和斗争中。"

王安忆称妙妙为头铺街上的"哲学家"，"思想上走到了人们的前列"。

对于服饰的功能、意义，我们一般可以通过三个层次来把握：第一，满足于遮身蔽体、防寒保暖的实用性；第二，追求光鲜、漂亮的美学性；第三，再往上走一层，关涉个人身份、认同的精神性。妙妙显然执着的是第三个层次，所以尽管她在意这些打扮似乎讲求的是物质细节，但是她越来越远离生活而将自己放逐到一个精神性的困境之中，困境的根源是，妙妙迫切地要实现身份转换，但自身又根本不具备实现身份转换的能力。

所以我们在面对妙妙的时候，经常会有一种别扭的感觉：这个人物总是和自己最切身的实际感受拧着来。比如，她并不是真的那么高冷、孤僻，小说里明明写妙妙也"想着去找个人说说话，说说心里的苦处，说说那一个中午和晚上的事情，可是她又想，要把这些事说出来了，她还有什么呢？人们都理解了她，她还凭什么孤独呢？她要是不孤独了，和头铺街上的女孩还有什么区别呢？如果和头铺街上的女孩没了区别，她妙妙还有什么特别的价值呢？她凭什么骄傲呢？妙妙要不骄傲了，妙妙的生活还有什么意义呢？"

你看，这里甚至发生一种变异：

妙妙以前是觉得自己对流行时尚的判断与众不同，和周围的人缺乏共同语言，所以比较孤独；后来情况变成为了塑造、成全、保持这种孤独感，她只能"缄口无言"，哪怕其实心里挺想交流的，最终还是要屏住。又比如，当北京渣男侵犯她的时候，难道妙妙不觉得这是一种伤害吗？小说中写，当男人抱紧她的时候，"妙妙想：她是没指望了。她这样想的时候，胸中却充斥了一股悲壮的激情，她想：她是一个多么不同寻常的姑娘啊！她想：头铺的街上是没有像她这样不同寻常的姑娘的。"什么叫"悲壮的激情"——意识到这是一件痛苦的事情，但又觉得值得。简直是一种"自我献祭"。她是以对这一事件的处置态度来显示自己的与众不同，尽管这一事件给她带来的可能是伤害，可能悖逆了一般人的身体和日常感觉。

妙妙遭遇种种不幸的根源，可以理解为丧失生活实感的精神抗争，总是渴望用占据权势地位的文化符号所派生的幻想来替代自身的现实。

3

幸好在小说结尾出现了转机。

妙妙委身的三个男人先后离去，妙妙生了一场大病，"病好了以后，还在招待所做服务员"，却开始"以礼待人"，和周围的人"说说笑笑"，"人们也渐渐习惯了妙妙的行事"，当妙妙向周围世界释放善意之后，周围世界也开始接纳妙妙。

我们比较积极、乐观地看待妙妙命运的走向，主要可以着眼于结尾处两个细节：

第一个细节，在头铺街取景的那部电影摄制完毕，到头铺街上来放映，妙妙也去看了，"电影一幕幕在眼前演出"，"妙妙在心里漫漫地想着"。这哪里只是在看电影，妙妙是在观看自己曾参与其中甚至一度自编自导的人生活剧，就仿佛揽镜自照，妙妙终于通过镜子开始审视自己和过往的生活。就像古希腊哲人说的那样：未经反省的人生是不值得过的。此刻妙妙终于产生了反省的意识：当她开始意识到自己终究只是凡人，没有资格傲视周围的人，并且在先前封闭孤独的内心世界上打开一扇门，这才是一种健全的认识和"新的自我"的获得吧？

第二个细节，电影散场以后，妙妙一个人走在路上，想象着"这世界上有两种落单的命运"，于是产生两段议论，但紧接着"妙妙被自己的念头逗笑了，她对自己说：哪来的这许多念头的，就继续向前走了"。这样一种"断念"是不是可以理解为：妙妙告别先前"哲学家"式的生活以及孤绝无援的精神抗争，开始投入有血有肉的实际生活。

《妙妙》这部作品值得推荐的地方还在于，人物形象的多元理解与开放性。大家不妨再思考一下，转变前的妙妙，还有没有积极的意义呢？比如我们可不可以把妙妙理解为头铺街的先驱者？提到先驱，也许你会想到诸如布鲁诺、马丁·路德·金、波伏娃这些个精英的名字。不过我们可不可以设想这样一种情形：几年之后，头铺街又出现了更加年轻的"妙妙"，那个时候，也许头铺街的人会说："这不就是当年的妙妙吗？不值得大惊小怪的。"

尽管妙妙主观上不会有这样的担当意识，但是她的存在，提醒人们更加宽容地去看待自由和选择，将束缚人性的那条底线松动了一小步，哪怕只是一小步。

我们是不是应该向妙妙致敬呢？

青春岁月里的阅读和奋斗
金理讲路遥《平凡的世界》

——◇／◇——

　　毋庸讳言，从文学性上来讲，《平凡的世界》其实很平凡，甚至今天看来有点老土，词语不精致，技法很粗糙。比如，在经过福楼拜等现代小说大师的教诲之后，一般读者都认为小说中不加节制地插入作者的议论，这是非常低级的文学手法。相反，作者在作品当中应该尽量隐藏自己的观点，即使要有所呈现，也应该通过客观的描绘，点点滴滴的细节暗示出来，而不是现身说法。然而路遥在自己的作品中特别喜欢发表议论。可是，《平凡的世界》早就拥有了一代又一代的读者尤其是青年读者，它长期占据各大高校图书馆借阅记录的榜首，这又是为什么呢？

　　想先和大家聊一聊我第一次见到路遥这个名字的亲身经历。那时候我在一所寄宿制高中念书，有天晚上睡到半夜，忽然觉得床板在晃动，莫非地震，一激灵赶紧从上铺爬下来，发现睡在我下铺的同学就着昏暗的灯光还在看书，一边看一边颤动着身体，我拍拍他问,在看什么书?映入我眼帘的首先是同学那张泪流满面的脸,然后是厚厚的一本书,书封上印着"平凡的世界"。这是我第一次看到路遥的名字和他的作品。后来才知道,上述这样的经历,在贾樟柯、马云以及一代又一代的读者身上都类似地发生过。今天我们一边回访《平凡的世界》主人公孙少平的经历,一边尝试回应这样一个问题:一部看上去文学性不那么"高级"的小说,凭什么具备久远而深刻的、打动人心的力量?

2

《平凡的世界》以孙少安、孙少平两兄弟为中心,全景式地展现了中国当代城乡社会生活的演变。小说第一部的大幕拉开于1975年,农民子弟孙少平高中毕业,回到家乡做了一名教师,一边完成本职工作一边密切关注着外面的世界,同时与县革委副主任的女儿田晓霞互生好感。到了小说第二部,哥哥孙少安成为小说的主角,凭借改革的春风,孙少安领导生产队率先实行、推广生产承包责任制,成了公社的"冒尖户",然后以灵活的头脑、弄潮儿的勇气和坚定的责任心来先富带动后富。孙少平则怀着满腹才华和对远方世界的热望外出闯荡,从揽工汉到建筑工人,最后成为优秀的煤矿工人。在第三部中,恋人田晓霞在抗洪采访中不幸牺牲,孙少平悲痛不已。随后他自己又在一次事故中为救护工友而身受重伤、面貌尽毁,然而他并没有被苦难压垮,小说最后,孙少平从医院出来,重回矿山,迎接新的生活和未来的挑战。

小说以这一广阔历史画卷为背景,凸显出了主人公孙少平这一充满理想主义气质的文学青年形象。今天我们想象当中的文学青年总是不接地气、脱离现实、对困难有种种的抱怨。而当我们品读孙少平的成长经历时，却会发现，他身上的气质是我们今天青年人所缺少的。

那么是什么塑造了孙少平这一理想主义的气质呢？是文学阅读。在家乡双水村务农劳动时，孙少平就不忘每天读书看报。阅读是如何改变孙少平的？路遥描述了孙少平第一次接触到《钢铁是怎样炼成的》这本书时的情景，原文这样写的：

> 他一下子就被这书迷住了。记得第二天是星期天，本来往常他都要出山给家里砍一捆柴；可是这天他哪里也没去，一个人躲在村子打麦场的麦秸垛后面，贪婪地赶天黑前看完了这书。……天黑严以后，他还没有回家。他一个人呆呆地坐在禾场边上，望着满天的星星，听着小河水朗朗的流水声，陷入了一种说不清楚的思绪之中。这思绪是散乱而飘浮的，又是幽深而莫测的。他突然感觉到，在他们这群山包围的双水村外面，有一个辽阔的大世界。

孙少平的祖祖辈辈都是农民，每天无非面朝黄土背朝天式的机械而重复的劳动。然而在阅读中，他发现世界不仅仅局限在当下生活的双水村，他通过书本走了那么多地方，思想也不仅仅局限于原来的那个小天地。然而阅读却无法帮助孙少平改变出身的阶层和身份。孙少平的女朋友田晓霞曾经对他说："我发现你这个人气质不错，农村来的许多学生气质太差劲。"这听上去的确是对孙少平的夸奖，可是其中却包含着如孙少平这般的农村子弟无法摆脱的标签。阅读实现了他内在气质的转变，却难以帮助他挣脱和超越出身的阶层。

讲到这里，我忍不住要把孙少平和赵树理的名作《小二黑结婚》当中的主人公，农村青年小二黑做一个对比，可以说，农村青年小二黑是路遥笔下的孙少平在文学史上的前身，而重要的区别在于：小二黑为自己农民的身份而自豪；而孙少平却意识到，"他的环境、他的阶层身份不是给他带来了精神上的愉悦和信心，而是苦闷和焦虑。"（杨庆祥：《妥协的结局和解放的难度——重读〈人生〉》）

3

阅读造成了这种苦闷和焦虑，却无法解答它。所以当城市化大潮启动之后，读了那么多书的孙少平，注定只能以农民工的身份来进城。对于孙少平这样的打工者来说，现代城市的吸引力来自于对未来的一种模糊、朦胧的希望和想象，恰恰是文学阅读有力地导引了这一希望和想象的过程。然而孙少平却在城市遭受到了种种的不平等。特殊时期严格的户籍制度，限制人口在农村和城市之间流动。在这种客观形势下，路遥根本没有办法为他笔下心爱的主人公提供切实有效的进城和上升的通道，而现实中的种种问题只能通过阅读来消解。

在《平凡的世界》里有一个非常感人的片段。孙少平进城打工之后，恋人田晓霞和哥哥孙少安一起来找他，他们穿过了堆满建筑材料的楼道，楼道里没有灯，地上的水泥还没有干，勉强能下脚，每一间房间都没有窗，没有门，没有水，没有电，他们终于看到楼道尽头的一间房间透着光亮，走过去一看，竟看到了下面的景象。小说里写道：

孙少平正背对着他们，趴在麦秸秆上的一堆破烂被褥里，在一粒豆大的烛光下聚精会神地看书。那件肮脏的红线衣一直卷到肩头，暴露出了令人触目惊心的脊背——青紫黑癜，伤痕累累！

《平凡的世界》的读者肯定会对上面这个场景过目难忘。孙少平在一粒豆大的烛光下聚精会神地阅读，想必依然憧憬着远方的世界。然后这段话最让人动容的地方是路遥在最后呈现的孙少平"青紫黑癜，伤痕累累"的脊背，这恰恰是现实对阅读的强行契入，是对文学的强行打断。

我们不禁要问，像孙少平这样的青年农民，在迈向城市的进程当中，要付出多少惨重的身心代价，可是孙少平在阅读里找到了答案。小说中写道："书把少平从沉重生活中拉出来，使他的精神不致被劳动压得麻木不仁。通过不断地读书，少平认识到，只有一个人对世界了解得更广大，对人生看得更深刻，那么，他才有可能对自己所处的艰难和困苦有更高意义的理解；甚至也会心平气静地对待欢乐和幸福。"

4

可以说，阅读赋予了孙少平一种忍辱负重的哲学，无论是自己的出身，社会制度的不合理，还是现实生活的困境，都被孙少平看作是个体奋斗与自我完善所必须经历的严酷考验。他将苦难和个人困境归于自我一身，内化为忍耐、坚忍、吃苦耐劳、自我牺牲的个人品质。这就如同孟子所说："天将降大任于是人也，必先苦其心志，劳其筋骨，饿其体肤，空乏其身，行拂乱其所为，所以动心忍性，曾益其所不能。"理解了这一点，我们就不难理解，为什么孙少平身上充满永远不会被困难打倒的奋斗力量。

在小说中，孙少平就像是一个不断行走的过客。路遥经常描写孙少平迎着清冷的晨风，在静悄悄的街道上匆忙地走着……这种永无止境的行走在当下的姿态，暗示着孙少平拒不接受在一个安排好的秩序当中扮演一个被派定的角色。阅读虽然无法改变孙少平的出身，但最终在他身上凝结成一份充满抗拒和反省力量的文学气质。这种尽管模糊无法具体赋形，却又真真切切的对未来、对另外一种可能性的想象和不放弃，恰恰是我们今天这一代青年人依然值得去珍重的品质。

大家可能还记得，我们一开始抛出这样一个问题：一部看上去粗糙的小说，凭什么具备久远而深刻的、打动人心的力量？答案，或许就在这里。

底层青年的"逆袭"
金理讲路遥《人生》

◇ / ◇

《人生》的故事发生在20世纪80年代早期。

主人公高加林高中毕业后回村当上了民办小学教师，他满意于这个既体面又能实现个人才华的工作岗位，但很可惜因为大队书记以权谋私，高加林下岗了。

在这段失意期间，他与村里善良的姑娘刘巧珍相恋。不久机遇再次垂青，高加林重新回到城市，有了新的工作，他背叛了巧珍，和城里的女孩黄亚萍发展出恋情。然而命运弄人，高加林因为被人告发又重新被打回农村。

自《人生》发表之后，关于高加林这一人物的讨论就掀起热潮：这是一位新时代的陈世美，自私的利己主义者，抑或是失败却让人同情的奋斗者？成长中的农村新人、知识青年……

其实，路遥和高加林有着感同身受的焦虑：他们出身在农村，是"血统农民的儿子"（所谓"血统农民"是指祖祖辈辈都是"面朝黄土背朝天"的农村人），可是远方世界早就激起了他们的好奇心和欲望，然而严格的户籍制度限制人口在城乡之间流动，也就是说，非农业社会根本无法接纳这些满腹才华又理想远大的青年人。高加林的性格和选择应该放在这样的出身背景和时代背景中来理解。

小说一开始，高加林民办教师的工作岗位被大队书记的儿子抢占了，高加林失业下岗，将这个悲惨的消息带回家中。

当受到屈辱的时候，高加林和其父高玉德老汉有着完全不同的反应，显现出历史进步性：高玉德苦苦劝说高加林不可轻举妄动，这种劝说浓缩了数千年来小农经济条件下农民的生存智慧——哪怕丧失尊严的底线，也要维持现世安稳；而高加林拒不认同这种方式，以强硬的姿态显示自身利益的不可侵犯。那么，这种历史进步性表现在哪里呢？

我们知道，在改革开放之前的集体化时期，每个人的生涯受到制度性规范的限制，几乎没有选择空间。

比如，成分好坏决定着个人的政治前途；出生地限定了个人是城镇居民还是农村居民，显然这又和一系列的福利相关联；地区领导掌握着分配工作的大权；即使在日常生活中，穿戴什么、与谁约会、何时结婚等都有一套政治和意识形态的指导标准。

与此相对照，高加林形象的积极意义正显示出一种"进取的自我"的出现（阎云翔：《中国社会的个体化》），指年轻一代以精明的、律己的、积极主动的姿态来为自我发展开辟道路，为自我争取更多选择的可能，也愿意为此付出冒险的代价，投身未知的领域。当然这一"进取"姿态依然受到各种限制，但高加林具备了这种自觉性。尽管这一"进取的自我"要到20世纪90年代中后期开始才在社会上蔚为大观，但高加林显然预兆了先声。

2

如果说，高加林觉醒了的追求意识闪烁着时代光芒，那他的追求方式则映现了时代的阴影部分。接下来我们通过一个细节，看看高加林身上集中体现出的"负面性"。

大队书记以权谋私将高加林逐出校门，高加林自然要奋起反抗，但他选择的反抗方式却令人不安：他立即写出一封求告信给时任副师长、退伍后位居劳动局局长的叔叔……也就是说，当"我"遭到权势的打击之后，乞求更加强大的权势来与之抗衡，为"我"出头。尽管这封信最终没有寄出去，但是高加林的再就业无疑是间接利用了与官员叔叔的裙带关系。

我们完全可以设想，借助这份裙带关系，高加林成了县委大院的通讯干事，但他获得这一职位的同时，是不是也有可能踢掉了另一个"高加林"呢？

从高加林这段下岗再就业的人生轨迹来看，不公正的制度、或者说腐朽的"人情政治"没有终结反而不停在复制，而高加林是完全默认、领会，甚至能娴熟操弄这套伎俩为自身利益服务。

高加林重回城市的短暂经历和在刘巧珍、黄亚萍之间的爱情抉择，是这部小说的重头戏。我们不妨由此切入分析。

几年前，有一部很流行的电视剧《北京爱情故事》。《北京爱情故事》中最让人过目难忘的是这样一个"关节点"：拜金女杨紫曦与她所依傍的富二代产生矛盾，决意与前男友吴狄重温旧梦。吴狄手握戒指在楼下等候，这时一辆宝马驰来，富二代跳出来，嚣张而自信地告诉吴狄：他只要上楼和杨紫曦说一句话，杨就会乖乖地跟他走……当杨选择重新投入富二代怀抱之后，吴狄伤心地把戒指投入湖中。目睹自己好友受辱的一幕后，站在一旁的石小猛大喊一声：

"我们应该让这个世界知道我们是谁！我们应该让他们知道我们能够干些什么！"

这是一个让人心潮澎湃的时刻：我们原以为"新人"由此诞生，"逆袭"的故事即将展开……可结果让人倍感绝望。因为所谓"逆袭"，不仅是指底层青年"翻盘成功"，"逆袭"的要义在于"逆"这个字所宣泄出的冒犯、对抗和不认同，石小猛那句话原该表达的意思是："你们"所掌控的游戏规则是"我们"不认同的，"你们"主导的"世界"也是"我们"不认同的，"我们"要在"你们"的"世界"之外，创造出另一个更加公平、正义和美好的"新世界"。

然而最终，石小猛全身心投入到他原先不认同的"世界"中，以更为娴熟的手法操弄原先为"他们"所掌控的规则来为自身牟取利益，甚至变本加厉。

这哪里是"逆袭"呢？

3

在批判了高加林一通之后，是不是可以再为高加林找回一些同情分呢？我们以下面这个情节来分析。

那天晚上，高加林和刘巧珍接吻，有了"第一次亲密接触"，在短暂的意乱情迷之后，高加林马上开始懊悔，小说是这样描写的：

> 他后悔自己感情太冲动，似乎匆忙地犯了一个错误。他感到这样一来，自己大概就要当农民了。再说，他自己在没有认真考虑的情况下就亲了一个女孩子，对巧珍和自己都是不负责任的。

请注意，高加林后悔的内容有两点，而这两点在他心目中是有先后排序的。

他首先意识到巧珍有可能拖累自己，"这样一来，自己大概就要当农民了"；在警醒巧珍是其发展前途上的障碍之后，他再后悔"没有认真考虑的情况下就亲了一个女孩子"，有点不负责任。

通过这个细节，我们可以去触摸高加林的性格：这是一个冷静而理性的人，步步为营，小心筹划，一直在为自己的未来人生作规划，不断提醒、反省自己不要走错。高加林这种冷酷而理性的性格，显然引起争论。

也许感受到了舆论压力，路遥在一些场合曾经为自己和凝结着自己人生经验的高加林辩护，他说："像我这样出身卑微的人，在人生之旅中，如果走错一步或错过一次机会，就可能一钱不值地被黄土埋盖；要么，就可能在瞬息万变的社会浪潮中成为无足轻重的牺牲品。"由此我们才能理解，为什么路遥会将柳青的话作为《人生》开篇的题词——"人生的道路虽然漫长，但紧要处常常只有几步，……你走错一步，可以影响人生的一个时期，也可以影响一生。"

也就是说，在《人生》中，高加林的"官二代"同学们黄亚萍可以错、张克南可以错，唯独高加林是不能错一步的，他付不起这个代价，是没有办法挽回的。所以当县委机关的通讯干事这个机会闪现的时候，当黄亚萍描绘着两人未来的美好蓝图，走进他生活中的时候，高加林是不会拒绝的，唯有背叛巧珍。

这种冷静而理性的规划人生，在必要时舍得放弃先前所有的性格，在此后的青年形象中不绝如缕地出现，比如电影《致青春》中的陈孝正，他的名言是："我的人生是一栋只能建造一次的大楼，所以我错不起。"——这活脱脱就是我们这个时代中又一个"高加林"

啊！当年在高加林那里还遮遮掩掩的生存法则，在陈孝正这里被演绎得淋漓尽致，那就是：在赤裸裸的"都市丛林"中，为达目的要有所牺牲，甚至不惜以"暗黑"的方式来确保不被淘汰出局。

　　从高加林到石小猛和陈孝正，这些底层青年和凤凰男，在没有其他经济资本和政治资本护佑的情况下，为了出人头地，只能一面承受伤害，一面施加伤害，——真的没有其他路了吗？这个问题，留给大家去思考。

你的生命是什么颜色
王宏图讲苏童《飞越我的枫杨树故乡》

1

《飞越我的枫杨树故乡》这篇小说发表于1987年，堪称苏童早期创作中的代表作。

虽然在苏童的全部作品中，它在读者中的声望远不及《妻妾成群》《1934年的逃亡》《红粉》，但它却是苏童全部文学创作灵感的源头。和莫言的高密村、贾平凹的商州和美国作家福克纳的约克纳帕塔法一样，枫杨树村是苏童精心构筑的文学王国，烙上了他个人鲜明的印记。不少读者就是从这篇小说开始熟悉苏童的。批评家蔡翔便是这样，他在这篇作品中看到了"一个优秀小说家的才华，一种忧郁的诗人气质。一种南方的山林之美，一种不羁的自由想象"。估计很多人会有同感。

苏童的这篇小说篇幅不长，但内容却相当丰富。它的叙述并没有沿着自然时间的线性顺序推展，数十年间的诸多人物、事件隐伏在叙述者"我"的脑海中，随着散漫的思绪一一浮现出来，绚烂的罂粟，浪荡无行的幺叔，野狗，疯女人，失踪的灵牌，奔腾不息的河流，因而全篇小说可以看作是上面这一串意象连缀串合而成。

它与人们习惯的以讲述故事见长的小说有了显著的区别，字里行间散发着浓郁的诗意，像是一首散文诗。

细读全文后不难发现，这篇小说中真正的主人公是家族的不孝子孙幺叔，但苏童并没有直接描写幺叔的经历。小说的叙述者以第一人称"我"的面目出现，以末代子孙的目光，在其梦幻之旅中聚焦上一辈的幺叔的神奇遭际，回溯了家庭数十年间的命运变迁。

那么，这篇作品的具体内容是什么呢？

作为昔日江南乡绅家的小公子，幺叔可说是旧式大家庭衰败的象征。他行事乖张，不务正业，浪荡成性，整日里和野狗厮混在一起，在乡民眼里是个十足的疯子，乡民都觉得他是神鬼投胎，不知他日后带给枫杨树村的是吉是凶。而幺叔闹出的丑事足以让他家脸面丢尽。比如，在清明节祭祖时他竟然溜之大吉，将祖父气个半死。最让人哭笑不得的莫过于那年发洪水时，祖父带着全家上下四十口人和财宝坐船逃难。临出发时，幺叔才带着那条野狗来到岸边。家人想把他拉上船，但忙活了半天也没成功，原来他腿上系了圈长长的绳子，和那条野狗紧紧相连。当祖父下船解绳子时，野狗将他一路拖着，逃得远远的。

这么一个让家人扼腕叹息的浪子，最终不得善终。在苏童的笔下，幺叔的死也显得极为蹊跷，笼罩在一层神秘的浓雾中。据说他水性极好，却偏偏淹死在河中，这一下成了难解之谜。除了那条野狗，看到他溺水身亡的还有一个疯女人穗子。

在叙述者"我"的想象中，那狗目睹了悲剧的全过程，"看见河水里长久地溅着水花和一对男女如鱼类光裸的身子，一声不响"。

在家人为幺叔守灵的三天三夜里，这个疯女人竟披麻戴孝地出现了，她光着左脚，右脚却穿着幺叔的黑胶鞋。

这个细节让读者生出许多猜测。他俩究竟是什么关系，相互之间怎么会如此亲密无间？疯女人穗子真是个灾星，不但自己疯疯癫癫，神志不清，而且也使旁人遭殃倒霉。幺叔的死和这个疯女人之间到底有何关联？很多年里，这个疯女人成了许多无良男人欺侮玩弄的对象，因而她每两年就要怀孕一次。产期无人知道，只听说她在生产时爬向河边，婴儿掉入水里，向下游漂去。那些夭折的婴儿长得异常美丽，他们发出的哭声却像老人一般苍凉而沉郁。

读者不禁要问，难道这个疯女人曾经怀上过幺叔的孩子？苏童到全篇结束时只是做了些许含蓄的暗示，没有给我们一个明确的答案。

更为神奇的是，在幺叔落葬的前一晚，守灵的男孩竟然看到他死后开眼，眼睛像是春天里罂粟花的花苞，里面开放着一个女人和一条狗。这两样东西是他生活中最重要的，成了他短暂一生的缩影。

幺叔不幸的命运似乎早有预兆。他每年都在村里的鬼节上充当送鬼人，穿着那双黑胶鞋，站在牛车旁。人们说后来牛看到黑胶鞋就发出悲鸣，连他自己都说走过牛栏时听到众多的牛在诅咒他不得好死。这还不算，还有更让人惊悚的事。

在枫杨树村里，依照年代久远的传统，每个人出生便有一枚灵牌安置在家族的祠堂中，人死后灵牌焚火而亡，化成吉祥的鸟便会驮着亡灵袅袅升天。但幺叔仿佛中了邪一般，他活着的时候那枚灵牌就消失不见了，这预示着他的亡魂将无法找到应有的归宿，成天四下里游荡。尽管没有过多的细节铺陈，幺叔的命运还是令人扼腕，而叙述者"我"则担当起了将他的亡魂带回故乡的使命，那儿是生命的源头，他将在那儿得到最终的安息。

2

开始阅读作品之前，有的读者期待这是一篇标准的现实主义小说。但读完全文，你会发现完全不是这么回事。

虽然小说将时间背景置于 20 世纪中叶，一些日期还相当明确，比如 1956 年便是一个关键性的年份，这一年"我"刚出生，而幺叔则不无神秘地死去。但纵观全篇，不难发现，人物的命运与具体的历史背景和重大历史事件之间并没有紧密具体的联系。作者根本无意以写实的笔法精准地展示那个年代的风云变幻，而更多地只是将它们作为一个虚化的背景，一个诗意化的符号罢了。

了解当代文学演变的读者不难发现，《飞越我的枫杨树故乡》是 1985 年小说革命后的产物，它打破了传统小说的惯有写法。你也许知道，以前的小说大多以逼真的写实为特征，人物、情节、历史背景清晰可辨，但《飞越我的枫杨树故乡》不是这样，它表面上只是由一大堆绚烂奇特的意象堆积而成。我们这样说，并不是意味着它与历史巨变毫不相关，它也涉及了在历史巨变的浪潮中，古老家庭的解体、衰败和新生等严肃的话题，以崭新的面貌令读者耳目一新，将中国当代文学提升到了一个新的高度。

它也受到了拉美魔幻现实主义文学的影响，最典型的便是哥伦比亚作家马尔克斯的《百年孤独》。和《百年孤独》一样，苏童的这篇小说叙述的也是家族的兴衰，笼罩上了一层魔幻的色彩。

在中国传统社会中，家族是社会的核心细胞。这篇小说中的祖父和宗祠中年迈的老族公便是这一宗法组织的代表，他们的职责便是维系宗法家族的正常运转，让它的信念、规则一代代传下去。

祖父在临终之际还念念不忘让"我"这个年轻的后辈去把幺叔带回来。由于幺叔的肉身早已入土，这儿指的是将他的魂带回故乡。在祖父眼里，幺叔除了不成器之外，最大的不幸便是生前便丢失了灵牌，这样他的灵魂将找不到安息之处，只能孤魂野鬼般地四处游荡。而家人的职责便是找到他的游魂，将他带回孕育其生命的故乡，他的祖祖辈辈长眠于此，只有在故乡，他生前犯下的种种过失罪孽才能一笔勾销，灵魂才能得以净化，才能重新回到将他与先辈和后代联为一体的澎湃的生命之河。

苏童这篇作品尽管不是写实的，但它还是触及了时代的变迁。

幺叔死于1956年，在这时期中国发生了翻天覆地的社会变革，旧有的社会结构被彻底摧毁，依附其上的旧家族也趋于衰败没落。然而，传统的力量是如此坚韧强大，即便经过那番风云变幻，它依旧存活了下来，为人们提供着生命意义的支撑。因此，《飞越我的枫杨树故乡》也是一部寻根之作，枫杨树村不仅是叙述者"我"，也是在野地中游荡的幺叔的生命之根。将他的亡魂带回故乡，不仅是在履行后辈的伦理责任，而且也是自我发现、自我价值确认的必经之路。就像苏童在结尾时点明的那样，遥远的故乡将不时浮现在梦境中，陪伴你走过漫长的人生旅程。

◆ 3 ◆

除了幺叔神秘的命运外，这篇小说对于色彩的描绘也给读者留下了极为深刻的印象。小说全篇一开始便是罂粟花的奇丽意象，可谓先声夺人：

直到五十年代初，我的老家枫杨树一带还铺满了南方少见的罂粟花地。春天的时候，河两岸的原野被猩红色大肆入侵，层层叠叠，气韵非凡，如一片莽莽苍苍的红波浪鼓荡着偏僻的乡村，鼓荡着我的乡亲们生生死死呼出的血腥气息。

和莫言的成名作《红高粱》一样，红色成了《飞越我的枫杨树故乡》的主色调。苏童像一个激情澎湃的画家，酣畅淋漓地将红色泼洒到画布上，营造出璀璨辉煌的效果。红色在篇中几经变奏复现，如"猩红色的欲望"、泛着红色的河流，一直到全篇临近结束时达到了一个新的高潮：

那将是个闷热的夜晚，月亮每时每刻地下坠，那是个滚滚沸腾的月亮，差不多能将我们点燃烧焦。故乡暗红的夜流骚动不息，连同罂粟花的夜潮，包围着深夜的逃亡者。

在这篇作品中，苏童对于红色的描绘远远超出了修辞的需要，它和他力图表现的主题密切相关。众所周知，红色是一种极为强烈的颜色，喻示着人类情感的各种极致境界。它同时又和流淌在人们周身的血液的色调相同，因而成了生命的象征。死亡、血腥的杀戮与它也脱不开干系。

红色是中国人最为钟爱的颜色，婚庆喜事用的是红色，逢年过节时家家户户悬挂的中国结也是红色，它成了大吉大利的符号，也寄寓着世世代代人们对未来的美好期盼。在上面这段引文中，红色几乎占据了整幅画面，它将苍凉沉郁的人世沧桑囊括收拢在里面，将生与死、天地间的一切融化在一起，奏响了一曲既壮怀激烈又温婉凄迷的旋律，那是生命的颂歌，包蕴了正与反、阴与阳、明与暗等对立的元素，达到晋代诗人陆机在《文赋》中所说的"观古今于须臾，抚四海于一瞬"那高远雄阔的意境。

从这个意义上，我们可以说，红色是生命之根、生命之源的象征。它磅礴浩大，璀璨辉煌，它哺育了生命，衍生出万物。它就存在于你我的身上，存在于每个人的血脉中，时时刻刻地陪伴着你。当人们误入歧途、陷入困窘之际，常常会去寻觅他们的生命之源。红色便是这生命源泉的写照，那血腥的气息成了寻根之旅最终的归宿。

如何面对人的自然本性
金理讲王朔《动物凶猛》

―――― ◇ 1 ◇ ――――

熟悉王朔的读者，一提起他的作品，首先浮现在脑海中的肯定是那种充满京腔的叙述以及时不时逗人发笑的俏皮话。比如在《顽主》中，我们读到过这样的句子："草地上，开满鲜花，可牛群来到这里发现的只是饲料。"比如在《我的千岁寒》中，我们读到过这样的句子："某人说他不装，从来没装过，你赶紧上去记住他长什么样，你见到不要脸本人了。"

这是王朔作品最主要的语言风貌——嬉笑怒骂，看上去"一点正经没有"（这也是王朔的一部作品的篇名），却暗含着讽刺的力量。然而今天我们阅读的《动物凶猛》却是王朔作品中的特例。比如小说开篇这一段——

　　我很小便离开出生地，来到这个大城市，从此再也没有离开过，我把这个城市认作故乡。这个城市一切都是在迅速变化着——房屋、街道以及人们的穿着和话题，时至今日，它已完全改观，成为一个崭新、按我们的标准挺时髦的城市。没有遗迹，一切都被剥夺得干干净净。

这里的语言是伤感的、沉郁的，我们也听明白了其中的感喟：被改变的不仅是城市空间，还有潜藏在城市空间中、真真切切的个人岁月。

再结合紧接下来的那句话"在我三十岁以后，我过上了倾心已久的体面生活"，似乎更是在暗示我们：虽然"我"现在成了成功人士，但在得偿所愿的过程中也丧失了很多，而这丧失的很可能才是最值得去珍视的东西，这就是一个人的青春，这就是激情涌动的少年梦想和纯洁烂漫的初恋体验。或者用作品改编电影后的名字来讲，那是一段"阳光灿烂的日子"。

甚至可以这样说，小说书写的那段"日子"里，肯定也有王朔的身影；这种迫切怀旧的心理需求，不仅来自小说中的"我"，也来自于作家本人。所以我们刚才讲这部作品的特殊性就在于，与王朔的创作整体相比，《动物凶猛》的商业气息最少，属于作家为自己而写，也特别为其所珍视的作品。陈思和教授主编的《中国当代文学史教程》对《动物凶猛》有很高评价，我们下文的讲解，借鉴了这部文学史的精彩论点。

2

那么，"阳光灿烂的日子"里到底珍藏着什么样的生活呢？

那是"文革"特殊岁月里的夏天，主人公"我"十五岁，获得"空前的解放",整天逃学,和部队大院的男孩们拉帮结派,抢着抽烟,"嘴里不干不净骂着脏话",不过这些脏话"没有隐含的寓意,就为了痛快",他们参与打架斗殴,也和骂脏话一样,只是为了发泄无处发泄的精力,图个痛快。他们在马路栏杆上坐成一排,"一边吃雪糕一边盯着过路的姑娘"……

请注意,王朔在叙述这些生活事件和状态时,经常会描写到阳光,比如:"每个院落、每条走廊都洒满阳光,至今我对那座北洋时期修建的中西合璧的要人府邸在夏日的阳光照射下座座殿门、重重楼阁、根根朱柱以及院落间种类繁多的大簇花木所形成的热烈绚烂、明亮考究的效果仍感到目眩神迷的惊心悸魄。"——这里反复出现的、关于阳光的描写刻意在烘托一种明媚的、荷尔蒙涌动的氛围。

那是"文革"中的特殊岁月,政治和个人生活双重解放的状态下,"我"发展出一种恶习,用一把万能钥匙来打开别人家的门锁入室闲逛,由此得以进入米兰的房间,在馥郁的香气和明媚的阳光(请注意又是阳光,而且米兰的形象"犹如阳光使万物呈现色彩")中见到了照片上的米兰,这个鲜艳夺目的女孩给"我"造成的巨大震撼立刻引发了一见钟情。

当黄昏时分从米兰家里出来,小说原文这样写道:"那个黄昏,我已然丧失了对外部世界的正常反应,视野有多大,她(指米兰)的形象便有多大;想象力有多丰富,她的神情就有多少种暗示。"于是"我"鼓足勇气、想方设法和米兰结交,"像一粒铁屑被紧紧吸引在她富有磁力的身影之后"。"我"与米兰的这段交往呈现出一种含混的、交界的性质:"我"对米兰当然是情窦初开,但是米兰只是把"我"当作弟弟;即便是"我"向米兰投射的情感,也既是单纯清白的亲密关系，又不乏富有暗示的性冲动。这种含混的关系令"我"无比欢悦，由此体验到人生中最初的巨大幸福与迷乱的情感，成为记忆中最宝贵、最不愿丢失的部分。

但是，接下来形势发生转变，出于某种炫耀的心理，"我"迫不及待地把米兰介绍给了大院里的玩伴们，尤其当米兰和"我们"这群人中最出类拔萃的高晋发展出更为亲密的关系后，"我"顿时感觉受到了伤害，伤害来自背叛，也来自一厢情愿式的初恋的脆弱。

这个事件导致了两大后果。一是米兰形象发生了近乎180度的翻转：此前她是明朗的、美好的、光彩照人，而现在变得"体形难看"、放荡下流，"我"不惜以刻薄的言辞当面嘲弄米兰。二是随着美好的初恋情感的消散，"我"的记忆出现了混乱与中断，不得不在叙事的中途停下来解释说："我感到现在要如实描述我当时的真情实感十分困难，因为我现在和那时是那么不同的两个人。记忆中的事实很清楚，毋庸置疑，但如今支配我行为的价值观使我对这记忆产生深刻的抵触。强烈感到这记忆中的行为不合理、荒谬，因而似乎并不真实。"

因为感情的受伤和初恋的一去不返，仿佛原先阳光灿烂的回忆世界开始被阴影吞噬，随着阴影面积的逐渐增大，"我"的叙事终于走向了崩溃："现在我的头脑像皎洁的月亮一样清醒，我发现我又在虚构了。……我一直以为我是遵循记忆点滴如实地描述，……可我还是步入了编织和合理推导的惯性运作。……我像一个有洁癖的女人情不自禁地把一切擦得锃亮。"

叙述者"我"极不情愿地道出真相，原来他与米兰的恋爱故事完全是自己伪造出来的，事实是他和米兰从来就没熟过，只是那年夏天"我看到了一个少女，产生了一些惊心动魄的想象。我在这里死去活来，她在那厢一无所知。后来她循着自己轨迹消失了，我为自己增添了一段不堪回首的经历"。

于是这里打开了两个完全不同的记忆大门：一边是真实的但不如人意、毫无传奇色彩，一边是伪造的却绚丽烂漫、入骨入髓……其实从读者的旁观立场来看，这两类记忆都在一定程度上符合情理。但是小说的叙述者"我"经过一番自我说服，还是放弃了真实而选择在虚构中完成整个探索记忆的过程。

3

那么，叙述者"我"为什么要公开这段情感记忆的虚构性质呢？

也许可以这样来理解："我"就是要以此来袒露出往事中照亮自身生命历程的阳光，那是"我"唯一能够借以自我原宥和自我慰藉的但却失而不复得的东西，所以才会不由自主地采取叙事上的冒险行为，"最终剥落故事所有的外在包装，包括故事本身，然后显露出来的便直接是一个少年在一个大而破的混乱时代里无所拘束的欲望和自由自在的情感"（陈思和主编：《中国当代文学史教程》第331页），这是小说中最打动人心的部分，对于人来说也是最值得去珍惜的。

不过，记忆的进化也为这部小说增添了反思性。欲望来自人原始的自然本能，具有盲目性和破坏性，需要理性和文明的引导和规范。正像小说中所说的："这也类同于猛兽，只有关在笼子里是安全的可供观赏，一旦放出，顷刻便对一切生命产生威胁。"小说的题名"动物凶猛"可以联系这段话来理解。回到小说情节，当拆穿后的虚构再难以完满、美丽起来，"我"就如同闯出笼子的猛兽一般强暴了米兰。然而这并未导致性的满足，反而给少年的稚嫩心灵造成致命伤害。小说最后"我"在水里挣扎的情景，可以视作对"我"越界行为的惩罚。

如果从精神分析角度而言，坦诚地直面、正视创伤的根源，其实可以看作一种治疗的行为。在回忆当中，既看到了初恋的美好，也看到了美好当中所暗藏的如猛兽出笼一般的危险。另一方面，小说也是在引导读者，应该如何以一种健康的心态去面对人的自然本性，如果一味放纵或一味压抑，可能都会适得其反。

成长的代价就是丧失天真吗

金理讲张爱玲《沉香屑·第一炉香》之一

1943年的一天，经人引荐，张爱玲挟着她的两部小说稿，拜访《紫罗兰》杂志主编周瘦鹃。

当夜，周瘦鹃于灯下展读小说稿，不禁为之击节称赏，并很快将它们在《紫罗兰》上相继推出，头一篇即是《沉香屑·第一炉香》，这是张爱玲初登文坛发表的第一篇小说，那一年她二十三岁。

下面，我们依照主人公葛薇龙心路历程的展开，来解读《沉香屑·第一炉香》。

在故事起点，薇龙就精心策划，为了得到经济上的资助以便留在香港完成学业，她瞒着自己的双亲，独自向与父母断绝了关系的姑妈求助。

这位姑妈年轻的时候独排众议，不顾家人反对，毅然嫁给年逾耳顺的富商，专等老公过世以继承遗产。成了寡妇之后，她却永远填不满心里的饥荒，于是四处交际，四处求爱——这已经是一种变态的爱：

变态地补偿当年在追求巨额财富的过程中所失去的、被压抑的青春和感情。虽然薇龙在此之前没有见过姑妈梁太太，但她对于姑妈的斑斑劣迹早有耳闻，然而这丝毫没有动摇她投寄到姑妈门下的决心。

———— ◆ 2 ◆ ————

我们一方面梳理薇龙的心路历程，但另一方面也不要忽视这个过程中很多精彩纷呈的细节。

张爱玲是最擅长驱遣、运用意象的文学天才，我们不妨先分析两处意象。

第一处意象，在还没见到梁太太之前，小说叙述薇龙眼中的景物，特别提到杜鹃花，有一引人注目的描写：

> 草坪的一角，栽了一棵小小的杜鹃花，正在开着，花朵儿粉红里略带些黄，是鲜亮的虾子红。墙里的春天，不过是虚应个景儿，谁知星星之火，可以燎原，墙里的春延烧到墙外去，满山轰轰烈烈开着野杜鹃，那灼灼的红色，一路摧枯拉朽烧下山坡子去了。

这一段文字写得十分铺张、秾丽，到底意味着什么呢？

花开得如此声势浩大，却给人某种不踏实、莫名惊恐的感觉。尤其是将盛放的花势比作燎原之火，且连用"轰轰烈烈""摧枯拉朽"等词汇来形容，让人预感到即将引起毁灭性的灾难。

此外，花常常是女性的代码。首先这是梁太太的家，是她家院中的花，因而我们不免先联系到梁太太，"星星之火"之所以"延烧到墙外去",不正是指她引诱了薇龙的堕落?其次,这里的花不仅喻人,而且是欲望的隐喻,如此盛大,正是指一种强烈膨胀的欲望及其毁灭性(参见高恒文《故事隐喻——〈沉香屑·第一炉香〉的文本分析》)。而且这欲望不仅在梁太太身上灼烧,也"延烧"到薇龙身上,薇龙被梁太太诱发之后,她的欲望也从"星火"变成"燎原",一发而不可收……这处杜鹃花开的意象,既指涉下文情节的展开,也暗示人物的命运走向。

第二处意象,第一次见到梁太太,从薇龙的眼里,她看到这一幕:

> 汽车门开了,一个娇小个子的西装少妇跨出车来,一身黑,黑草帽檐上垂下绿色的面网,面网上扣着一个指甲大小的绿宝石蜘蛛,在日光中闪闪烁烁,正爬在她腮帮子上,一亮一暗,亮的时候像一颗欲坠未坠的泪珠,暗的时候便像一粒青痣。那面网足有两三码长,像围巾似的兜在肩上,飘飘拂拂。

这里的"绿宝石蜘蛛"让你想到什么?

蜘蛛结网的目的是等待飞虫自投罗网,梁太太也正在等待薇龙这样的猎物,这层意思大家想必能首先浮现在脑海中。除此之外是否还有深意呢?不知道大家看过动画片《黑猫警长》没有,里面的大坏蛋"一只耳"出场的时候其实一点都不可怕,因为它的外貌形象就奸诈得很,观众们早有防备。《黑猫警长》中最恐怖,或者说最容易引发道德紧张感的一集,是关于螳螂。螳螂夫妇新婚,但是第二天早晨,人们发现新郎不见了,只剩下残缺不全的肢体,原来新郎居然被新娘给吞吃了,情投意合的好人之间怎么会发生惨剧呢?

其实这不是惨剧，只是动物的自然特性。而蜘蛛也具备这样的特性，在交配后，雄蛛须立即离开，否则将被雌蛛吃掉，因为雌蛛会将雄蛛作为营养，等待生产。

大家还记得梁太太是如何发家的吗？你看，蜘蛛的这两种特性——结网捕猎和吞吃配偶作为营养，分别用来隐喻梁太太的过去和现在——过去，梁太太是通过继承丈夫遗产来迅速积累财富，现在则在等待薇龙自投罗网。由此可见，张爱玲笔下的意象繁复而精致，且意味深远。

3

薇龙第一次进姑妈家门，为了见到姑妈，她甘愿受到梁太太的丫鬟、下人的冷嘲热讽，甘愿面对姑妈不客气的驱赶——当薇龙自报家门之后，姑妈劈头盖脸地责问"你老爹葛豫琨死了么""你快请罢……"，在经受了这一顿抢白和辞客令之后，薇龙终于得到了在梁太太家中寄宿的资格。

请注意，年轻人进入豪宅，这是一个自19世纪现实主义文学传统以来的重要文学主题——一个来自外省或乡村地区的年轻人进入城市，进入豪宅，该主题往往隐喻的是"天真的丧失"。

但是且慢，薇龙是不是单纯如一张白纸？

初访梁家，她居然承受住了梁太太那番换了谁都不免难堪的刻薄抢白，并且还能卖巧弄乖，不失时机地说上些赔笑的话；针对丫鬟睨儿的宽慰，薇龙居然以守为攻，一雪前耻。

小说里写：

> 薇龙笑道："姐姐这话说重了！我哪里就受了委屈？长

辈奚落小孩子几句,也是有的,何况是自己姑妈,骨肉至亲?就打两下也不碍什么。"

这句话说得很漂亮,表面上很漂亮,言下之意却是在警告睨儿:你是丫鬟,身份是下人,我却是梁太太的亲侄女,我们地位天差地别,请注意不要越界……

我们再举一例说明薇龙的小心机:梁太太在家里举办派对,其目的是勾引小鲜肉卢兆麟。派对上,大家拍手要求薇龙唱歌,一曲终了,博得满堂彩,薇龙却"固执不肯再唱了",原因是"她留心偷看梁太太的神色,知道梁太太对于卢兆麟还不是十分拿得稳,自己若是风头出得太足,引起过分的注意,只怕她要犯疑心病"。可见薇龙察言观色的本领,这是她寄人篱下的本钱。所以说,薇龙具备相当的与世俗事务与人际关系纠缠的能力。

但我们千万不要高估薇龙的能力,事实上,薇龙对自己能够持守"出淤泥而不染"的这种愿景估计得过于乐观,而对正在暗中觊觎和步步紧逼着自己的险恶环境和恶俗势力远远估计不足。事实证明,薇龙自身的实力根本不足以与之抗衡。

现在,我们可以对主人公下一断语,薇龙这个女孩子,有点头脑,有点能力,但毕竟不成熟,生活在满脑子的幻想中;就凭她那点有限的手腕,置身在如此险恶的环境中,根本无法确保自身"出淤泥而不染"。

对这番断语,你是否觉得细思极恐,尤其联系到《甄嬛传》之类的故事:原来,一个人的"天真"是要靠某种"能力""手腕"才能保持的,可是,一提到"能力""手腕"这样的词,不免就和算计、机心、步步为营联系在一起,而这些原本是"天真"的反面啊。莫非,成长的代价就是丧失天真?这些问题,就留给大家思考吧。

人生真的无法推倒重来吗
金理讲张爱玲《沉香屑·第一炉香》之二

―――◇ 1 ◇―――

我们再回到葛薇龙的心路历程，她不顾忌姑妈的劣迹斑斑，甘愿承受丫鬟们的冷嘲热讽和姑妈劈头盖脸的一顿抢白，终于，薇龙留在了姑妈家里。

这个时候，对于自己的处境，薇龙未必没有预判。她想道："至于我，我既睁着眼走进这鬼气森森的世界，若是中了邪，我怪谁去？可是我们到底是姑侄，她被面子拘住了。只要我行得正，立得正，不怕她不以礼相待。外头人说闲话，尽他们说去，我念我的书。将来遇到真正喜欢我的人，自然会明白的，决不会相信那些无聊的流言。"

这里有几点值得注意：一、薇龙非常明白梁太太的为人和自己的处境；二、薇龙此刻对梁太太还保持着某种道德批判的距离，认为自己跟她不是一类人；三、她对梁太太当然有戒心，但天真地相信亲情会拘住梁太太的手脚，使自己不至于受到伤害。

然而，现实马上会粉碎薇龙的天真和自信。

寄居梁家，最先对她那颗稚嫩而又富于敏感的心灵造成震撼性效果的，要算是打开房里衣橱那一瞬间。梁太太实在老奸巨猾，有意为薇龙备好一橱奢华的衣饰，她吃准了薇龙的心理，这个女孩子表面上说是为了继续学业，但她抵挡不住上流社会浮华生活的诱惑的。当薇龙打开衣橱，这满满一橱"色色俱全，金翠辉煌"的衣饰，一瞬间就击溃了她原先道德家教下培养起来的全部矜持和自信（参见李振声、张新颖：《张爱玲作品欣赏》）。

张爱玲细致描写了薇龙此时的心理过程：她首先的反应是，这些衣服"是谁的"，接下来到底"不脱孩子气，忍不住锁上了房门，偷偷地一件一件试着穿，却都合身"，于是才省悟，原来这都是姑妈特地为她置备的，薇龙不免发出感慨："这跟长三堂子里买进一个人，有什么分别！""长三堂子"是那个时候对妓院的俗称。显然至少在此刻，薇龙对于卖身的危险有着戒心。但是又抵不住物质的诱惑，在睡梦中"恍惚在那里试衣服，试了一件又一件"，于是自言自语地说了一句"看看也好！"——这句话是针对上文中的自我警戒而言的，让这个警戒线松脱了一些：言下之意是"我就看看，看看总不要紧的吧"，这实则是对于接下来的行为做一种开脱，第一个口子被撕开了，之后一发不可收拾……

请注意，"看看也好"这句话说了两次，并且后一次是薇龙特意发出声音来说的，表明她已经开始认可了姑妈对她的人生安排，甚至迫不及待地希望粉墨登场，含有一种跃跃欲试的意味，小说中特意强调她是"微笑着入睡"的，就是说，此时她的自我感觉特别得好（参见高恒文：《故事隐喻——〈沉香屑第一炉香〉的文本分析》）。很显然，这和薇龙上床前的自我警戒已形成鲜明的对照。

总之，尽管薇龙不是没有过挣扎，甚至也不是没有过反抗，但最终都是清醒、主动地选择被浮华的物质生活所俘获，小说写"薇龙在衣橱里一混就混了两三个月"——这句话不动声色又惊心动魄。

❖ 2 ❖

一番斟酌之后，薇龙准备委身于乔琪，然而乔琪是个花花公子，他的滥情，促使薇龙和姑妈产生最严重也是最后一次冲突。于是薇龙立下重誓："我回去，愿意做一个新的人。"姑妈却说："你来的时候是一个人。你现在又是一个人。你变了，你的家也得跟着变。要想回到原来的环境里，只怕回不去了。"

最后这句话"只怕回不去了"，说得真是太恐怖了，为什么梁太太总是捏准薇龙的七寸，她对人性的洞察这么透彻，在她当年用青春换取金钱的岁月中，是不是也曾有过内心的挣扎？所以她深知人性的黑暗与软弱，所以这句"只怕回不去了"，看似轻描淡写，实则有很沉重的力量。

饶有意味甚至可以说反讽的是，薇龙偏偏这时病倒了，"回去"的计划也就此延搁下来，病中却有这样一番自我剖析："薇龙突然起了疑窦——她生这场病，也许一半是自愿的；也许她下意识地不肯回去，有心挨延着……说着容易，回去做一个新的人……新的生命……她现在可不像从前那么思想简单了。"——这一刻我们终于看清，薇龙的对手，不是姑妈，而是她自己内心深处的物质欲望，而姑妈只是这种欲望的象征。薇龙终于彻底"投降"，她未来的人生已无须赘述，用小说中一句话就可以交代——"从此以后，薇龙这个人就等于卖给了梁太太与乔琪，整天忙着，不是替乔琪弄钱，就是替梁太太弄人。"

当薇龙立下重誓说"我回去,愿意做一个新的人",我相信,读者此刻肯定会心头一震!然而张爱玲不留情面地把所有希望都扑杀了。为什么薇龙不能从梁太太家里出走?为什么她"回不去了"?为什么人生不可以推倒重来?

3

五四新文学作家热衷于书写"出走"的故事,从封建旧家庭中出走,从作为传统象征的家长的庞大阴影下出走。但是张爱玲不喜欢这种故事,在《中国人的宗教》这篇散文中,她提出这样的批评:"小说戏剧做到男女主角出了迷津,走向光明去,即刻就完了——任是批评家怎么鞭笞责骂,也不得不完。"张爱玲反感这种浪漫主义的姿态,故事往往只是写到"出走"便戛然而止,仿佛一"出走",便从黑暗旧家庭一步登天到了阳光灿烂的新天地。张爱玲眼中的现实不是这样的(参见毕婧:《成长的故事:〈传奇〉的反浪漫叙事》)。

类似的人物和主题,我们还可以比较张爱玲《沉香屑·第一炉香》中葛薇龙和曹禺《日出》中陈白露,两部作品都是写"堕落"女人的故事(参见许子东:《一个故事的三种讲法》),大家对此可以去读一读许子东《一个故事的三种讲法》。

《日出》表现为一个纯洁善良的女人因为罪恶的社会环境而遭受了厄运,人的无辜与环境的罪恶二元对立,所以合乎当时要求社会变革的意识形态诉求。但是薇龙的堕落,不仅仅由于外在环境与制度的罪恶,我们上文分析其心路历程的演变,可以发现,薇龙走上这条堕落的路是出于自愿的选择,她所走的每一步,其实都有进退的可能。

比如当她意识到姑妈在用一橱衣饰诱惑她,"这跟长三堂子里买进一个人,有什么分别?"——这是薇龙第一次清晰地警觉到姑妈的意图,这个时候她可以走出梁宅的。再比如,她立下誓言要做一个"新的人",这个时候依然回头是岸的。但在张爱玲看来,基于某种普遍的人性弱点,薇龙放弃了抵抗,无法做一个"新的人"。由此我们才能理解为什么张爱玲在小说中一直提到薇龙"是一个极普通的上海女孩子",这是要我们照照镜子啊,我们每个人身上是不是都有薇龙的影子呢?

我们真的"回不去了"吗?

之所以解读这篇小说时我们把重心放在薇龙心路历程的展开上,原因在于,我们如何直面薇龙的困境:如果你是薇龙,你会迎来"新的人生"吗,还是和薇龙一样"回不去了"?

设身处地,当那一橱金碧辉煌的衣饰打开时,你是否能弃门而去;当你表示"我回去,愿意做一个新的人"之后,是否能言出必践?也许虚荣、情欲等确实是人性的弱点,但是人毕竟不是动物只会依照本性来放纵,古人说"人之异于禽兽者几希",虽说人和动物差别只有一点点,但毕竟是有差别的吧,人是有理性的,能够自我克制,有所为有所不为。——但每当我们这样想的时候,似乎就感到张爱玲在旁边冷笑:人真的是这样的吗?

我们来看小说的结尾:薇龙乘坐的汽车开入街道的深处,这时张爱玲写了这样一句意味深长的话:"花立时谢了,又是寒冷与黑暗。"——这里一点光明的可能性都没有,反而是在暗示,薇龙决定沿着堕落的方向,绝不回头。张爱玲似乎在提醒甚至讽刺读者,你们不要再一厢情愿了,人没有那么大力量的,人没有那么多选择余地的。张爱玲就是这样决绝!人生真的无法推倒重来吗?这个问题,也还是留待大家进行更深入的思考。

面对生活危机的自救

金理讲张悦然《家》

／

张悦然成名很早，当年顶着"新概念作文大赛得主""80 后作家""玉女作家"等名号出道。

今天我们回望，当年和张悦然一起出道的同代写作者，有的已经转行，从事其他职业，甚至不知所踪。所以，尽管我们对张悦然的创作可以有各种各样的评价，但是她特别让人尊重的地方在于：文学也许是一场马拉松的事业，而张悦然恰恰具备了长跑选手的潜质，她有耐心、心无旁骛、专注于文学技艺的打磨。

我们要讨论的这部作品《家》写于 2010 年，对于张悦然的创作整体过程而言，《家》表现出某种转型的意味。

小说的女主人公叫裘洛，我们先来看看她是什么样的一个人，她的生活状态如何？

小说第一段这样描写裘洛的起床——

> 她在床上躺了很久。直到时间差不多了，才套上睡裙，

到客厅里打开音乐，走去窗边，按下按钮，电动窗帘一点点收拢，她眯起眼睛，看着外面红得有些肉麻的太阳。然后洗澡，用风筒吹干头发，煮咖啡，烤面包，到楼下取了当日的报纸，放在桌上。

这是非常典型的小资女性的生活画面，看起来，物质需求早已得到满足。接下来开始收拾行李，为离家出走做准备，"电吹风，卷发器，化妆品，唱片，书籍，她苛刻地筛选着陪她上路的每一件东西，放进去，又拿出来……"这个犹豫、反复、手足无措、"放进去，又拿出来"的细节，似乎在暗示：物质需求已得到极大满足，选择的自由似乎也充分实现，但反而无所适从。

在去超市之前，因为距离开门还有半小时，裘洛读了一会书——

她坐在沙发上，把那本读了一半的小说粗略地看完。寡淡的结尾，作者写到最后，大概也意识到这是一个多么虚伪的故事，顿时信心全无，只好匆匆收场。裘洛已经很久没看过令她觉得满意的结尾了，很多小说前面的部分，都有打动人的篇章，但好景不长，就变得迷惘和失去方向。

你看，像裘洛这样的小资女性往往是文学青年，她们气质忧郁，在阅读的过程中也在张望自身当下的生活，"变得迷惘和失去方向"的，不仅是小说内的人物，也是小说外的自己。同时，一般来说，文学青年也拥有超乎常人的敏感。比如，裘洛发现女友割了双眼皮，居然由此推定"这个世界从一开始就在说谎"。再比如，当男朋友井宇不辞而别时，裘洛设想最多的就是背叛。显然，她对于身边的世界缺乏基本的信任感。

小说这样来描写裘洛这一天干了些什么——

10点钟,她来到超级市场。黑色垃圾袋(50cm×60cm),男士控油清爽沐浴露,去屑洗发水,艾草香皂,衣领清洗剂,替换袋装洗手液,三盒装抽取式纸巾,男士复合维生素,60瓦节能灯泡,A4打印纸,榛子曲奇饼干。结算之前,又拿起四板五号电池丢进购物车。

12点,干洗店,取回他的一件西装,三件衬衫。

12点半,独自吃完一碗猪软骨拉面,赶去宠物商店,5公斤装挑嘴猫粮,妙鲜包10袋。问店主要了一张名片,上面写有地址和送货电话。在旁边的银行取钱,为电卡和煤气卡充值。

下午1点来到咖啡馆。喝完一杯浓缩咖啡,还是觉得困,伏在桌上睡着了……

上述冷漠机械的叙述语调都在暗示读者:主人公一整天的生活都被安排在刻板的日程表上,这是多么乏味、让人厌倦啊。

通过上面这些细节的分析,我们可以了解到,裘洛遭遇了一场生活的危机,所谓危机,并非是指物质待遇上无法得到满足,而是指精神世界没有出路。如果按部就班不做改变的话,那么未来的生活一眼可以望穿,就像小说中裘洛的女友以及老霍太太那样,只有物质而没有灵魂。看上去,裘洛享有允分的自由,但依然面临着意义匮乏的焦虑,用小说中的话来讲,她渴求出门寻找"崭新的生活"。

2

对于裘洛来说，内部的焦虑已经涌动而出，如何在百无聊赖中重建生活的意义，现在还需要一种来自外部的救赎力量。

这个时候，地震发生了，离家的裘洛和男友不约而同地奔赴救灾现场。恰如青年批评家杨庆祥的分析："一场历史的灾难成全了无数个体解放的渴望，……地震提供了这样的一个历史现场，在这个现场里面，个体突然意识到自己的主体性和真实的存在感，他们不再是躲在空房间里面的可以被随时替代的虚假的主体，他们也不是被日程表和物质符号所控制的'单向度的人'。"（参见杨庆祥：《从小资产阶级梦中惊醒——从张悦然的〈家〉谈起》）

"单向度的人"这个术语来自哲学家马尔库塞，指的是在发达工业社会中，人们丧失了自由和创造力，不再想象或追求与当下不同的另一种生活。这就是裘洛们焦虑的根源所在。

我们上面所分析过的裘洛小资女性的生活，是张悦然早期写作反复出现的主题。而《家》的转型意味就在于，通过裘洛的自救，张悦然企图告别这种生活，而救赎的契机来自于一场地震。

2008年汶川地震，是张悦然这一代"80后"青年人的社会评价发生巨大转变的标志性事件。

此前2006年，《中国青年报》社会调查中心与搜狐、新浪两大门户网站合作开展一项网络民意调查，共有3457名"80后"的前代人参与。在他们眼里，"80后""永远以自己为中心"（61.4%）、"不愿意承担责任"（53.1%）、"总是高估自己的能力"（64.2%）(《"80后"——请别误读这两亿青年》，《中国青年报》2006年4月3日）。而在汶川地震和北京奥运会之后，对"80后"的社会评价明显趋于正面、积极，类似"感动中国""撑起中国的脊梁"等字眼纷纷占据媒体视野。尤其是,"80后"在救灾中的表现赢得广泛赞誉,一举颠覆先前人们对这一群体的消极认识。

这也是张悦然真实的经历与体会。

地震发生后,她奔赴北川救灾现场,在博客中她非常诚恳地写道:"这场参与救援的经历,之于志愿者自己的意义,也许远远大于对外界的。这更像是一段自我洗涤,洁净灵魂的路途。当他们怀着奉献和担当的虔意,在这条路途中忙碌着的时候,他们的灵魂正在抖落厚厚的尘埃,渐渐露出剔透晶莹的本质。"(张悦然《在汶川之二》)

对于张悦然而言,她和裘洛们参与救灾,某种意义上是自我的救赎。其实在张悦然此前的写作中,少女出走是反复演绎的主题(比如《毁》《霓路》等),或者出于和成人世界的无法沟通,对理想或未经历的生活的幻想,或者就是青春期没有理由的理由,这些"出走"没有明确方向,出走的女孩们恍若迷途羔羊般流浪着,对于身处的历史变迁毫无所知,也缺乏改变现状的能动性。

终于,《家》这篇小说做出了改变,张悦然笔下的青年人和一次历史性事件相遭遇,此前淹没在刻板的日常生活里的裘洛们被解放出来,成为行动的主体,在介入社会与历史的过程中获得了救赎——这也许可以视作青年一代的成长。

如何把握理想与现实之间的关系
金理讲叶弥《成长如蜕》

◆ 1 ◆

　　创作于 1997 年的《成长如蜕》是叶弥第一个中篇,初刊于《钟山》杂志,旋即被很多刊物选载,并获得该年度全国最佳小说奖。

　　叶弥属于那种一夜成名又非常低调、产量不高但质量非常稳定的作家。她得过鲁迅文学奖,另一部作品《天鹅绒》曾被姜文导演改编成电影《太阳照常升起》。叶弥出生在苏州,"文革"初期刚六岁,就随父母全家下放苏北农村,八年后才再次返城,不久父母经营有方,成为事业有成的企业主。

　　介绍上面这段经历,大家就会发现和《成长如蜕》的情节有不少重合,所以可以这么说,这部作品打动人心之处正在于,小说中隐含着作家成长过程中真切的心灵隐痛。

　　小说的主人公是"弟弟",一个天真的对世界怀抱理想主义态度的青年人。但"弟弟"周围的所有人对"弟弟"这种状态都极为不满。

比如说，父亲给他安排了公司的职务，但"弟弟"不愿意接受，周围的每一个人都希望"弟弟"按部就班地进入成功人士的生活轨道，"弟弟"同样不愿意接受。这部小说就是写作为一个反叛者的"弟弟"归顺父亲、归顺世俗社会的故事。我们就从父亲和"弟弟"之间的关系来进入这部作品的解读。

"父与子"是经典的文学主题。父亲和"弟弟"的冲突，不是简单的两个个体的冲突，冲突背后也展示出两代人、两种不同价值观念的碰撞。但是在《成长如蜕》中，即便把父亲看作世俗生活、强权意志的代表，把"弟弟"看作追求自由和理想生活的代表，我们肯定也会发现，貌似极端对立的两人也有着惊人的一致。

比如，当看见"弟弟""整天津津有味地做着一些无关紧要的事"，父亲不免想起自己做"看门老头"时的时光，他把这段生活而不是发家致富后的生活视作"一生中最自在的日子"。也就是说，父亲在当下的儿子身上看到了自己当年的影子。

又比如，父亲发财后曾回到以前下放过的大柳庄，小说是这样写的：

> 一九九二年夏，我父亲带着弟弟回到大柳庄。父亲的用意很明显。他开着自己的轿车，西装的口袋里鼓鼓囊囊地放满了崭新的十元钞票。他带来的轰动效应不下于省委书记下乡，甚至比之更热闹。父亲到每一家熟人家里都坐一下，听着埋怨或者诉说，欣赏着因崇敬而焕发的满脸红光和导致的手足无措。父亲眯着眼睛看上去是要慈祥地微笑……在听完许许多多的诉苦以后，才不慌不忙地从口袋里掏出准备好的钱发放。

无疑，这是一种施舍，也是一种报复，以伤害他人尊严的方式来满足自己曾经失落的尊严。目睹这一切"弟弟"非常不满，信誓旦旦告诉父亲："不，我决不会像你这样污辱他们。"

多年之后，当众叛亲离之后，"弟弟"开始报复他的朋友，小说里这样描写他采取的报复方式："愤愤然地在朋友面前炫耀起财富。他开着轿车撞来撞去，他一身的名牌，腕上戴着瑞士牌全金表。他上朋友家里去的时候带着贵重的礼物，总能让朋友的妻子想入非非而不满现状"，这样做的时候他"很舒服"。就像小说中的感慨：这一刻，"冥冥之手操纵着弟弟重复我父亲走过的路"，多么可怕的"冥冥之手"，让如此针锋相对的两代人被塑造成一个模样。

2

在"弟弟"遭遇的大大小小的纷争、冲突中，我们还应该重视来自多年好友钟千里的欺骗与讹诈。

钟千里从外地打了一个电话，以充斥着谎言的方式向"弟弟"讨要巨额的钱财。在此前，当"弟弟"面对类似情形的时候，肯定会倾其所有地去帮助自己的朋友，但这一次"弟弟"只带了三万块钱去赴会。在与钟千里见面之后，待"弟弟"终于人财两空之后，他终于向世俗世界投降了。

所以，我们可以把"弟弟"的这一场赴会理解为"弟弟"的最后一场战役，他在进入这场骗局的时候已经不像以前那么"傻"了。而且"弟弟"非常清楚地知道，这将成为一个转折点，我们可以揣摩"弟弟"此行的目的：对于在朋友身上发现久违的友谊，"弟弟"其实也没抱多大指望；更重要的是，希望以这次行动来安排给自己一个仪式，所以临行前特意给最好的朋友阿福上坟，既是祭拜亡友，也是告别过去的自己。岂止是告别，简直是埋葬旧我。

所以，"两个自我"的关系是：一个自我在做最后的抗战，而且是有限度的抗战，毫无先前的自信，甚至战斗号角吹响的那一刻已经想见了溃败的结局，多么悲壮的抗战；另一个自我在赏鉴这幕"自杀"的仪式，看着以前的自己慢慢死去，给自己一块墓碑，一个理由，仿佛在劝告自己——你看，所有的人都没有办法再提供给"我"温暖、提供给"我"求证理想生存的依据与可能；能够提供的人又早已长眠地下，没有其他选择了……

在这之后，"弟弟"顺应了时代，顺应了世俗生活，结束流浪，终于回到了父亲为他设计的人生道路，回到了周围所有的人所期望的、所谓"正常的"生活轨道。

检讨发生在"弟弟"身上的悲剧，除开来自外部的强敌，这其中肯定有个人主观的原因。比如，看待事物的时候无法建立起完整的视野，而对自身已经固化的偏狭的视野又缺乏自省的能力，这是"弟弟"的病根。

他一度跑去西藏，去寻找另一片圣地，回来之后，"谈起了西藏的所见所闻，他眉飞色舞，对西藏的风土人情，对西藏的粗犷质朴和对神灵的极度虔诚赞不绝口"，似乎得偿所愿，但有个细节透露出"弟弟"在西藏真实的困顿与潦倒，一次醉酒后躺倒在酒店角落的沙发上，小说这样写的："他醒来的一刹那间心怀恐惧，以为是睡在西藏的某个肮脏简陋的小旅馆里。"更妙的是作家在这句话之后还加了个括号，告诉我们这是"弟弟"心中"不可与人言说的真实"。

这一笔直指"弟弟"思维方式的荒谬：这类人心中有一个稳固

的理想，这个理想是不能去触碰的，哪怕现实中有细节戳穿、揭开了理想中所充斥的谎言，也宁愿把这些真实细节放逐掉，以此掩饰、圆满那一虚妄的理想。还有，弟弟无法建立起一种正常的生活或工作状态，总是趋于两个极端：要么沉湎于幻想之中，此时他意气风发，因为心中有理想，但整个人亢奋得就好像腾云驾雾，根本无法降落到现实中；而幻想一旦破灭就歇斯底里、放纵自己……

总之，这类人物根本没有办法在理想和现实的结合点上展开有效的实践。

3

《成长如蜕》的复杂性在于，我们无法用泾渭分明的态度来面对"弟弟"这个人物形象。

如果读者就坚定地支持"弟弟"，认为"弟弟"一点没有错，举世皆浊你独清，你在捍卫人类最宝贵、在今天也最稀少的品质、价值。或者将立场反过来，读者就认定"弟弟"是个傻瓜，世界在向右，凭什么你要向左，什么"与整个世界为敌"不过是年少轻狂罢了，像"弟弟"这样的人，就是市场经济发展必然的牺牲品，一再沉溺在幻想中不敢去认清现实，并不值得同情。

你看，这是两种针锋相对的立场，如果能够坚定站在以上这两种立场的任何一边，读这部小说、面对"弟弟"这个人物的时候，都不会有那种心痛欲裂的感受。而心痛的原因恰恰在于：当我坚定地支持"弟弟"的时候，当我回忆自己人生旅途中某一阶段也曾像"弟弟"那样张狂而勇敢，这时我却会想到我所喜爱的这个人物身上有那么多致命缺陷；而当我坚决地批判"弟弟"的时候，我又会反问自己,真的可以把"弟弟"所有的拼搏一笔抹杀吗?我们都记得,"弟弟"身上最突出的特征就是像堂吉诃德一样,不轻易让渡内心坚守的空间。

总而言之,"弟弟"这个文学形象之所以复杂、拒绝简单的归类与判断,原因正在于:他紧贴着时代与社会跳动的脉搏,而读者在面对这个人物时心绪的无法平静,恰恰因为我们在面对小说当中"弟弟"这个人物的时候,就好像在照镜子。在镜子当中,我们既看到了"弟弟",也看到了我们自己。这部小说是如此诚恳,也逼迫着读者诚恳地去看清楚自己的面貌,去反省自己和上一代人的关系、和这个时代的关系,以及理想与现实之间的关系。

举起全部的生命呼唤

郜元宝讲路翎《财主底儿女们》之一

天才作家路翎（1923—1994）的长篇小说《财主底儿女们》（上下部）分别完成于 1943 和 1944 年，主要描写 1932 年"一·二八"上海战争至 1941 年苏德战争爆发期间，苏州富户蒋捷三的儿女们各自的人生经历，其中蒋家三少爷蒋纯祖的形象最具光彩。

这个人物的特点，是彻底割断了与破落大家族的情感纽带，从学生时代起就脱离家庭的束缚，狂热地追求和响应着时代精神的号召，经过"旷野"上各种残酷的淬炼，背对热闹的名利场，深入芜杂的民间社会，自觉与广大民众结合，虽英年早逝，而且似乎也并没有成就什么伟大的事业，甚至始终未能克服若干明显的人格与心理缺陷，但按照作者的说法，蒋纯祖的短暂人生还是抵达了大多数人"因凭信无辜的教条和劳碌于微小的打算而失去"的"目标"。换言之，蒋纯祖通过不屈不挠的奋斗，既没有被各种流行理论所欺骗，也没有沉沦于卑微琐碎的物质生活的算计，最终在精神上跟那个时代"深沉的、广漠的、明确而伟大的东西联结在一起"[1]，由此实现了他的人生价值。

蒋纯祖在小说上部第三章出场时，是"一个穿着短裤，兴奋而粗野的少年"，正和表姐沈丽英的女儿陆积玉进行着"做梦般的恋爱"。这种亲戚间少男少女的恋爱并不渊源于《红楼梦》——蒋纯祖把陆积玉比作1931年4月巴金翻译出版的高尔基短篇小说集《草原故事》里的俄罗斯少女，二姐蒋淑华也告诉她的未婚夫汪卓伦，蒋纯祖"没有受过我们所受的那种教育。他们占了便宜"。汪卓伦对此表示首肯："是的，年青人不同了。"

蒋纯祖确实慢慢显露了他的"不同"。

比如，他不管少女陆积玉的胆怯与羞涩，只想满足自己的感情需求，恨不得要陆积玉当众接受自己的爱情。他对陆积玉的爱明显带有少年人所特有的傲慢与偏执。比如，他明明知道全家人（包括冒着严寒专程从苏州赶到南京的老父亲蒋捷三）都在拼命寻找疯癫而失踪的大哥蒋蔚祖，可当他在南京火车站遇见蒋蔚祖时，却光顾着追赶同学们，只给了蒋蔚祖一点钱，就极不负责地放走了浑浑噩噩的大哥，这才导致蒋蔚祖步行回苏州的一段"荒唐的旅程"。比如，蒋纯祖一味欺负崇拜他的陆积玉的弟弟陆明栋，尽管他自己也被别的他所崇拜的男孩所欺负。

对恋人，对亲人，对朋友，蒋纯祖都显示着冲动、野蛮而冷酷。他对家人尤其冷酷无情，直到走向生命终点，都没有很好地与家人和解。他缺钱时会想到向家人（尤其大姐蒋淑珍）要钱，平时则把家人和家事完全抛在脑后。一言不合，就会猛烈地攻击家人。比如他认

---

[1] 本文引用《财主底儿女们》小说原文，均据人民文学出版社1985年"中国现代文学作品原本选印"版。

为忍辱负重的大姐蒋淑珍比堕落的女性"胡德芳们"和思想落伍的"蒋少祖们"更可怕，他认为从蒋淑珍身上可以明白"为什么很多人那样迅速地就沉默，并且明白，什么是封建的中国底最基本、最顽强的力量，在物质的利益上，人们必须依赖这个封建的中国，它常常是仁慈而安静，它永远是麻木而顽强，渐渐就解除了新时代底武装"。

他从小就不屑过贵族少爷养尊处优的生活。他喜欢离群索居，依靠自己的力量探索人生的意义。当蒋家上上下下跟大嫂金素痕一家的官司打得如火如荼时，他完全置身事外。他感到南京的生活窒息着思想没有出路的青年人，总是号称要"走到远远的地方去！我要找一片完全荒凉的地方，除了雪和天以外，只有我自己"，但他又梦想有个苏菲亚那样的俄罗斯少女在雪中"找寻"他，而他则要拿出拿破仑之剑拯救整个世界。他的感情过于激烈，思想活跃而混乱，甚至很早就想到"怎样过活，怎样死去呢？"

1936年底西安事变爆发，蒋纯祖敏锐地感到国家民族将要面临巨大危机和挑战，更加变得"态度阴沉"起来，决心要"好好地做人！好好地，为了祖国，为了人类！"

果然，1937年"八·一三"淞沪会战打响，政府发布疏散令，沪宁两地开始大规模流徙，蒋家人都要去汉口，读了几本关于民族战争的哲学书的蒋纯祖却益发"狂热起来"，有一种被"拯救"的感觉。他渴望在战争中赢取未来，获得新生，不听全家人劝告，坚持迎着战火走向上海。二哥蒋少祖严肃地批评他对"人民"和"生活"的空洞信仰，不惜以自己年轻时代被欺骗的经历告诫弟弟不要成为被人利用的盲动的青年。这反而刺激了蒋纯祖的自尊心，他毅然决然离开全家，奔向战火中的上海。这时候，蒋纯祖的内心充满着个人主义、英雄主义和浪漫主义的激情，"'中国，不幸的中国啊，让我们前进!'蒋纯祖说,在空旷的街上踏着大步。"

2

1937年秋末,"中国军队退出上海,在南京和上海之间没有能够得到任何一个立脚点,开始了江南平原上的大溃退","蒋纯祖和朋友们在上海战线后方工作。上海陷落时,军队混乱,蒋纯祖和一切熟人失了联络,疾速地向南京逃亡。蒋纯祖,是像大半没有经营过独立的生活,对人生还嫌幼稚的青年一样,在这种场合失去了勇气,除了向南京亡命以外没有想到别的路。他是没有一点能力,怀着软弱的感情,被暴露在这个各人都在争取生存的残酷的世界中"。

蒋纯祖在1937年12月初随着潮水般的难民退到南京,但日军"差不多和他们同时到达南京外围"。逃进大姐蒋淑珍一家遗弃的空屋子的第二天,就遭遇日军攻城,孤独惊骇中蒋纯祖哭了。"蒋纯祖,是以这个伤心的哭泣,来结束了他在投向世界的最初的经验:这个世界是过于可怕,过于冷酷,他,蒋纯祖,是过于软弱和孤单。"

从南京死里逃生之后,蒋纯祖随着一群溃败的散兵沿着长江,先后逃过江苏、安徽、江西的平原和丘陵地区,经过常州、镇江、芜湖、马当、安庆、九江,最后到达武汉。尽管一路上到处都是"房屋稠密的村镇","富庶的平原",有着"完好生长的小麦和玉米",一派"安宁的景象",但蒋纯祖坚持将这些地区称为"旷野"。因为在逃难的路上,蒋纯祖"不再遇到人们称之为社会秩序或处世艺术的那些东西了"。这是人性的"旷野",而非自然的"旷野"。在这样的"旷野",在"各人都在争取生存的残酷的世界中",蒋纯祖遇到太多原始的强力,似乎一切良心和文明的堤防都被冲垮了。

但在这样的"旷野"之上，经过试炼的人类良知和友爱就弥足珍贵。比如，因为怜悯、宽恕和拯救别人而遭到被怜悯、被宽恕、被拯救的野蛮之徒射杀的工人领袖朱谷良和为国捐躯的二姐夫汪卓伦的高贵形象，就深深镌刻在蒋纯祖心中。蒋纯祖不断敬悼这些平凡的时代英雄们的亡魂，从而汲取奋斗的力量。

3

1938年初，走过苏、皖、赣三省"旷野"而暂居武汉大姐家的蒋纯祖展开了新的生命"突击"。但这第一步，竟然是一连串的莽撞而荒唐的恋爱。

首先是继陆积玉之后，又和大姐蒋淑珍的女儿傅钟芬产生了同样带有乱伦性质的恋爱。他和傅钟芬一起加入"救亡团体"，后来又一起加入"合唱队"。恋爱中的蒋纯祖突然显示了据说是在上海战火中就已经显露的音乐天赋。他成了"合唱队"的主唱，还学会了作曲——听着武汉"春夜的急雨"，蒋纯祖作曲怀念"旷野"上的同志朱谷良，祝祷其"心灵要长存"。

年轻的蒋纯祖无法抵御身体的诱惑，急欲从外甥女傅钟芬身上偷尝禁果。但傅钟芬的"游戏爱情"令他痛苦，而心里的"另一个蒋纯祖"又"严刻地观察，并批评"着他的一举一动。他痛斥自己虚伪，卑劣，一度从青春的欲望燃烧退回到古代虚弱的"道学思想"，由此陷入情与理的剧烈冲突。

为了克服这个苦恼，蒋纯祖离开大姐家，加入一个由清一色青年男女所组成的"演剧队"，蒋纯祖感觉是跳入了青春的熔炉，很快就摆脱了"道学思想"，寻找新的恋爱对象。他迅速暗恋上只身从上海逃亡到武汉的成熟娴静的少女黄杏清，对她展开并不见诸实际言行的心理想象和密语式互动。在蒋纯祖心目中，黄杏清被想象成"宁静的女神"、"露西亚的少女"、"崔莺莺"的综合体。他模仿屠格涅夫小说男主人公站在女主人公利萨的窗口浮想联翩的情景。

傅钟芬将蒋纯祖的思想的犹疑多变理解为胆怯与"软弱"，非常不满，最终移情别恋。黄杏清其实也早就名花有主。认清这一事实之后，骄傲的蒋纯祖认为他的恋爱并非获得异性，而是"更尊敬，更爱自己"。于是他告别并祝福这两位少女，在贝多芬的交响乐的鼓励下继续追求"青春的光明的生活"。

"演剧队"进入四川的巴东和万县时，发生了内部因恋爱纠纷而起的政治对立。以王颖为首的"左"倾领导集团暗中联络，对蒋纯祖发起突然袭击，给他扣上小资产阶级、个人主义甚至反革命的帽子。蒋纯祖不为所屈，舌战群儒，发挥了雄辩的天才。

"五四"以来，个人主义和集体主义、小资产阶级和革命，始终是对立统一的关系。"左联"成立之后，二者变得不可调和，激烈的冲突并未因"左联"解散而取消，反而完整地复制和延伸到抗战文化队伍中。集体主义在这时表现为真理在握的赤裸裸的威权意志和不择手段的小集团和宗派的权谋。这种自我论争自我加冕的架空的真理论视小资产阶级感性与幻想为仇敌，不惜以突然袭击、阴谋联合、残酷迫害、硬扣帽子的手段予以扑灭，以达到"净化"队伍亦即大权独揽的目的。其实极左的领导者个人（王颖）服膺的只是权力，并非挂在嘴边的"真理"。

这是蒋纯祖在恋爱之余遭遇的第一场政治淬炼。他既不满"演剧队"这种极左氛围，又鄙视那些携带着20世纪30年代上海文化界的成就、摇身一变成为重庆文化界权威的新贵，在左右夹缝中，蒋纯祖陷入更深的迷茫。加入重庆一个更大的剧团之后，这种政治上的迷茫竟驱使他疯狂地挑战他自身的所谓尼采式弱者道德（即上述古老的"道学思想"）。他因此成为极端"自私，骄傲的人"，甚至违背良心向亲人们要钱，挥金如土；跟热情似火、号称只想活30岁的风骚的女演员高韵同居半年，堕入"色情"的放荡的深渊；连自以为可以作为最后的拯救的音乐也离他而去。

"堕落"中的蒋纯祖进一步看清了重庆的文艺界不过是各种名流携带各种理论轮番表演的名利场。蒋纯祖起初也想挤进去抢夺"时代的桂冠"。因为争抢不到，就嫉恨和攻击别人。高韵、迅速走红的王桂英以及某个著名剧作家，三人相见恨晚，沆瀣一气，更使蒋纯祖无法忍受。他终于告别了一度想与之结婚的高韵，重新成为孤家寡人。

在这个异常纷乱的阶段，蒋纯祖冲动、偏激、多变的心理特点暴露无遗，"他每天都迷失，他似乎是在渴望，并追求迷失，他每次都冲了出来。黑暗的波涛淹没了一切，他只在最后的一点上猛烈地撑拒着"，"今天，这一分钟，他站在这个立脚点上，明天，在他底无情的分析里面，这个立脚点便崩溃了"。最后，蒋纯祖决定接受一个朋友的邀请，远离战时陪都重庆的名利场，去距离重庆两百里、距离王定和纱厂七十里的一个名叫"石桥场"的乡下小镇去做小学教师。"让我过我自己底生活，让我唱我底歌，让我准备去死吧——但并不是为了赎罪！"

◆ 4 ◆

来到石桥场乡下，蒋纯祖落入了"大地主底王国"，"这是牧歌的世界，这是异教的世界，这是中国人底世界。这是壮烈的，诗意的，最美，最善的生活。这世界是蒋纯祖所拒绝，又是他所渴望的一切"。他感到自己"已经愉快地和伪善的文化告别，而粗野地生活在旷野中了"。这是继苏、皖、赣三省"旷野"之后，蒋纯祖所落入的又一个旷野。

路翎写蒋纯祖如何在小学教书，后来如何做了小学校长，都缺乏丰满的细节。这一点远逊于叶圣陶的"教育小说"《倪焕之》和柔石的《二月》。批评家胡风说，路翎让蒋纯祖离开重庆，跑到石桥场教小学，目的就是描写"在个人主义的重负和个性解放底强烈的渴望"之间奋力搏斗的青年知识分子终于"走向和人民深刻结合的路"，这似乎有些夸张。在石桥场，蒋纯祖确实结识了不少"怪人"，但除了地主、袍哥、乡下流氓和少数几个农民之外，所谓"怪人"主要就是蒋纯祖的小学同事，他们绝大多数跟蒋纯祖一样，也是小资产阶级的青年知识分子。

作品描写比较成功的还是蒋纯祖在石桥场的思想危机和恋爱的悲喜剧。

蒋纯祖问自己，"我底目的是什么？"起初他也曾经全盘欧化，后来突然警醒，"他新生活的地方，不是抽象的、诗意的希腊和罗马，而是中国"。"他反省了他底生活和热情。这里不是他所理想的那个热情，这里是个人底实际的热情：为雄心而生活，为失恋而生活，为将来的光荣而生活。""他永远不能征服他底个人的热情。现在他冷淡、厌倦，因为他发现了，他底雄心，仅仅是为了回到城里去做一次光荣的征服，是丑恶的。因为，变做一个绿的苍蝇去嘲笑蛆虫，是丑恶的。""这种个人底热情底消失，就等于生活底热情底消失。怀疑是良好的，但常常是有毒的。""他想他应该为人民，为未来工作，但在这中间他看不到一点点联系。他想过一种真实的生活，但他不能知道这种生活究竟是什么。""他竭力思索他们——他底邻人们在怎样地生活，但有时他和他们一样的穷苦、疲惫、昏沉，他不能再感觉到什么。"蒋纯祖远离了"先生们"对"桂冠"的追逐，却无法真正亲近"人民"。他没有安身立命之所，心中总是不安！

担任石桥场小学校长后，蒋纯祖也曾"过问事务"，并渐渐熟悉了真实社会的一角。但他总以拯救世界的英雄自居。开除拒缴学费的学生、挑动学生围攻出卖女儿的乡下女人，这两件事令他一败涂地。学生和家长们甚至贴出"打倒蒋王八！"的标语。雪上加霜的是1941年初春"皖南事变"波及石桥场，在阴险的政治迫害下，石桥场小学覆灭，蒋纯祖和另外三个核心人物再次穿过人生的旷野，走向重庆——这时候蒋纯祖终于认识到，重庆其实也是"旷野"，只不过涂抹了一些所谓现代文明的釉彩而已。

在石桥场和重庆之间来回奔波，真正让蒋纯祖感到终于看见生命亮光的，是他在石桥场认识的同事、跟他以及他的同志们性质完全不同的万同华、万同菁姐妹。

万氏姐妹"是这个环境里的优秀的存在。在一切东西里面，只要有一件高贵的，人们便爱这个世界了。万同华冷静、严肃、磊落，万同菁羞怯而简单，她们都是朴素的女子"，"丝毫也不懂得这个时代底夸张的言词，她们讲述她们自己底事情，用着她们底父母底言语"。骄傲、自省、尖刻、愤怒、找不到思想出路的蒋纯祖与朴实、严肃、自卑但懂得如何自卫的万同华之间萌发了新的爱情。

本来离开高韵之后，蒋纯祖已经抛弃了结婚的念头。尤其在石桥场，他目睹了太多中国的"胡德芳们"后，就是结婚之后浑浑噩噩过日子的毫无色彩的可怜的女性们，就更加不敢结婚成家。但蒋纯祖总是矛盾的。一会儿，他觉得无论环境还是主观条件都不允许他结婚。一会儿，他又觉得之所以不得平安，无所成就，就因为不敢去爱，不敢成立家庭，不能得到"像吉诃德先生底达茜尼亚一样"的理想女性。当蒋少祖来信告诉他傅钟芬和一个中学教员订婚时，蒋纯祖终于决定冒着娶一个"胡德芳"的危险，向万同华表白，要跟她结婚。

这给万同华带来"无穷的忧愁"，"她对蒋纯祖有一个固定的意见：他觉得蒋纯祖高超，古怪，有一种特殊的善良；她喜欢他底善良，他底某种傻气和天真，尊敬他底高超，而用礼节和严敬来防御他底古怪"。万同华"把蒋纯祖底这种虚浮的言词，心灵底美丽的光芒，这个时代底伤痛的宣言，放在她底真实的天秤上去衡量"，"她想她不能相信蒋纯祖没有了她便会毁灭；她谦卑地不相信这个"。"她想，那样优越的蒋纯祖所无能为力的，她必定更无能为力。"但是，"在蒋纯祖底热烈的目光底要求下，万同华点了头"，"她明白了，在她底心里，在她底眼前，以及在她底辛勤的生活里，发生了怎样的变化"。

但蒋纯祖刚提出结婚，刚逼着万同华"点头"，就立即怀疑和自责起来，"重新把自己撕碎了"。他不再提结婚，而"结婚底旗帜倒下去以后，爱情底旗帜便壮烈地飘扬起来了"，"他拖着万同华走下去，猛烈地向她索求一切，攻击她底感情和思想，以他底可怕的内心冲突扰乱她"。

所谓对万同华的"攻击"和"扰乱"，就是蒋纯祖要万同华在思想感情和行动上完全与自己步调一致。"对蒋纯祖内心底那种所谓时代精神，对他底优越的精神世界，万同华很冷淡；有时尊敬，有时不觉地仇视。假如她能够证实，这一切，只是蒋纯祖底自私的欲念底借口的话，她就能够放心，更爱蒋纯祖一点了。"万同华发现，"蒋纯祖是绝不会为任何对女子的爱情而牺牲性命的了；他即使连牺牲一个观念都不肯"。也就是说，蒋纯祖把自己追求的"时代精神"看得比爱情更重要。"于是他们中间起着令人战栗的斗争"，最终还是蒋纯祖胜利了。就像当初逼万同华"点头"一样，终于有一天"猛烈的蒋纯祖获得了她"，于是蒋纯祖决定抛弃"自私，傲慢，虚荣"，"照着一个穷人的样式，平实地为人"。

但他的思想总是瞬息万变。避难到重庆之后，他又要反抗"平庸的日常生活"，"证实自己的天才"了，万氏姐妹因此又都变成"黯淡的存在"。他在重庆给乡下的万同华写信，责望她要看见"我们时代底理想"，认为她"缺乏一切进步观念"，"他底热情，和随后的他底冷淡的、有些邪恶的信，是残酷地压迫了万同华"。在1941年4月初，他又在狂热中写信给万同华，说他实际上可以让她"自由"的。万同华本来就被蒋纯祖的忽冷忽热折磨着，更被姐姐嫂嫂们阻断了与蒋纯祖的通信，只收到蒋纯祖说要让她"自由"的信，误解了蒋纯祖，终于在哥哥的强迫下，嫁给一个科长，但心里一直深爱着蒋纯祖。

蒋纯祖陶醉于重庆文艺界一班青年朋友对他的崇拜，但很快看出"他们是信仰着公式的观念，毫不知道他们所生活的复杂而痛苦的时代的"，感到厌恶和孤独，决定还是回石桥场。但就在这时，医生对蒋纯祖做出了命将不久的诊断，"蒋纯祖冷静、颓唐下来，面对着死亡了"。"但即刻就来了可怕的热情，他觉得，他必须和死亡游戏，战胜它。"这个游戏非常残酷，"整整半个月，蒋纯祖整天关在房里，写作着。他觉得，他必须惊动他底后代，使他们感激而欢乐；他觉得，在将来的幸福的王国里，必须竖立着他底辉煌的纪念碑；他觉得，他必须赶紧地生活，在一天之内过完一百年。"

蒋纯祖临终前决定做两件事。首先，是"完成一件巨大的工作，那就是，忠实于这个时代的战斗，并且战胜自己，这个自己包含着一切恶劣的激情，包含着自私、傲慢、愚昧、最坏的，怯懦"。这是一种比喻性说法，其实就是通过写作进行深刻反省，带着美好而正确的思想告别人世。路翎当时也怀疑自己会突然病死，蒋纯祖临终要完成自己思想清理的心态，也正是路翎创作《财主底儿女们》的动机之一，所以这一节写得非常激越而饱满，作者和他的人物都想给即将告别的世界留下一份沉甸甸的精神遗嘱。

但蒋纯祖真正放不下的还是他和万同华的爱情，"他能够失去这个世界上的一切，甚至他底生命，不能失去万同华"。医生确诊之后，蒋纯祖在大姐蒋淑珍家休养没几天，就悄悄溜出来，拖着沉重的病体，依靠对万同华炽热的思念，向石桥场进发，迎接他真正的归宿，而把悲哀和回忆留给蒋家人。

重病的蒋纯祖奇迹般地在三天之内走了150里路，还坐了70多里的船，最后终于倒在离石桥场还有最后五里路的一个破败寺院，并见到了闻讯赶来的万同华。抛开一切误解，在永别之际，他们终于彻底懂得了对方，达到了精神上的完全交融。

弥留之际，蒋纯祖还要万同华为他读斯大林在1941年6月23日就苏德战争爆发向苏联人民发布的文告，"万同华底热情的声音——解除了他底罪恶底负担了。他重新看见那一群向前奔跑的、庄严的人们，他抛开了他心里的那一块沉重的磐石了。他觉得，他被那件庄严的东西所宽容，一切都溶在伟大的，仁慈的光辉中，他底生与死，他底一切题目都不复存在了。"

与万同华互剖心声，得知世界反法西斯战争拉开序幕（世界的希望），确认一己的生命真正融入了时代精神的洪流，蒋纯祖死而无憾,因为他相信自己始终响应着"我们时代英雄的号召","'我有错,但我始终没有辜负这个号召,并且我并没有在生活里沉没——好!'他说,好像听见了全世界的鼓掌声"。

5

路翎这部在现代时期唯一公开出版的长篇,初稿叫《财主底孩子》,他的挚友和导师胡风有时称之为《儿子们》,路翎有时则称之为《英雄们》。《财主底儿女们》是出版时的定名。不管哪个名字都清楚地表明这部80万字长篇巨制的主角乃是苏州蒋家衰败之后各奔东西的"儿女们"。他们或多或少都继承了贵族之家的财产,但身份各异,人生道路也各不相同。

三姐夫王定和(实业家兼投机商)与三姐蒋淑媛夫妇善于经营,饶有资产。他们只管自己享受,不肯向亲友们施以援手。姨娘庶出的妹妹蒋秀芳千里迢迢从镇江逃难到重庆,王定和夫妇竟然叫她在自家的纱厂做"练习生"。留美归国的四姐蒋秀菊和丈夫王伦都是神学生,但他们和大姐蒋淑珍的丈夫傅蒲生、表姐沈丽英的丈夫陆牧生一样,都先后做了政府职员。他们或许没有王定和那样富有,但都能维持相对体面的生活。蒋家这些中青年人,包括王定和的妹妹、被称为"新女性"的电影明星王桂英,无论在战前的南京、上海还是在战争爆发后的武汉、重庆,都追求着世俗的名利或安稳富足的日常生活。他们各自也有思想情感的波动,但根本上缺少超出个人物质生活之上的精神关切。

不同的是过早去世的诗人气质的二姐蒋淑华,和为国捐躯的二姐夫、海军军官汪卓伦。可惜跟疯癫而死的蒋家大少爷蒋蔚祖一样,蒋淑华汪卓伦夫妇的人生故事也未能充分展开。

贯穿全书、显示了强烈的思想探求与精神挣扎的是蒋家二少爷蒋少祖。但是，集学者、思想家、国际问题专家、政府参议员于一身的蒋少祖出场时就步入了中年，他的思想探求与精神挣扎主要是书斋式的。他害怕与青年人隔绝，但实际上他与青年人的关系主要就表现为以思想界权威的"静穆"姿态居高临下地审视和批判"热烈"的年轻人的"浅薄浮嚣"。

路翎在《财主底儿女们·题记》中说，他所追求的是"光明、斗争的交响和青春的世界底强烈的欢乐"，胡风《财主底儿女们·序》说，这是一首"青春底诗"。无论"青春的世界"还是"青春底诗"，主角都并非蒋家所有儿女，而是更年轻的一代，代表人物就是蒋纯祖。

胡风说蒋纯祖承受了"更大更大的痛苦的搏斗"，虽然二十几岁就死在抗战的"后方"，但"一个蒋纯祖底倒毙启示了锻炼了无数的蒋纯祖"。路翎说："这个蒋纯祖是举起了全部的生命在呼唤着。我希望人们在批评他底缺点，憎恶他底罪恶的时候记着：他是因忠实和勇敢而致悲惨，并且是高贵的。他所看见的那个目标，正是我们中间的多数人因凭信无辜的教条和劳碌于微小的打算而失去的。"蒋纯祖年轻的生命究竟经历了怎样"痛苦的搏斗"？他究竟在"呼唤"着什么？在他"倒毙"之前究竟看到了怎样的"目标"？

本文虽然做了一些梳理和分析，但要真正回答这些问题，并不容易。

第四单元 女性

这些年来,男性和女性关系其实发生了很大的变化。在我们的生活里边,我们的婚姻也罢,爱情也罢,已经完全不是改革开放之初80年代的时候那样的一个状况。

在这个城市里,你会看到很多非常优秀的、生活很有光彩的独立女性。但是这些独立女性好像到任何时代,她还是渴望有一个婚姻家庭。讲到底的话,实际上就是一个人怎么生活最幸福。这其实是男性和女性共同面对的。

——王安忆

那个女人连名字也没有

陈思和讲曹禺《雷雨》之一

/

《雷雨》是一部大家都非常熟悉的作品。你即使没有读过剧本，也可能看过舞台上的演出；即使没有看过话剧，也可能看过根据话剧改编的电影、电视剧或者其他地方戏曲。可以说，这是一部家喻户晓的作品。但是，我将与大家分享的是一个与众不同的《雷雨》——我们从与周朴园一生有关的三个女人讲起。

哪三个女人呢？

一号女主人公是繁漪，其次就是鲁妈，那么还有一个女人是谁呢？是四凤吗？当然不是。我所要讲的不是《雷雨》中的三个女人，而是与《雷雨》中的一号男主人公周朴园有关的三个女人。这第三个女人，没有名字，也没有故事，但她是这个家庭悲剧中很关键的人物。因为她的出现，导致了周朴园和当年的恋人梅侍萍的婚姻悲剧。

那么，她是谁呢？

我们要分析这个女人，还是要回到《雷雨》的故事。追根溯源，那是一件发生在三十年前的风流孽债。

《雷雨》的故事很复杂。

戏剧叙事时间与故事时间是不一样的。这个戏一共四幕，发生时间只有一天，早晨、下午、当天晚上十点以及午夜两点。整个戏剧叙事的时间没有超过二十四小时。但是在这一天中发生的故事，却是三十年前的一场家庭悲剧延伸下来的，所以故事的时间整整跨越了三十年。

我们首先要讨论的是，《雷雨》所描写的这个家庭惨剧最初是发生在哪一年？作家并没有明确提供故事的时间。然而在第二幕，周朴园与鲁妈邂逅的时候，两人有一场对话，提供了一条时间线索：

周朴园：你站一站，你——你贵姓？

鲁　妈：我姓鲁。

周朴园：姓鲁，你口音不像北方人。

鲁　妈：对了，我不是，我是江苏的。

周朴园：你好像有点无锡口音。

鲁　妈：我自小就在无锡长大的。

周朴园：（沉思）无锡，嗯，无锡，（忽而）你在无锡是什么时候？

鲁　妈：光绪二十年，离现在有三十多年了。

周朴园：嗯，三十年前你在无锡？

鲁　妈：是的，三十多年前呢，那时候，我记得我们还没有用洋火呢。

周朴园：三十多年前，是的，很远啦。我想想，我大概是二十多岁的时候，那时候我还在无锡呢。

鲁　妈：老爷是那个地方的人？

周朴园：嗯（沉吟）无锡是个好地方。

鲁　妈：哦，好地方。

周朴园：你三十年前在无锡么？

鲁　妈：是，老爷。

周朴园：三十年前，在无锡，有一件很出名的事情……

这是《雷雨》里面关键的一场对话，里面包含了很多信息。

鲁妈提到了一个时间线索：光绪二十年，也就是1894年，甲午战争那一年。那么，那一年无锡的周家究竟发生了什么事？

这也就是周朴园要讲的"三十年前有一件很出名的事情"。原来是周家少爷周朴园爱上了老妈子的女儿梅侍萍，两人同居，相继生了两个儿子，但因为那一年的除夕（准确地算，光绪二十年的除夕应该是1895年2月5日），周朴园要娶一个有钱人家的女人为妻，就把梅侍萍赶出了周家。

也是在一个风雪交加的除夕之夜，梅侍萍抱着出生才三天的小儿子投河自尽。现在我们已经知道，梅侍萍并没有死去，母子俩被一个好心人搭救，长期流浪在外面，也就是现在的鲁妈和他们的儿子鲁大海。

我们从两人的对话情景也可以感受到，鲁妈已经认出了站在她面前的就是三十年前的周朴园，而周朴园还没有认出鲁妈就是当年的梅侍萍，只是鲁妈的举止和口音，已经唤起了他的深层次记忆。

2

当这两位暮年的恋人陷入深层次的记忆时，他们都在强调"三十年前"发生了那场悲剧。在剧本里，还有很多对话，都一再出现这样的说法。如周朴园说:"三十年的工夫,你还是找到这儿来了。"

鲁妈也有一段长长的控诉,你们听:

> 我没有委屈,我有的是恨,是悔,是三十年来一天一天我自己受的苦。你大概已经忘了你做的事了,三十年前,过年三十的晚上,我生下你的第二个儿子才三天,你为了赶紧娶那位有钱有门第的小姐,你们逼着我冒着大雪出去,要我离开你们周家的门……

是吗?好像都是说,那一场悲剧是发生在三十年前。但其实,周朴园和梅侍萍在记忆里都存在一个时间错误:这个悲剧不是发生在三十年前,而是发生在二十七年前。

因为剧本已经提供了信息:鲁大海出场的时候,年纪是二十七岁。鲁大海出生才三天就发生了梅侍萍投河自尽的悲剧。这个悲剧不可能发生在三十年前,只能是在二十七年前。

那么,为什么两个当事人一再在回忆中提到"三十年前"呢?这个"三十年前"的记忆,究竟包含了什么样的真实信息?

剧本中这样写道,周朴园在第一幕要求底下人把旧家具搬到客厅去,要按照三十年前的老样子来布置。他说:

> 这屋子排的样子,我愿意总是三十年前的老样子,这叫我的眼看着舒服一点。

大家请注意,话剧是语言的艺术,读经典话剧一定要注意人物语言。周朴园的这句话透出了一个很重要的信息:"三十年前"原来在周朴园的记忆深处，不是一个悲剧的凄惨的记忆，而是一个幸福的记忆——三十年前的客厅布置，让他眼睛看出去都感到舒服。

周朴园这句话里包含了这样的信息："三十年前"，恰恰是周朴园与梅侍萍相爱同居的时候。同样，梅侍萍在说到三十年前时，也含有同样的信息："是的，三十多年前呢，那时候，我记得我们还没有用洋火呢。"这完全是一种与"三十年前"联系在一起的家庭生活的温馨回忆。

我们不妨推测，周朴园与梅侍萍的爱情生活维持了三年以上——从三十年以前到二十七年前。因为二十七年前是一个悲惨的时刻，是他们分手的时刻。按弗洛伊德精神分析的说法，凡是你感到痛苦的、拒绝记忆的东西，你总是力图去遗忘。所以在他们二人脑子里出现的记忆，都是"三十年前"的爱情生活，而不是"二十七年前"的分手的日子。

我们可以算一下，他们从相爱到同居，差不多一年多时间生下了周萍，又过了一年多生下鲁大海，前后差不多就是三年的时间。或许比"三十年"更长一些，也就是鲁妈在前面对话里一再提到的"三十多年前"的意思。剧本表明鲁妈出场时是四十七岁，那么二十七年前她被赶出周家的时候是二十岁；她与周朴园相爱的时间，正好是十七岁到二十岁，正是人生最美好的阶段。

读了剧本之后，我不相信这两人之间是什么富人与穷人之间压迫的关系，更不是什么有钱少爷诱惑丫鬟的关系。他们不是在偷偷摸摸地男欢女爱，而是在周家同居生育。他们有自己的居室，有自己的环境布置，我们在舞台上看到的客厅的布置和老家具，就是当年梅侍萍在周家生活的真实场景。

梅侍萍被赶走以后，周朴园保持了梅侍萍当年的所有家具、所有摆设,甚至梅侍萍留下的照片。在晚清时候能够拍照,并且堂而皇之放在柜子上,这能是一个普通丫鬟的待遇吗?连梅侍萍当年生孩子不敢吹风要关窗这个习惯都被保存下来了。

剧中蘩漪好几次说房间里闷热,要打开窗户,可是仆人就说,"老爷说过不叫开",为什么?因为已经死掉的太太过去是怕开窗的啊。可以想象,梅侍萍在周朴园身边的时候,她被宠爱到什么样的程度。可以想见周朴园把梅侍萍赶走以前,他们之间是有很深的爱情,周朴园对梅侍萍是有着很深的爱。

由于周朴园和梅侍萍之间有着这样强烈的爱情,所以梅侍萍的被迫离家、投河自尽的悲剧发生,才会使周朴园有一种刻骨铭心的痛苦。这种痛苦伴随了他的一生。以后的周朴园就再也不会爱女人了,幸福也从此远离了他。

"曾经沧海难为水",周朴园巨大的心灵创伤是不能磨灭的,所以他不能无碍地融入后来两个女人的爱情生活当中去。也正因为这样,才导致了他与一个我们不知道名字的女人,以及后来蘩漪的爱情,都那么索然无味,导致了后面两任妻子的悲剧。

3

把这个背景讲清楚了,我们才能够正式讨论那个没有名字的女人。

在剧本里,这个女人只有两个特征:有钱,有门第,再也没有其他介绍了。

其实这个女人是《雷雨》里最委屈的女人,是一个完全被忽略的人。我们假定周朴园与梅侍萍之间有很深的爱,是被一种外在的力量硬拆散的，那么，后面的故事都能讲得通了：其实周朴园很不愿意娶一个跟他同等门第的有钱小姐为妻子，这个小姐一进门就处于尴尬的境地：她进门以前，丈夫已经与老妈子的女儿生了两个孩子，而且同居三年；当她非常陌生地进入周家时，丈夫还沉浸在失去情人和儿子的痛苦之中，她并没有享受到夫妻恩爱的家庭生活。虽然因为她的到来害了梅侍萍和鲁大海，但这个责任不能由她来承担。再说，她的命运比梅侍萍更悲惨，更无价值，她默默无闻地进来，又默默无闻地——总归应该是死去了，不会是离婚或者出走吧。

繁漪与周朴园生的儿子周冲出场时是十七岁，离二十七年前发生悲剧正好十年。也就是说，繁漪是在悲剧发生后的第九年，嫁入周家的。这样算下来，那个有钱有门第的小姐在周家最多待了八九年。如果我们假定她死后，周朴园没有马上娶繁漪，而是过了几年再娶，那么，她在这个家庭里的生命历程就更短暂，也许只有三五年间。她就像一个影子，一点生命痕迹都没有留下，周朴园、周萍、用人的记忆里都没有这个人的信息。《雷雨》的几个版本里，都找不到这个女人到底是怎么死的或怎么样的结局。

周朴园始终保留着梅侍萍当年用过的家具，直到三十年以后，以至于繁漪都发神经病了，他还是顽固地保持着梅侍萍的生活方式，这就说明前面的一任妻子在周家生活得更加委屈，也更加痛苦。

这样，我们完全可以体会，《雷雨》里这个没有名字的女人，就好像是英国小说《简·爱》中那个阁楼里的疯女人一样，是一个空白，而这个空白正表达了旧时代的中国妇女最悲惨的命运。

人生没有迈不过去的门槛

陈思和讲曹禺《雷雨》之二

/

上一讲我们分析了一个没有名字的女人，说的是周朴园为了娶一个有钱有门第的小姐，而抛弃了梅侍萍和第二个儿子，结果是自尝苦果，那位新娘也成了最不幸的女人。

在这一讲里，我们要继续追问：到底是谁导致了这个悲剧？

这里的故事真相，作家没有讲清楚。如果仅仅是周朴园要娶一个有钱有门第的小姐，似乎也没有必要把梅侍萍赶走。封建大家庭本来就是多妻制度，有钱的男人先把丫鬟收房为妾，然后再娶正房妻子是很平常的事情。何况梅侍萍已经为周家生了两个儿子，传宗接代，按理说在这个家庭里不应该没有她的安身之处。

只有一种情况例外：有钱的大少爷不可能娶一个老妈子的女儿为明媒正娶的妻子，因为门不当户不对。所以，周家的家长必须按照门第，按照封建婚姻惯例，为少爷娶进一个门户相当的女人做他正式的太太。只有到了这个时候,那个老妈子的女儿的命运就悲惨了。

设想一下，如果梅侍萍顺从规矩，乖乖做周朴园的一个小妾，那悲剧也许不会发生。只有当梅侍萍不甘心屈服于做妾的命运，不愿意与别的女人分享自己的男人，甚至想升格做正房的妻子，——只有这种情况，才是封建家庭所不允许的；也只有在这种情况下，周家的家长们才可能使出毒招，把她连孩子一起赶走。也许，在光绪二十年以前的三年里，梅侍萍与周家家长在这个问题上发生过激烈冲突，进行了不屈服的斗争，当然她最后是失败了，被赶出了周家大门，甚至投河自尽。

我们不妨再听一遍鲁妈的控诉：

> 我没有委屈，我有的是恨，是悔，是三十年一天一天我自己受的苦。你大概已经忘了你做的事了，三十年前，过年三十的晚上，我生下你的第二个儿子才三天，你为了赶紧娶那位有钱有门第的小姐，你们逼着我冒着大雪出去，要我离开你们周家的门。

鲁妈的这段话里，除了时间记忆"三十年前"应该是"二十七年前"外，其他内容基本上是属实的，周朴园没有给以反驳或者辩护。但是我们注意：鲁妈主要的控诉对象，起先是周朴园，但讲到后来，控诉对象发生了变化，由单数的"你"，变成了复数的"你们"。也就是说，当年逼梅侍萍离开周家的不是周朴园一个人，而是"你们"所代表的周家全体，主要就是周家的封建家长。

那么，作为少爷的周朴园有没有责任？当然有，至少他是屈服于家长的安排。周朴园当时大约二十七八岁，真正掌握自己命运的可能性不大。也许周朴园当时并没有意识到梅侍萍的刚烈性格和自我期待，他毕竟是封建家庭制度培养出来的传统的中国男人。只有当悲剧发生了，他才意识到这一点，才痛悔莫及。以后他在家里一直追加着梅侍萍的尊严，公开摆着她的照片，给了梅侍萍一个迟到的"太太"名分。我们不能简单地说这是虚伪，而是因为他无可奈何。倒退三十年，在这个罪恶形成的过程中，不仅梅侍萍是受害者，周朴园也是受害者。

2

接下来，我们要进一步讨论鲁妈这个艺术形象。

在《雷雨》里，鲁妈是悲剧的关键人物，周家隐藏了二十七年的罪恶秘密，是随着鲁妈的到来才被一层层揭露出来。鲁妈就像万里晴空的一个小黑点，远远地飘过来，看上去像一小朵乌云。渐渐地，终于乌云遮蔽整个天空，带来了可怕的电闪雷鸣。

在《雷雨》中，鲁妈的艺术形象有三个问题值得探讨。

第一个问题刚才我们已经讨论过了，当年的梅侍萍没有因为自己与周家少爷的门第不同就自贱自轻；也没有因为她爱周朴园，因为已经有了两个孩子，有了自己的家，就迁就封建家庭所做出的荒谬安排。梅侍萍不能接受在周家做小妾的命运安排，她对待爱情的态度是：不完全，宁可无，为了维护爱情的纯洁性，她宁可选择离开，甚至选择自尽。为之，她也付出了沉重的代价。

第二个问题：既然鲁妈的性格如此清高和刚烈，为什么她后来会嫁给鲁贵？《雷雨》中四凤出场时是十八岁，也就是说，鲁妈与鲁贵的同居生活差不多近二十年。在这漫长的岁月里，梅侍萍是怎样转换为鲁妈的？这样一个在大户人家的环境里长大、曾经得到过周家少爷宠爱的梅侍萍，也算是一个感情上曾经沧海难为水的女人，她怎么能够忍受鲁贵这样的伧俗之夫？

鲁贵当然也不是坏人，却是曹禺不喜欢的奴才。鲁妈与鲁贵在性格上几乎是两条道上跑的车，无法交集在一起。人格的忍辱负重、无爱的日常生活，尤其是与面目可憎、难以忍受的男人同床共眠，这都是一个女人最深刻的屈辱和痛苦。如果以梅侍萍原来所持有的"不完全、宁可无"的爱情观为标准，那几乎是一种生不如死的精神折磨。

我们从舞台上可以看到，鲁妈一出现，就是一个饱经风霜的女性形象。她已经从一个对爱情人生有着超越时代的认知的勇敢女性，转换为一个历尽苦难，又敢于直面人生的成熟女性。鲁妈离开周家以后，嫁给鲁贵前还有一次失败的婚姻，具体情况我们不得而知，但是我们从她自己说的"为了自己的孩子嫁过两次"这句话，大致可以了解到，随着苦难磨炼以及女性精神的成熟，在鲁妈精神上逐渐滋长了一种比爱情更加强大的元素，那就是母性。

她曾经为了完整、纯粹的爱情而不惜放弃不完整不纯粹的周家，而现在，她为了孩子，为了母亲的责任，她又不得不把自己嫁给了更加糟糕的鲁家。平心而论，鲁贵的形象虽然不佳，但还算得上一个负责的父亲。我们不仅看到鲁大海、四凤一双子女都被抚养长大，鲁贵还利用他的人脉关系，安排了鲁大海和四凤的工作，让子女能够成为自食其力的劳动者。我们是否也可以假定，鲁妈是为了儿子鲁大海的长大成人，才忍受巨大的精神痛苦，嫁给不遂人意的鲁贵，而且也竭尽所能维护了这个不如意的贫贱家庭。为了子女，她忍受这一切。于是这道生命体验的险关，又被她勇敢地闯过去了。

3

接下来，我们要讨论第三个问题：命运对鲁妈的打击实在是太残酷了。她最早意识到周家隐藏着一个巨大危险：她的儿子周萍和她的女儿四凤之间似乎有了一种暧昧关系。只有鲁妈意识到问题的严重性。

在第三幕，鲁妈逼着女儿四凤对着大雷雨发誓："永远不见周家的人。"这是非常重要的一段对话：

鲁 妈：孩子，你还有什么事瞒着我？

四 凤：妈，没有什么。

鲁 妈：好孩子，你记住刚才妈说的话么？

四 凤：记得住。

鲁 妈：凤儿，我要你永远不见周家的人！

四 凤：好，妈。

鲁 妈：不，要起誓。

四 凤：哦，这何必呢？

鲁 妈：不，你要说。

四 凤：妈，不，妈，我，我说不了。

鲁 妈：你愿意让妈伤心么？你忘记了三年前妈为着你的病几乎死了么？现在你——（回头泣）

四 凤：妈，我说，我说……

鲁 妈：你就这样跪下说。

四 凤：妈，我答应你，我以后永远不见周家的人。

鲁 妈：孩子，天上在打着雷，你以后要是忘了妈的话，见了周家的人呢？

四　凤：妈，我不会的我不会的。

鲁　妈：孩子，你要说，假如你忘了妈的话——

四　凤：（不顾一切）那——那天上的雷劈了我！哦我的妈啊（哭出声来）

鲁　妈：（抱着女儿大哭）可怜的孩子！妈不好，妈造的孽，妈对不起你。

这场戏写得非常惨烈，把《雷雨》紧张、残忍的主题表现得淋漓尽致。但是鲁妈的逼迫、四凤的毒誓，还是阻挡不了悲剧进一步推进。这回轮到鲁妈遭受打击了，因为她是唯一知道这两个相爱的年轻人是亲兄妹的人，他们是不能结婚的。

第四幕，矛盾冲突又回到了周家客厅，四凤这时候已经没有办法了，她已经怀孕，一定要跟周萍走，周萍也豁出去了，决定带着四凤离家出走。鲁妈面对这样的情况也不得不同意，她说：

你们这次走，最好越走越远，不要回头。今天离开，你们无论生死，永远也不许见我。

这就是说，她明明知道他们是兄妹结婚但也不管了，因为她明白，四凤如果知道这个真相是无法活下去的，所以保护女儿的生命要紧，她毕竟是他们的母亲，她抛弃一切伦理障碍，阻止这个惨剧的出现，她决定让他们一走了之。

我们知道，亲兄妹结婚是违反人类生命遗传规律的。在科学知识不发达的时代，近亲繁殖导致的人类退化现象，被视为老天的惩罚。乱伦违反天规，是一种禁忌，四凤的怀孕生育才是真正的乱伦。

在第四幕，鲁妈一段独白非常感人：

啊，天知道谁犯了罪，谁造的这种孽！——他们都是可怜的孩子，不知道自己做的是什么。天哪，如果要罚，也罚在我一个人身上；我一个人有罪，我先走错了一步。（伤心地）如今我明白了，我明白了，事情已经做了的，不必再怨这不公平的天，人犯了一次罪过，这第二次也就自然地跟着来——（摸着四凤的头）他们是我的干净孩子，他们应当好好地活着，享着福。冤孽是在我心里头，苦也应当我一个人尝。他们快活，谁晓得就是罪过？他们年青，他们自己并没有成心做了什么错。（立起，望着天）今天晚上，是我让他们一块儿走，这罪过我知道，可是罪过我现在替他们犯了，所有的罪孽都是我一个人惹的，我的儿女都是好孩子，心地干净的。那么，天，真有了什么，也就让我一个人担待吧。

如果我们换一个角度来读《雷雨》，鲁妈就是剧中最悲壮的人物，这段独白能产生惊天地、泣鬼神的艺术效果。因为只有她与代表命运的"天意"最接近，她是最早知道所有悲剧真相的。她企图以她个人的能力来阻止悲剧的发生，但她的每一步都是失败的，她战胜不了命运。作为一个失败的英雄，她的性格却表现出惊人的力量。这种力量无视所有天地人间的清规戒律，一切都是从伟大的爱出发，冲破一切天理的束缚和人间的网罗。

鲁妈是个平凡的人，但是在她每做出一个决定的时候，就有一种不顾一切的大无畏精神。这样一种性格，正是体现了"五四"精神传统中最为辉煌的核心力量。虽然鲁妈最后还是在残忍的命运打击下精神崩溃，但她虽败犹荣。

在漫长的人生道路上，谁又能够完全避免突然降临的命运打击呢？万一遇到了这种命运的打击，我们就想想鲁妈吧，人生，没有迈不过去的门槛。

是什么让她扭曲成"魔鬼"

陈思和讲曹禺《雷雨》之三

/

　　前两讲我们讨论了周朴园身边的两个女人：一个是有钱有门第但没有名字的小姐，还有一个就是梅侍萍（鲁妈）。下面我们继续讨论周朴园身边的第三个女人：蘩漪。

　　蘩漪是《雷雨》中最有性格的角色。她出场的时候，已经是一个被变态的情欲所控制的不幸女人。我们知道，周朴园与梅侍萍的婚姻失败，造成了周朴园的感情创伤。在这个男人的身体里，情欲基本上是被压抑的。蘩漪与周朴园结婚不久，生了儿子周冲，舞台上的周冲十七岁，由此推测，蘩漪嫁到周家的时间，最起码是十八年。

　　《雷雨》故事发生的时候，周朴园五十五岁，蘩漪三十五岁，如果去掉十八年，当年就是一个三十七岁的男人与一个十七岁的女孩结婚。周朴园已经是一个曾经沧海的中年人，虽然周家发生的悲剧已经过去了八九年，单纯的蘩漪却仍然进不了周朴园浑浊的感情世界。

　　我们已经分析过，周朴园第二任妻子几乎是一个空白的影子，而蘩漪延续了那种没有爱情的冷暴力的夫妻生活。

如果我们用弗洛伊德的理论来解释，周朴园把他的力比多热情转移到社会事业，他很快就成为一个企业家、成功人士、社会贤达，他在各方面都做得非常克制非常完善。但是在这个克制和完善的背后，是他心里藏着的一部罪恶的历史——他背叛了自己的爱情。或者说，他是自己对自己实行一种可怕的惩罚：他失去了爱的能力。

本来，蘩漪很可能重复那个没有名字的小姐的命运：既得不到丈夫的爱，也没有任何地位，她会像一朵枯萎的花，无声无息地死去。

可是偏不！

蘩漪的命运在这个家庭里出现了转机：第一，她生了一个天使一样的儿子周冲；第二，她的身边出现了周萍。周萍是周朴园与梅侍萍所生，二十七年前，周朴园娶新太太时，周家把梅侍萍和刚出生的鲁大海赶出家门，把刚刚三岁的周萍送到无锡乡下去生活。直到三年前，周萍已经长成一个二十七岁的小伙子，才被接回到天津的周家。

我们暂且把舞台上的故事时间定为 1921 年的夏天，因为鲁大海生于 1895 年 2 月 3 日（他出生的第三天就是除夕），按照中国传统计算年龄的方法，二十七岁是 1921 年。那么，周萍三年前回到周家，也就是在 1919 年前后，他身上携带着"五四"新文化运动的清新气息。由于他的出现，根本上改变了蘩漪的命运。就像蘩漪所说："我已经预备好棺材，安安静静地等死，一个人偏把我救活了。"

这个人，就是周萍。

2

周萍是"五四"新文化运动的产儿。他走进周朴园的家,作为长子他是要继承周家的事业。但是周萍与以周朴园为代表的专制家庭有着先天仇恨,如果说周家有反封建的因子,那么周萍就是一个反叛者。所以他会对蘩漪说出他恨父亲,愿意父亲去死,就是犯了灭伦的罪他也干。

请注意:这里说的是灭伦而不是乱伦,乱伦在一般使用中是指亲属之间不正当的性关系;而灭伦,是指违反伦常,谋杀尊亲。

我们分析这句话的意思就是要强调,周萍不是因为爱上了蘩漪(乱伦)才愿意父亲去死,而是反过来的,在周萍的无意识里,隐隐约约地有了仇恨父亲,甚至想谋杀父亲的因子。表面上的原因,当然是同情蘩漪的遭遇,事实上没有一个人会因为父亲怀念生母、对后母不好而仇恨父亲的,一定是另有原因。

所以说,周萍只是扮演了一个"弑父娶母"的复仇角色,他先有了对周朴园的仇恨,才有与蘩漪的通奸。这种通奸行为里很少有爱的因素,只是潜意识里的尚不自觉的仇恨。这种仇恨当然是对周朴园的。他与蘩漪是两个都仇恨周朴园的可怜人,他们阴错阳差地走到一起,陷入了一种人不人、鬼不鬼的不伦之恋。

周萍不爱蘩漪,这才是蘩漪最大的悲剧。

蘩漪是把自己整个身心都给了周萍,把自己未来生活的所有希望都寄托在周萍身上。应该说,蘩漪爱上周萍,也只有在"五四"时代风气下才能得到合理的解释。因为那个时代是中国两千年封建专制时代及其意识形态总崩溃的时代,是一个人性欲望自由爆发的时代,是个性解放、个性至上的时代,是大写的人由此诞生的时代。

我们今天用什么样的语词来赞美"五四"新文化运动都不会过

分，因为它让我们看到了人性最具有魅力的一面。在《雷雨》的故事里，周萍把"五四"新文化的阳光带进周家，这道阳光吸引了蘩漪，也唤醒了蘩漪，让她看到精神自由的希望。所以，她发疯一样爱上了其实并不爱她的周萍。

3

如果用我们今天的眼光看，一个女人既然得不到丈夫的爱，她对丈夫也充满仇恨，那么她完全可以选择离开丈夫。蘩漪一旦与周朴园离婚，她与周萍之间也就不存在所谓的乱伦关系，也谈不上有什么罪。虽然在多妻制的封建大家庭里，年轻后母与少爷之间发生暧昧关系不是偶然现象，但从封建伦理的角度来看，当然是犯了乱伦之罪。正因为周萍其实并不爱蘩漪，所以他才会在蘩漪烈火一样的爱情面前退缩了，他面对封建伦常的压力感到了害怕；另一方面，周萍的退缩还反映了"五四"新文化的影响在他身上开始退化，我们前面说过，他作为周家的长子，是要继承周家的事业。继承者和反叛者这两种身份在周萍身上发生冲突，很显然，在舞台上出现的周萍形象，是继承者的周萍已经战胜了反叛者的周萍，他出场就是一个懦弱、自私的逃兵形象。

但是在周萍的身上并不是完全没有"五四"新文化的痕迹，他还是有摆脱困境、努力向上的勇气，这就体现在他大胆爱上了年轻、活泼的小丫鬟四凤。他当然不知道四凤是他同母异父的妹妹，他想要拯救自己，找到一个贫民出身的纯朴的女孩子。他们真心相爱，周萍不顾一切要离开蘩漪，离开这个家庭，当他获知四凤已经怀孕了，他就毫不犹豫要带着四凤一起出走。

但是，周萍的这一抉择，对蘩漪的打击非常致命。蘩漪的命运很值得我们同情。她早先嫁给了并不爱她的周朴园，现在又爱上了同样不爱她而且要抛弃她的周萍，所以她愤怒地对周萍说："一个女子，不能受两代的欺侮"。她用"欺侮"这个词来形容周家两代人对她的伤害和侮辱。她的一生就这样被牺牲了。

我们特别要注意：周朴园和周萍是代表了两种不同的文化力量：周朴园代表了封建专制的旧文化，而周萍则是代表了新文化，周萍要走出家庭、爱上四凤，包括大胆说出他不爱蘩漪的心里话，都是表现出"五四"一代新文化的特点。蘩漪的可怜，就在于她不仅受到旧婚姻道德的伤害，也受到周萍为代表的新文化的极大伤害，新文化把她唤醒了，但又很快地把她抛弃了。这个悲剧，曾经是鲁迅在《伤逝》里所描写过的。鲁迅一针见血地说过，人生最痛苦的是梦醒了无路可走。这就是《雷雨》的复杂之处，也是蘩漪的绝望所在。

如果蘩漪不这样来拯救自己，那么她就像前面的那个没有名字的小姐一样，最终是一个空白。如果她要拯救自己，以她一个孤单女子要与整个男性为主体的新旧文化对抗，那是必败无疑。就在她走投无路之际，她的性格里滋生出一种可怕的力量，我们姑且把它称之为恶魔性因素。恶魔性因素在西方文学传统中是一个经典艺术元素，内涵比较复杂，我们简单地说，它是以恶的力量来反抗既定秩序，在反抗过程中，它会把一切既定的社会伦理道德秩序全部消解，最后同归于尽。

在《雷雨》那个时代，蘩漪对周萍的爱当然有其合理性，但也被视为犯了乱伦罪，她是通过罪的方式使自己获得了生命的意义。但也正因为如此，这种爱很难持久下去，它得不到法律的承认，得不到道德的允许，也得不到社会舆论的同情理解，所有外部环境都不保护它,只是靠内在的热情支撑。在这种情况下,只要周萍一退缩,她就完全孤立,无路可走。所以,她只能靠一种恶魔般的力量紧紧缠住周萍,使他不要离开自己。

恶魔性因素就这样产生了。

―――― 4 ――――

我们看到舞台上的蘩漪一出场就很有心计,虽然有点精神恍惚,但不妨碍她绰绰有余地对付四凤、鲁妈那一批弱势群体。她先把鲁妈千里迢迢找来谈话,为的是赶走四凤;接着又跟踪周萍到鲁家,在雷雨中反锁了窗户,让周萍与四凤的私情公开暴露;再接着她不顾羞耻把儿子周冲也牵扯进来,企图挑起周冲与周萍的冲突;最后她实在拉不住周萍,又把毫不知情的周朴园扯进来,终于导致东窗事发。

就在这个巨大冲动当中,她把女人的羞耻、母亲的矜持、妻子的体面,等等——封建专制家庭中所有的温情脉脉的面纱统统撕得粉碎,结果伤害了几个无辜孩子:四凤爱周萍是无辜的;周萍想摆脱困境获得新生,也是无可非议的;周冲更加无辜,一个充满美好理想的孩子,最后都陷进死亡的泥坑。这样,这个家庭就有祸了,像有一个魔鬼躲在蘩漪的身体里,指挥着这一切,把这个旧世界搅得天翻地覆。

为什么说,是魔鬼躲在蘩漪的身体里,而不是蘩漪本人就等于恶魔呢?

因为从《雷雨》的故事本身来讲,复仇并不是蘩漪的本能和愿望。蘩漪没有想过要毁灭家庭,而恰恰相反,她只是要拉住周萍,继续维持原来那种不人不鬼的家庭生活,她丝毫没有想到要伤害自己的儿子,甚至也没有想要对四凤、鲁妈报复。当周朴园终于公布鲁妈是周萍的亲生母亲这个秘密时,蘩漪呆住了,她对周萍说:"萍,我,我万想不到是——是这样。"因为她已经知道后果了——周萍与四凤亲兄妹有了乱伦的关系。这个时候她从被迷魂似的歇斯底里状态中一下子清醒过来,意识到自己已经闯下大祸。她说"我万想不到"这句话,就把她性格里善良的一面表达出来。

所以说,恶魔性不是蘩漪的本能,也不是她自己所能够掌控的,而是反过来,是恶魔性因素掌控了蘩漪,使她失去理智,在不顾一切的感情冲动中产生了毁灭世界的能量。

蘩漪这个艺术形象之所以令人动容,就是因为她所产生的美学效应,不是要令人同情,而是要让人感到震撼,甚至感到人性的恐怖。她为了得到自己的幸福,像魔鬼一样,一步一步逼着周萍就范,把周萍、四凤、鲁妈等人都逼到绝路上,最后统统毁灭。我们在蘩漪身上看到了作家对人性的严厉拷问,对人性恶的追问:这种恶是哪里来的?是怎么形成的?这些思考远远比我们今天一般的同情、怜悯要深刻得多。

真正的爱情就是"过家家"吗

李丹梦讲沈从文《萧萧》

◇ *1* ◇

《萧萧》写于 1929 年,发表在 1930 年 1 月 10 日的《小说月报》上。这时的沈从文在创作上已进入成熟期,无论就笔法,还是思想而言,《萧萧》都称得上是沈从文的上乘佳作。它独特、迷人又令人费解。汪曾祺就曾坦白承认过这点。他说:"我很喜欢这部作品,觉得它写得好,但好在哪里,说不出。我把这篇小说反复看了好多遍,看得我艺术感觉都发木了,还是说不出好在哪儿,大概好的作品都如此吧。"

之所以导致理解的难度和分歧,跟人物的身份设置、遭际以及作者对此的暧昧态度有关。萧萧是个童养媳,她没有母亲,从小寄养在伯父家。萧萧十二岁时被卖到一户人家,和一个拳头大的不足三岁的男孩结成了所谓的"姐弟夫妻"。这听上去已经够糟心了,但霉运还没完。

萧萧十五岁那年,一个叫花狗的长工诱奸了她,萧萧怀孕了。

花狗逃之夭夭，萧萧则面临严厉的家法处置：要么"沉潭"淹死，要么"发卖"再嫁。伯父不忍把萧萧作牺牲，萧萧自当走二路亲了。但小丈夫不愿萧萧走，萧萧也不愿去。大人们一时束手无策。结果萧萧在婆家生下一个"团头大眼，声响洪壮"的儿子，取名牛儿。既是儿子，萧萧便不嫁别处了。到她和丈夫正式圆房时，牛儿已经十岁。平时喊萧萧丈夫作大叔，大叔也答应，没有丝毫戴绿帽子的憋屈。牛儿十二岁那年，也娶了一个童养媳。结婚那天，萧萧刚坐月子不久。她抱着新生的毛毛看热闹，就同十年前抱小丈夫一个样子。

2

我们究竟该如何称呼和看待萧萧呢？一个穷孩子、小媳妇、母亲？或是蒙昧无知的乡村妇女、破鞋、糊涂蛋？小说《萧萧》里出现了诸多悲剧的形式要素，单单提取"童养媳"和"诱奸"两者，就足以让人联想和编织出无数揪心的"被侮辱与被损害的"故事了。萧红《呼兰河传》中那个被折磨致死的童养媳，小团圆媳妇就是活例。这类要素倘若置于鲁迅式的作家笔下，当是一篇类似女阿Q的作品了。萧萧，永远被动懵懂的人格，缺少理性，不会主动把握、设计自己的命运，可悲可叹的国民性啊！

沈从文对《萧萧》的书写，是在和上述悲剧的构思模式或曰思维定式的对话与抗争中展开的。这种抗争、对话从小说一开头就已然酝酿了：我们原以为童养媳的出嫁必是掺和着暴力、欺骗和泪水的，但萧萧偏偏没有哭。在这个十二岁女子的小小心眼里，"出嫁只是从这家转到那家"，因此"她只是笑。又不害羞，又不怕，她是什么事也不知道,就做了人家的新媳妇了"。

日本影星山口百惠在回忆录中说过一句大实话,她说爱情的萌生,来自新奇的绽露与发现。《萧萧》作品魅力的生发,跟爱情的道理相近。简单讲,《萧萧》之所以让我们放不下,是因为它的叙述溢出了我们的预判,尤其是那种悲剧性的预判:包括审视揭露的书写视角、阴冷残酷的氛围情节,等等。

在《萧萧》里,沈从文的笔触一直清新平和,毫无暴露丑陋的猎奇与不屑。大家不妨仔细看下《萧萧》,你会发现,作品的每一步推进,沈从文都小心翼翼地避免着悲剧的套路。除了前面提到的出嫁之外,进了婆家的萧萧,日子也并非水深火热。虽然操持劳累,但沈从文特别说,一切并不比先前在伯父家受苦。萧萧还会做她这个年纪的梦,她喜欢和祖父聊天,有"女学生"式的自由憧憬。更重要的,她跟小丈夫的感情实在不坏。后者当她如母亲,总跟在她身边。有些方面很怕她,哪里有什么夫权的威严架势?

沈从文对悲剧的回避、较真,换个角度看,亦可视为他对所谓知识、常识以至文化的煞费苦心的纠正。那是关于童养媳、乡下人、底层人的现代知识与文化,其中隐含着城里人、现代人自以为是的优越、冷漠、偏见与歧视。

人是知识、文化塑造的动物。举个例子,情人节到了,一个小男生向他心目中的女神送了一朵玫瑰花,他为什么不送喇叭花呢?这就是文化熏陶、规训的结果了。文化说,玫瑰象征着浪漫,而喇叭花不是。可见,即便是在爱情这样私密的领域,我们也受着文化的支配,而并非想当然的自主、自立。

人的喜怒哀乐也是如此,不是想哭就哭,想笑就笑的。一个女孩被人欺负,失去了贞洁,她必须哭。倘若不哭,别人会觉得她傻呵呵的，因为这和文化的规定尤其是文化对贞操的看重不符。这种失贞的哭泣，很大程度上已成为一种不自主的文化反应。正是知识、常识和文化告诉我们，童养媳、乡下人、底层人是跟我们不一样的异类人群，那里充满了愚昧苦难悲剧暴力，一种片面却又确凿无疑的认知。

3

自始至终，萧萧的命运走向都在我们的预料之外，这太有意思太新奇了，难怪汪曾祺会喜欢甚至"爱"上这部作品了。在读到临近结尾的部分时，我们不禁为萧萧的平安庆幸，简直忍不住要拥抱亲吻那个傻不愣登的小丈夫了。很难想象，这死板无趣的成人世界居然会乖乖听从两个孩童的指令，时光在此停滞下来。就在这一刻，世界仿佛颠倒了，它变成了一个"过家家"的儿童乐园，那是天真对世界的"洗脑"与统治，一次多么可爱的乾坤颠倒啊！

沈从文是在用文学呼唤、实践人类的返璞归真吗？莫非这才是《萧萧》作品的本意、主题？所谓返璞归真的生活，并非如我们想象的那么艰难复杂，它就在我们身旁，确切讲，它就活泼地展现在以萧萧、小丈夫为代表的孩子或曰原始人、自然人的思维、行动上。

《萧萧》讲述了一个特殊女性，童养媳的成长与爱情。这爱情不仅包括萧萧与小丈夫的"奇缘"，还有那次意外而不幸的"出轨"。对于出轨事件，沈从文写得一点不刺激。感觉就像一个人在哼唱小曲，突然被痰卡住了，便清清嗓子将痰吐掉而已。

没人开导她，也没有借助任何宗教的力量，萧萧就这么走出来了，忘记了，放下了。无论是诱奸，还是童养媳的买卖婚姻，都没有在萧萧的身心留下什么损害、创伤的痕迹。我们在看完这篇小说时，也觉得精神为之一爽，似乎本来就该如此的。通过萧萧，沈从文婉转地告诉世人，人身上本来就具有克服苦难的力量，不需要通过外在的教育或知识的方式来获得。说到底，没有什么东西能真正伤害你，除非是你放不下。

4

和《边城》中的翠翠一样，萧萧也是沈从文心目中理想人性的化身，虽然受尽磨难，但萧萧依旧保持着赤子之心，她永远自然纯真。大家千万不要把《萧萧》仅仅当成一个稀罕的故事来看，沈从文曾说："读者能欣赏我故事的清新，但作品背后蕴藏的热情、隐伏的悲痛都忽略了，这等于买椟还珠。"显然，他已经预判到了一般读者对《萧萧》的反应，这是多么落寞、凄苦的心情！沈从文绝非那种为写人性而人性的肤浅作家，他是想通过发掘塑造湘西人性的别样面貌，来为陷入危机、老迈龙钟的中华民族精神注入某种新鲜的血液。萧萧、翠翠，都是湘西别样人性的代表。

在沈从文写作的年代，一般人关注的是怎么应付危机，让中国走向胜利，简单讲就是胜负、成败的问题，沈从文也关注这点，但他更关心的是如何保持人性的健康完整，不让人性被暂时的苦难、危机所玷污、扭曲。

这绝非咸吃萝卜淡操心，我们应该见识过那种被贫穷激发的畸形仇恨的人，被战争驯化的阶级斗争狂等。和贫穷、战争的苦难相比，人性的扭曲、异化更可怕，因为它会传染，对社会的危害更强烈，时间更持久。那就像隐伏在人群中的随时会爆炸的原子弹。倘若萧萧一直记恨着花狗,她这辈子都不会幸福的。人们常说,该出手时就出手,但《萧萧》告诉我们的幸福秘诀却是该放手时就放手,该放下时就放下,该忘记时就忘记。你有多简单,就有多幸福。这不是说人就要放弃抗争战斗了,但必须提醒自己,抗争战斗只是一时一地的权宜之计,不能把它推广到人生的全部方面,应用到所有人身上。那样,你的心灵将失去润泽与弹性,人也就变成了机器。某种程度上,萧萧的故事可视为沈从文精心设计的让民族走出危机、走向现代的理想模版与寓言。

芬兰有位社会学家叫韦斯特马克,他认为,在东方童养媳制度中长大的男女不大会产生真正的爱情。因为大家同在一个屋檐下,太熟悉了,容易彼此厌倦。但萧萧和小丈夫之间确实相爱了,虽然这种爱情不够浓烈浪漫,但除了爱情之外,还能用什么字眼来形容、概括他们的关系呢?

现在年轻人都渴望爱情,但却不自觉地在爱情上附加了太多的条件规则(比如财富、门第、美貌等),附加了太多的文化想象(比如烛光与玫瑰、勇敢与贞洁,骑士与公主,落难书生与富家小姐等),像萧萧和小丈夫这样的大娘子与小弟弟,实在不够爱情的标准。结果,现代人追求爱情和追逐、迎合时尚的文化准则,搅在一起,甚至成了一回事。我们忘记了,爱情在它最基本的层面上就是男女的彼此容让与陪伴。

一个人在遭受了欺骗、欺侮等诸多不幸之后,仍然对世界葆有信任与爱的希冀、能力,这是种相当高级的修养与智慧,萧萧全凭本能做到了这点。她觉得自己应该照顾小丈夫,陪他长大,根本没多想她是被买来的童养媳、下等人这一悲惨不幸的事实。其实说到底,所有的伤害、痛苦都是自己想出来、琢磨出来的,原本可能是桩小事，却越想越痛，越琢磨越伤心，最后简直不要活了。萧萧对小丈夫的关爱，在花狗事件后，更深了一层。而小丈夫也从未因萧萧成了破鞋而嫌弃她（他压根没破鞋、贞操的概念），他只是觉得他需要萧萧，离不开萧萧，那两个人就在一起呗。这是多么自然清楚的事情。

原来，爱情追溯到底，就是两个人"过家家"。这是萧萧爱情给我们的启迪。我们原本看不上眼的孩子、野蛮人、自然人，竟是天生的智者。如果不懂什么是纯粹的爱情，看看萧萧和小丈夫是怎么过的，就明白了。

女性是骄傲的

陈晓兰讲丁玲《莎菲女士的日记》

◇ *1* ◇

《莎菲女士的日记》发表于1928年春，刊登在《小说月报》上，小说一发表，就在文坛上引起了极大的反响，也可以说刮起了一阵旋风，甚至于说像一颗炸弹震动了当时的文坛。丁玲也因此一鸣惊人。

丁玲写作这篇小说时只有二十三岁，因此，这是一篇由青年知识女性写的、反映新女性的个性追求和爱情观念的作品，在中国现代文学史上占据了一个不容忽视的位置。

这部小说塑造的莎菲女士的形象，借用中国现代文学史上另一位著名作家张天翼的话说："中国作品里还从来没有出现过这样的女人——来这样现身说法，来这样精细又大胆地写自己的情欲，写自己怎样玩弄恋爱，怎样卖弄风情。"丁玲同时代的作家、评论家冯雪峰等人认为，莎菲女士的个人主义、自我中心、恋爱至上、感伤、空虚、寂寞、没有远大理想、不关心别人、不关心社会等性格和心理，在当时，很多青年知识分子都十分熟悉。因此，可以说，《莎菲女士的日记》反映了20世纪20年代后期知识青年的精神状况。他们接受了"五四"新思想，走出了父权家庭、摆脱了封建礼教的束缚，追求恋爱自由和个性解放，可是却遭遇了重重挫折，因此，苦闷、空虚、感伤，乃至陷入悲观主义。

但是，这部小说的价值绝不只是这些特征。

从小说所采取的艺术形式——日记体形式和女主人公莎菲的形象来看，《莎菲女士的日记》的独特性，在于它颠覆了中国文学中的女性形象和女性的存在方式——女性依附于家庭、依附于男性，她们无权也无能自主自己的身体，无权自主自己的情感、婚姻，她们被动、沉默，被男人观看、审视、评价、鉴赏，由男人选择、被男人爱、被怜悯、被抛弃、被拯救，被说、被写，她们没有话语权，也没有言说的能力。在一个男尊女卑的文化中，女性甚至被剥夺了作为人的基本的权利，何谈作为一个人、作为一个主体的权利呢？

实际上，女性的这种被动地位，又不仅局限在女性这一性别，生为男性，也未必就不被动、不沉默，就有选择权和话语权。所以，现代时期的大作家，如巴金，在他的小说《家》《春》《秋》中，深刻揭露造成男女两性悲剧性的命运的社会文化根源，在父权制家长的统治下，在男尊女卑的文化习俗中，男、女青年都无权自主自己的身体、情感和婚姻。如果一个人连自己的身体、自己的情感、自己的终身大事都不能做主，在自己的私人生活中都没有发言权，那怎么能说是一个具有主体性、具有自主能力的个体呢？

所以说，今天享受到男女两性平等、享受到恋爱自由、婚姻自主权利的人，要向现代早期那些提倡个性解放、女性解放、男女平等的先驱们致敬。

从艺术形式上来说，丁玲在《莎菲女士的日记》中，赋予女性主人公主体地位，这个主体地位，不仅是指莎菲是小说的中心，而且还包括她所具有的说话的权利——用今天通俗的说法，即她拥有话语权，莎菲不停地进行自我分析、反省自己，评价别人，并进行写作。

中国"五四"时期崛起的一批女作家，如庐隐、萧红、白薇等，常常采用"自叙传"的形式写作，日记、书信体是她们常用的形式。这种形式颠覆了以往男性文学中女性总是被男性讲述、被男性塑造的被动、沉默地位。在小说中，莎菲紧张地进行自我分析，在自己的日记中，任意抒发自己隐秘的情感经验，抒写她对男性的欲望冲动和失望情绪，同时也记录下她对于周围的人和事的审视和评判。

以往只有男性有权利公开发表自己的日记，现在丁玲以日记体的形式发表虚构的《莎菲女士的日记》，表达女性的心理、欲望、情感、经验，以及女性对于男性的审视和评价，因此，引起了普遍震惊。

2

《莎菲女士的日记》并不是通常意义上的爱情小说，它没有完整连贯的故事情节，占据叙述中心的不是莎菲与两个男性（苇弟和凌吉士）的爱情故事，而是莎菲自己对于爱情、婚姻的看法，她对于苇弟、凌吉士的审视、认识与评价。莎菲自己的身体感受、包括她的疾病、她的日常情绪、情感欲望、思想意识、爱情观念，成为小说叙述的主体部分。所以，不能简单地说这是女性对于恋爱的玩弄，而是女性意识的一种体现，要认清爱情的本质，清清楚楚地爱。

小说中塑造的莎菲，二十岁，已经在身体和心智上非常独立，她独自住在北京的一个公寓里，与父母的家庭似乎毫无关系，在她身上丝毫看不到巴金的《家》、鲁迅的《祝福》中所表现的封建家庭和旧礼教的束缚。她接受了现代教育，在思想观念上和现实生活中，不愿成为传统观念肯定的女性。在她看来，女性是骄傲的、独尊的。她绝不愿迎合男人的趣味打扮自己，不借助于任何外在于女性自身价值的东西，按照世俗的标准寻找一个归宿。她奉行恋爱至上的观念，把爱情视为人生追求的目的和幸福的依靠，她所追求的爱情，就是有一个完全懂自己的心的男人。

可是，这个理想最后破灭了。

不同于男作家的小说，丁玲没有把这种破灭归因于社会，而是归因于个体的人，即莎菲身边的男人都太差，要么平庸、懦弱，像苇弟一样毫无个性和主见；要么外表挺拔，灵魂卑琐，像凌吉士，空有一副现代青年的外表，骨子里全是陈旧的东西。莎菲评价男性的标准，在今天看来，都是非常理想，非常值得珍视的。

小说中主要塑造了两个男性人物。一个是苇弟，他是一个老实的人，盲目而忠实地爱着莎菲，假使一个女人只要找一个忠实的男伴，做一生的归宿，那么苇弟是最可靠的。但是他在爱情中完全丧失了独立和自尊。在莎菲面前，他更像一个旧体制中受压迫的女性。他有旧女性的某些气质——怯懦，多愁善感，好哭泣流泪，他的喜怒哀乐完全取决于莎菲对他的态度。在莎菲面前，他甘愿放弃自我，就像一个在丈夫面前献媚、讨好、撒娇却十分可怜的妻子。而莎菲倒更像一个丈夫对待妻子一样对待他。

小说中写道：

请你珍重点你的眼泪吧……，还要哭，请你转家去哭，我看见眼泪就讨厌。自然，他不走，不分辩，不负气，只蜷在椅角边老老实实无声地去流那不知从哪里得来的那么多眼泪。我，自然得意够了，又会惭愧起来，于是用着姐姐的态度去喊他洗脸、抚摩他的头。他含着泪珠又笑了。

所以说，这样一个唯唯诺诺、毫无自尊，缺乏主体性的男性，怎么能够懂得莎菲的心呢？反过来也一样，这样一个女性，怎样能够赢得真正的爱情呢？莎菲认为苇弟的爱是盲目的，他根本不知道自己为什么爱，因为他根本不懂莎菲。

莎菲说：

如若不懂得我，我爱那些爱，那些体贴做什么呢？

莎菲生活在世上，要人们了解她体会她的心太恳切了，所以长久地沉溺在失望的苦恼中，但除了自己谁能够知道她所流出的眼泪的分量？

3

后来，莎菲遇见了来自新加坡的一位男士，即凌吉士，莎菲与他第一次见面，就被他帅气的外表和风度所吸引，莎菲肆无忌惮地观赏凌吉士的容貌，小说中采用了通常男性文学中男性观看女性的方式，对于凌吉士的外貌及其在莎菲心中激起的震荡做了细致的刻画：

他的颀长的身躯、薄薄的小嘴唇，柔软的头发，都足以耀人的眼睛，但他还另外有一种说不出、找不到的丰仪来煽动你的心……还有那鲜红的、嫩腻的嘴唇。

这种对男性美色的细微的描绘，是大胆的、反传统的，也是反常规的——莎菲，与男性一样，被异性的外表和美色所吸引。

在进一步与凌吉士的交往中，莎菲很快就发现凌吉士的思想其实很可怜，满脑子升官发财的思想。小说中写到，他需要的不过"是金钱，是一个在客厅里应付买卖的朋友们的年轻太太，是几个穿得很标致的白胖儿子"。而他所理解的爱情，是"拿金钱在妓院中，去挥霍而得来的一时肉感的享受，和坐在软软的沙发上，拥着香喷喷的肉体，抽着烟卷，同朋友们任意谈笑……不高兴时，便拉倒，回到家里老婆那里去"。他热心于演讲辩论会，网球比赛，留学哈佛，做外交官，公使大臣，或者继承父亲的职业，做橡树生意，成为资本家……这便是他的志趣。"他除了不满意他父亲给他的钱不够多外，什么也不影响他在一夜不会做梦的睡觉，如有，便只是嫌北京好看的女人太少。……当我明白了那使我爱慕的一个高贵的美形里，是安置着如此卑劣的一个灵魂，并且无缘无故地还接受过他的很多亲密，就责备自己、就难受，甚至于要诅咒自己了。"

莎菲为爱上这样的一个男人而痛苦而羞愧。

按今天流行的价值标准来看，像凌吉士这样的男人被视为成功男士，是很多女人追求的对象，电视剧里你死我活、费尽心机的女性斗争，不都是为了争夺这样一个男人吗？可是，在20世纪20年代末一个二十岁的青年女性莎菲眼里，凌吉士是一个在"美的丰仪下"隐藏着一个"卑丑的灵魂"的人。莎菲说：上帝造他时为什么不可怜可怜他，给他一点聪明呢？莎菲觉得凌吉士外表漂亮、灵魂丑陋、智商很低。这就是莎菲的价值原则，正是在这一点上，凸现了莎菲的自尊、高傲和理想。

莎菲渴望爱情，但是，她"有着充足的清晰的脑力"，她没有在爱欲中丧失自我，她是自己情感生活的主宰，最后，莎菲抛弃了苇弟和凌吉士。莎菲的爱情梦想乃至人生梦想都破灭了，对于一个二十岁的女青年来说，爱情当然是生活中最最重要的事情，恋爱的失败很容易导致对于人生的悲观乃至绝望。因此，我们不能仅仅把《莎菲女士的日记》看作一篇爱情小说，它通过莎菲对于几位男性的审视和评价，塑造了莎菲这样一个独立自主和自尊自爱的新女性形象，提出了女性全新的爱情观念和价值观念，这在今天依然是难能可贵的。

为什么讨厌虎妞

陈晓兰讲老舍《骆驼祥子》

―――◇ 1 ◇―――

《骆驼祥子》虽然写的是一个车夫的命运，但是，任何一个阶层的人，读这部小说，都会产生共鸣。

我们可能不像祥子那样除了一身力气别无所有。我们接受过教育，可能读了大学，在写字间或者在其他什么部门占了一个位子，属于中产阶级的一员。我们可能也像祥子一样热爱自己的本职工作，勤勤恳恳地工作，希望靠自己的劳动过一种有尊严的生活，这是一个普普通通的工作者、劳动者，最起码的追求。可是，在一个不合理的社会，这样最起码的追求却遭受重重阻力，最后，整个人生以失败和堕落告终。

小说中的主人公祥子，就像骆驼一样，骆驼的价值全在四条腿上，祥子的价值也在四肢上。他的价值和生活完全依赖于身体。

老舍在祥子的身上，寄托了他对于劳动者的赞美，表达了他对于劳动的价值的肯定。祥子出场时，只有二十岁出头，年轻力壮，在北平这个古城里，无依无靠，只想靠自己的劳动生活。他不怕吃苦，非常热爱拉车这个行当，他甚至从拉车的步履中感到一种美。但是，他很快就认识到，他租车行里的车，从早到晚，由东到西，由南到北，像被人家抽着的陀螺，就像一个只会跑路的畜生，没有一点人味。

他的理想就是有一辆自己的车，像自己的手脚一样的那么一辆车，这样就可以自由、独立，做自己的主人，就可以不再受车行老板的气，也无须敷衍别人。他想不到做官、发财、置办产业。他的能力就是拉车，他的理想就是买车，做自己的主人。因此，即使如祥子这样处于社会最底层的劳动者，他也有做人的尊严和理想。但是，这样的人的最基本的追求和梦想却破灭，最后，祥子放弃了做人的最基本的原则，不仅在生活上，而且在精神上彻底堕落。

在小说里，作者花了大量的篇幅写祥子个人的情感生活。虎妞在祥子的生活中占据了很重要的地位。祥子与虎妞的关系，是老舍表现祥子生存处境和命运很重要的一个方面。

祥子是一个孤儿，没有父母兄弟，没有本家亲戚，他也不喜欢交朋友。他唯一的朋友就是北平这座古城，他孤零零地在这里讨生活。他与其他的人的关系，首先是一种雇用关系，如他与车厂老板刘四爷的关系，他拉包月的杨家等，这种关系基本是一种剥削与被剥削的关系，小说中写道：

> 杨宅用人，向来是三五天一换的，先生与太太们总以为仆人就是家奴，非把穷人的命要了，不足以对得起那点工钱。

杨家这种人家把仆人看作猪狗，他们不准仆人闲着，也不肯看见仆人吃饭。祥子于是一怒之下辞了工。而祥子与自己的同行（其他车夫）的关系，则是一种互相竞争的关系。

在这个世界里，谁是真正关心祥子、喜欢祥子、器重祥子的人呢？就只有虎妞。

2

虎妞与小福子是祥子生活中的两个女人，作者通过祥子与她们的情感关系，表现在私人生活领域里的祥子。在这一富一穷、一强一弱的两个女性形象的塑造中，暗示了老舍的阶级观念和性别观念。

老舍站在底层和男性的立场表现女性，他的情感偏向于底层和柔弱的女性。小福子是一个出身底层的弱女子，她长得好看，温柔体贴，具有牺牲精神，更确切地说她是家庭和社会的牺牲品。她先是被父亲以两百块钱的价格卖给一个军官，被这个男人抛弃后回到家中，为了养活弟弟而卖身。

在祥子的眼里，小福子"是个最美的女子，就是她满身都长了疮，把皮肉都烂掉，在他心中她依然很美"。对于小福子和祥子这样处于底层的弱者充满了人道主义的同情与悲悯，正是从这样的价值立场出发，老舍把小福子的苦难和祥子的失败、没有出路、堕落，归因于不合理的社会制度。人道主义的基本原则是平等、博爱，这种精神根源是基督教人人都是兄弟和不加选择的普遍同情，即对于所有人富有同情心，后来发展为天赋人权的思想，任何人不能因其阶级、种族、国籍、性别、年龄而受到歧视的现代平等、自由思想。由此观之，至少从《骆驼祥子》而言，老舍的人道主义是站在底层立场上的人道主义，是一种有选择的人道主义。

小福子和虎妞是截然相反的两种女性。小福子美丽、弱小、年轻、穷困、勤俭、为了家庭牺牲自我、逆来顺受、温柔、隐忍。虎妞丑陋、强悍、年老、有钱、好吃懒做、自我中心、争强好胜、粗鲁、泼辣、为达目的不择手段。骆驼祥子和老舍的情感取向和价值观念非常分明，毫不含混。

虎妞的父亲是人和车厂的老板刘四爷。刘四爷是一个无恶不作的人，当过兵，做过强盗，开过赌场，放过阎王账，抢过良家妇女，跪过铁锁，后来金盆洗手，"改邪归正"，开了这个车行。他长得一副虎相，自居老虎。他的女儿也就被称为虎妞，她也长得虎头虎脑，因此吓住了男人，三十七八岁还未出嫁，虽然是父亲的一把好手，但无人敢娶她。她什么都和男人一样，连骂人也有男人的爽快和粗鲁。

虎妞在没有母亲的教养下长大，小说中只字未提她的母亲。虎妞没有自己的名字，人们就这么随着他父亲叫她虎妞。虎妞，无法摆脱她父亲的基因——长相、名字，也无法摆脱她父亲的坏形象对于她的坏影响，虎妞自己也是很不喜欢她的父亲，对他毫不尊重，最后为了祥子与父亲彻底决裂。

我们是应该批评虎妞的不孝呢，还是应该赞扬虎妞的反叛精神呢？还是应该对于刘四这样的剥削者家庭父不父、女不女，父不慈、女不孝的家庭关系嗤之以鼻、幸灾乐祸呢？

《骆驼祥子》对于虎妞形象的塑造是通过三重关系完成的。一是父女关系；二是她和祥子的关系；三是她与大杂院的关系。

虎妞第一次出场的时候，是祥子丢了车，捡了骆驼卖了钱，无处可去，只好回到人和车厂，虎妞见到他就说："祥子！你让狼叼去了，还是上非洲挖金矿去了？"她让祥子一起吃饭，她就说："过来先吃碗饭！毒不死你！""她一把将祥子扯过去。"她让祥子喝酒，祥子不喝，她就说："不喝就滚出去。好心好意，不领情怎么着？你个傻骆驼，辣不死你！"

虎妞的凶悍、泼辣、粗鲁跃然纸上。在她与祥子的关系中，虎妞处处主动，咄咄逼人，祥子却是被动地承受。虎妞毫无性别上的弱势，反而因阶级地位、年龄和性格而占据上风和主动，暗示祥子在两性关系中的弱势和被动地位。

虎妞对于祥子是喜欢、欲求还是爱呢？

刘四爷喜欢祥子是因为他有力气、肯干。虎妞喜欢祥子这个人并很器重他。祥子一怒之下辞了杨宅的包月无处可去，不得不回到人和车厂，祥子很害怕看见虎妞，因为祥子也知道虎妞平时很看得起自己，不想让她看见自己的失败。

看得起、喜欢、爱，都说明了虎妞评价人的一种标准，而祥子是小说中最值得爱和尊重的，这反映了虎妞的价值标准，这是值得肯定和尊敬的。但是小说并未给虎妞足够的空间和权利表达她的精神世界和情感世界，因此，虎妞对于祥子的爱就变成一种欲望，并为了满足自己的欲望不择手段。具有一般普通男人的审美标准和女性观念的祥子自然不会喜欢虎妞这种男性化的、又老又丑、粗鲁又粗俗的女人，尽管她很有钱。

祥子对于虎妞的拒绝和厌恶，同样体现了祥子的可贵之处。他不会为了车厂老板的财产而娶一个自己不喜欢的女人。而虎妞却为了满足自己的愿望，强迫祥子结婚，而不顾祥子的感受。虎妞对于祥子的器重和一番情意，完全变成了一种令人厌恶的占有欲。祥子虽然在这桩婚姻中获得了经济上的利益，虎妞带来了一笔钱，祥子有了自己的车。但是，这是违背祥子的价值准则的：他要依靠自己的劳动买车。

这场被逼迫的婚姻进一步揭示了祥子的被动命运：作为一个底层的劳动者，他无力主宰自己的情感和私人生活，甚至，他与虎妞的酒后乱性，也是虎妞有预谋的引诱，祥子其实也不能主宰自己的身体。他本以为自己既被虎妞引诱，也不图她的钱，那就可以与她一刀两断。但是，虎妞却要祥子为自己不能主宰自己的身体和性欲而负责。祥子结了婚，有了车，但却丧失了自己作为一个男人的尊严。

------- 3 -------

婚后的祥子是如何看待自己的处境的呢？小说中有很深入的描写：

> 别人给你钱呢，你就非接受不可；接受之后，你就完全不能再拿自己当个人，你空有雄心，空有力量，得去当人家的奴隶：作自己老婆的玩物，作老丈人的奴仆。一个人仿佛根本什么也不是，只是一只鸟，自己去打食，便会落到网里。吃人家的粮米，便得老老实实的在笼儿里，给人家啼唱，而随时可以被人卖掉。

祥子觉得一切任人摆布，而摆布他的虎妞：

> 是娘们，像男的，又像个女的。像人，又像个什么凶恶的走兽，穿着红袄，已经捉到他，还预备着细细收拾他，抱着他，把他所有的力量吸进。他没法逃脱。他是在这么个老婆手里讨饭吃，他空长了那么高的身量，空有那么大

的力气，没用。他第一得先伺候老婆，那个红袄虎牙的东西，吸人精血的东西，他已不是人，而是一块肉。他没有了自己，只是在他的牙中挣扎着，像被猫叼住的一个小鼠。

这段描写从祥子的立场强调了祥子与虎妞性关系中兽性的、本能的一面，没有快感的祥子仿佛在受着性的剥削和精神的控制，虎妞不仅占有祥子的身体，而且不许祥子有任何自己的主张。

虎妞非常满足这样的生活。她自得其乐地过自己的幸福生活，吃饭、逛街、生孩子。虎妞住进了大杂院，她周围尽是些穷人，所以她很得意，因为，她是唯一有吃有喝有穿，不用着急，而且可以四处逛的人。她根本看不见别人的苦楚，她对于她们的苦难没有任何的同情。只要有人威胁到自己的地位，她就会立刻露出狰狞面目保卫自己的婚姻，如她对小福子的态度和做派。

虎妞这样有钱、泼辣、粗俗、自私、为所欲为，为达目的不择手段，天不怕地不怕的女人，最后死于难产，她的优越变成了她的祸患，这样的结局似乎是对于她的一种惩罚。

———— 4 ————

老舍的《骆驼祥子》、巴尔扎克的《贝姨》和20世纪五六十年代美国的一位女作家卡森·麦卡勒斯的中篇小说《伤心咖啡馆之歌》，三部作品中的女主人公有某些相似之处。

贝姨是巴尔扎克同名小说中的一个人物，四十几岁的老姑娘，又丑又粗俗，在她居住的公寓楼里住着一个流亡的波兰贵族温赛斯拉，一个雕塑家，二十几岁，穷困潦倒，走投无路，企图自杀。贝姨无意之中救了他，并拿出了自己的积蓄帮助他实现自己的梦想。贝姨以他的监护人和守护神自居，温赛斯拉在贝姨粗暴而专制的母性般的呵护下度过了三年。

可是，温赛斯拉与贝姨的外甥女相爱并准备结婚。贝姨本来就对嫁入豪门的姐姐于勒男爵夫人心怀嫉妒。新仇旧恨，贝姨实施了一系列的报复计划，先是将温赛斯拉送进了监狱，后又为于勒男爵、温赛斯拉与巴黎娼妓瓦莱里做淫媒。她穿梭于姐姐一家和瓦莱里之间，表面上同情姐姐一家的遭遇，实则助纣为虐、幸灾乐祸。她实为魔鬼，却被姐姐一家当作天使。

相比于贝姨，《骆驼祥子》中的虎妞就单纯简单得多了。虎妞与贝姨一样又老又丑，对于年轻的男人怀有一种粗暴专制的母性般的爱，但虎妞既没有贝姨那样的世故狡猾，也没有那样的狠毒和手段。《骆驼祥子》无意于对于虎妞的命运、心理、情感进行深度的挖掘。在这部以男性为中心的作品中，虎妞是作为一个附属形象而存在的，她的形象主要是在与父亲、祥子和小福子这三人的糟糕的关系中表现的。虎妞作为一个女性丝毫没有因为爱情和婚姻发生性格和精神上的改变。

美国女作家麦卡勒斯的《伤心咖啡馆之歌》中的女主人公——艾米利亚，与虎妞一样，也是由父亲一手养大，骨骼和肌肉长得都像个男人，头发剪得很短，黝黑的脸上有一种男性的严峻和粗犷的神气。她也很会经营，除了父亲留给她的商店外，她还有一家酿酒厂，她又用庄稼和自己的不动产做抵押，买下了一家锯木场，成了方圆几英里最有钱的女人。在她看来："人的唯一用途就是从他们身上榨取出钱来。"她在赚钱方面很在行，还会木匠活，会酿酒。总之所有男人做的事情她都能做而且做得比他们都好。

艾米利亚性情古怪、行为怪诞，不知怎么与人相处，热衷于打官司，要是在路上被石头绊了一下她也会环顾四周看看有谁可以对簿公堂。她六亲不认，唯一的一个表妹与她相遇时也会远远绕道而过，甚至在路边啐一口吐沫。镇上有一个英俊的青年爱上了她，但结婚没两天她就把丈夫赶出了家门。

不久，镇上来了一个奇丑无比的罗锅李蒙，艾米利亚爱上了他。爱情使得艾米利亚发生了很大的变化，她悉心照料这个残疾的人，也给镇上的人免费治病。他们开了一个咖啡馆，镇上的人在这个咖啡馆里也变得斯斯文文。爱情改变了艾米利亚，也使镇子发生着变化。

六年后，艾米利亚的丈夫回到镇上，李蒙背叛了艾米利亚，并与艾米利亚的丈夫合力捣毁了咖啡馆，彻底从精神上击垮了艾米利亚，她从此失去了生活的意趣，回到她与世隔绝的生活状态。

这部小说深入女性的性别气质，但其核心却是爱的本质和人的孤独。老舍笔下的祥子、虎妞也是孤独的人，但这种孤独不是哲学意义上的，而是阶级意义上的。《伤心咖啡馆之歌》中的每个人都是在生活中孤立、精神上孤独的人。不管一个人在形体上多么强悍、在物质领域多么成功，但就是没有能力去扩展自己的生活，没有能力去爱、去奉献、去接受爱，这才是使人极度痛苦的根源。

在这种状况下，爱情中的对等关系几乎是不可能的，一个人不能同时扮演爱者和被爱者两个角色，被不爱的人爱是一种痛苦和折磨。

麦卡勒斯的小说探讨的是：人与人之间存不存在一种不顾及物质（财产、地位）、身体（健康、美、丑）、婚姻形式的纯粹精神意义上的依恋呢？这种纯粹意义上的依恋可否带来生活的意义和目的？

一定有读者会追问，高大、富有、强悍的艾米利亚为什么会爱上畸形丑陋来路不明的李蒙？其实，在卡森看来，爱与被爱者无关，完全是爱者个人内在精神追求的体现。

农妇的命运

陈晓兰讲萧红《生死场》

《生死场》创作于1934年，是萧红的第一部长篇小说，于1935年作为"奴隶丛书"之一在上海出版。

写《生死场》时，萧红23岁，此时的萧红已经历了过多的痛苦，逃婚，自由恋爱失败，未婚先孕，生育，孩子不知所终，日本入侵中国，东北沦陷，流亡……这些痛苦既是萧红生为一个女性个人所遭遇的痛苦，也是她作为一个中国人所遭遇的苦难，这也使萧红过早地思考生与死的问题。

在《生死场》中，植物、动物，大自然的繁衍生息，是和女人的生育、女人的苦难以及国家的普遍苦难密切地结合在一起的。这部小说也被认为是最具女人味的作品，她以独特的笔触书写了生命的孕育、诞生和生命所遭受的暴力侵袭。

小说一共有17节，前10节主要描写东北闭塞的乡村生活，特别是妇女们的苦难；后7节写九一八事变后，日寇入侵，村里的男男女女们所面临的更广大的恐惧和死亡。

《生死场》表现的是与土地最贴近的农民的生存状况，其焦点则是处于中国社会结构金字塔底层中的底层——农村妇女。当城市里的现代女性为恋爱自由、个性解放、两性平等、教育权利、工作权利而斗争的时候，在东北一个远离现代社会的小村庄里，农妇们没有不劳动的权利，她们必须承担繁重的生产和家务劳作。与此同时，她们还在遭受着来自社会结构、文化习俗所默许的家庭的暴力，当日寇入侵、民族危亡、村庄解体，家园丧失的时候，她们又面临着日寇的强暴、丧失丈夫和孩子的痛苦，她们与男人们一起遭受着入侵者的集体暴力所带来的极度的恐惧和更广大的苦难。

《生死场》中描写了一群妇女，有些甚至连自己的姓名都没有，她们劳作、生育、被家暴、被剥夺孩子，遭受疾病和死亡。

小说开场第一节"麦场"，写了一个叫麻面婆的女人，她就像牲畜一样地活着，作者用了一系列的动物意象描写她的生存状态：

> 她的眼睛大得可怕，比起牛的眼睛更大，而且脸上也有不定的花纹。
>
> 知道家人要回家吃饭，张慌着心弦，她用泥浆浸过的手去墙角拿茅草，她沾了满手的茅草，就那样，她烧饭，她的手从来没用清水洗过。……过了一会，她又出来取柴，茅草在手中，一半拖在地面，另一半在围裙下，她是拥着走。头发飘了满脸，那样，麻面婆就像一头母熊了。母熊带著草类进洞。
>
> 让麻面婆说话，就像让猪说话一样，也许她喉咙组织法和猪相同，她总是发着猪声。

听说羊丢，她去扬翻柴堆，她记得有一次羊是钻过柴堆。但，那在冬天，羊为着取暖。她没有想一想，六月天气，只有和她一样傻的羊才要钻柴堆取暖。她翻着，她没有想。……她为着要作出一点奇迹，为着从这奇迹，今后要人看重她，表明她不傻，表明她的智慧是在必要的时节出现，于是像狗在柴堆上耍得疲乏了。手在扒着发间的草秆，她坐下来。她意外地感到自己的聪明不够用，她意外的对自己失望。

麻面婆为这只羊哭号，就像她们哭号死去的人一样。哭泣和哀号也是农妇们表达悲哀的方式。像麻面婆一样，永远不会反抗，不会争斗，心里永远藏着悲哀，无知、愚昧、被动、无奈，像牲畜一样劳作、生养。

2

小说第六节"刑罚的日子"，描写了夏日农民们在田野里忙着生产，某家屋后的草堆上大肚子的狗在生产，大肚子的母猪贴着地面行走，无名的女人像一条鱼一样赤裸着身子爬在草堆上生产，醉酒的丈夫咆哮着问她要靴子，骂她在装死，并把一杆长烟袋、大水盆扔向那挣扎着的产妇，惧怕丈夫的产妇慌张着压抑住自己的呻吟。孩子死了，女人倒在血泊里。金枝在这个夏天也度过了她的刑法的口了，她还是个孩子，却挺着一个膨胀的肚子，她烧火、煮饭、挨骂。

女人在乡村的夏季贫瘦得像耕种的马一样。在这个村庄里，人的生命、人的价值有时甚至还不如一头牲畜那样宝贵些。

男人们会为了一头牲口、为了邻居踩踏了自己的菜地而打架，或者为了别的什么缘故打骂女人和孩子。女人们会为了一只碗、一双靴子打骂孩子。她们怕靴子磨破，而不怕把孩子的脚冻烂。母亲可能是爱女儿的，可是，"当女儿败坏了一棵菜，母亲便去爱护菜棵了。农家无论是菜棵，或是一株茅草也要超过人的价值"。

金枝，她只有17岁，却未婚怀孕，她恐惧、心神不宁，在摘柿子的时候摘了青柿子，被母亲打了一顿：

> 金枝在沉想的深渊中被母亲踢打了：你发傻了吗？啊，你失掉了魂啦？我撕掉你的辫子。金枝没有挣扎，倒了下来：母亲像老虎一般捕住自己的女儿。金枝的鼻子立刻流血。

在这个村庄里，一方面，男女的性关系、未婚男女的来往都是处于社会舆论的监督之下的，规矩是严厉的。家长对于孩子的情感、婚姻拥有决定权，包办婚姻依然是天经地义的。女人是生育的工具和男人泄欲的工具。另一方面，一个女孩子单独在河沿上或其他地方出现是危险的，未经婚姻许可的两性关系和性关系都被认为是伤风败俗的，是可耻的。金枝与同村青年成业的关系，没有什么爱情可言，是男性自然本能的冲动，金枝因他怀孕不得不嫁给他。但是，结婚几个月后，这个男人很快就厌烦了，金枝成了他的出气筒。后来金枝早产，生下了小金枝。成业口口声声要卖掉老婆和孩子还债，他一气之下摔死了女儿，尸体被扔到乱坟岗上，过了两天，气消了，理智回复了，跑到乱坟岗子上去寻找孩子的尸体，发现尸体已经被狗扯了，哭了一通也就算了。

我们可以看到，在这个村庄里，家庭暴力是十分普遍并被大家认可的,父母打骂孩子,丈夫打骂妻子,是家常便饭。一个男人,即使是他本人处于社会的底层,但是,他在家里依然拥有无限的权力,他主宰着家庭的财产和家庭成员的命运。他对于妻子和孩子具有生杀予夺的权力。金枝的丈夫并没有为摔死自己的孩子而受到什么舆论的谴责和法律的制裁。

后来,日本人进村了,男人们死的死,逃的逃,抗日的抗日,寡妇送儿子参加义军,女人哭泣死去的丈夫、儿子、女儿。金枝与许多女人一样,逃离乡村,跑到城里,她像一个垃圾桶、一条病狗似的睡在阴沟边上,后来靠缝穷过活,可又遭到男人的性侵。金枝走投无路。哪里是金枝的栖身之所呢? 金枝从前恨男人,现在恨日本人,最后她恨中国人。那些殴打金枝、强暴金枝的男人,在面对妇女、孩子这些弱者时非常强悍,可是,他们既无能面对天灾人祸,也无力对抗外来的压迫和暴力,更无力抵抗异族侵略者的暴行。

3

《生死场》中的女性就像脚下的大地一样,藏污纳垢,逆来顺受,被践踏、被蹂躏,生生死死,遭受苦难,死去的不被纪念,活着的顽强地活着。

小说中最富有个性和生气的女性是王婆,孩子们送给她一个外号"猫头鹰"。王婆一生亲历过无数次生老病死的惨烈景象,二十几岁时,眼睁睁地看着自己3岁大的孩子跌落在犁铧上当场惨死。孩子死了,王婆忙着割麦,与邻人比麦粒的大小,直到麦子收割完了,她看见邻人的孩子长起来的时候,才忽然想起了自己的孩子。她后来不断给村人讲述早年的惨痛经历,回忆自己的过往,述说她的命运，反省年轻时的无知和冷酷：

> 孩子死，不算一回事，你们以为我会暴跳着哭吧？我会嚎叫吧？起先我心也觉得发慌，可是我一看见麦田在我眼前时，我一点都不后悔，我一滴眼泪都没淌下。

坚强来自苦难。从孩子死的那一刻起，王婆就不把什么看重了。她看见小狗被车轮碾死，庄上谁家养孩子养不下来，她拿着钩子把孩子搅下来。王婆接生过无数孩子，也见惯了女人和婴儿的死亡。

后来，王婆的儿子被枪毙了，王婆痛苦不堪，服毒自杀，丈夫在乱坟岗子上给她找了一个位置，可是王婆却气息不绝，发出吼声，活动着想要起来。惊慌的人们说她是死尸还魂。王婆的丈夫赵三用他的大手把扁担压过去，"刀一般地切在王婆的腰间"，她的肚子、胸膛肿胀，她的眼睛像发着电光。生命的迹象被压了下去，王婆的气息似乎被熄灭了，她被装进棺材里……。可是，王婆终于没有死。王婆"死而复生"，历经苦难而顽强地活了下来。之后，她亲眼见证了日寇的入侵、乡村的凋敝，男人和女人的死亡，其中包括她的女儿。

―― 4 ――

《生死场》中的女性，作为受难者、牺牲品、被剥夺孩子的母亲、苦难中的幸存者，与"五四"新文学中奋斗的新女性和理想化的母亲形象形成了鲜明的对照。"五四"以来弘扬母爱的主旋律赋予母亲以特殊的意义，母亲被视为与父权相对的存在，在现代知识分子——肩负现代民族国家建构重任的儿子和女儿们——的成长中，发挥了重要的作用。可以说，萧红与张爱玲逸出了这个主旋律。萧红与张爱玲都深受家庭之痛，但她们不是通过弘扬母性价值批判父权制的传统家庭，以重建一种新的家庭和人伦关系乃至社会关系。对于萧红与张爱玲来说，母性价值本身就是父权制家庭与社会的产物，母亲是维护者，也是受害者、施害者。

萧红不像冰心、丁玲等女作家那么幸运，她没有享受过伟大的母爱和父爱，唯有懒散的祖父和后花园为她灰色的童年增添了光明和温暖。小时候被老祖母用针刺手指，母亲的恶言冷语，父亲的殴打和冷酷无情，是她童年刻骨铭心的记忆。萧红曾说："父亲常常因为贪婪而失掉了人性，因为仆人是穷人，祖父是老人，我是个小孩子，所以我们这些完全没有保障的人，就落到他手里。"他们都十分惧怕这个一家之主，连萧红的母亲、继母也惧怕他。后来，萧红发现，亲戚家、邻居家的女人也都怕男人。她渐渐地明白，在一个男尊女卑的社会里，男人是有权打骂女人的，而那些被男人们打骂的妈妈们，打起自己的孩子们来也是十分的疯狂的。

萧红是靠经验写作的作家，童年的经验深刻地影响了她的一生和写作。

萧红曾说："我一生最大的痛苦与不幸，都是因为我是一个女人。"

萧红的作品给予女性特别的关注，但是，萧红不只是在两性关系中表现女性，而是通过日常生活的场景、故事，展现女性所生存的背景，揭示女性命运和行动的逻辑。

在以呼兰河为主题和背景的作品如《呼兰河传》中，萧红勾画了她的人物所处的社会结构和意义体系，每一个人，男人、女人，老人、孩子，强大的和弱小的，都陷入一种由迷信和愚昧所控制的封闭的社会结构和价值体系中，按照自然势力、习惯法则、生存本能延续下去：

  生了就任其自然地长去；长大就长大，长不大也就算了。
  眼花了，就不看；耳聋了，就不听；牙掉了，就整吞；走不动了，就瘫着。
  ……
  呼兰河的人们就是这样，就像冬天来了就穿棉衣裳，夏天来了就穿单衣裳。就好像太阳出来了就起来，太阳落了就睡觉似的。

  遵从一切古已有之和现行的惯性、法则，逆来顺受。就像他们想不起来填埋那个泥坑，反而从中寻找益处，马淹死了吃马肉，猪淹死了吃猪肉，如果有一个小孩出来说你们吃的是瘟猪肉，这个孩子就会被妈妈打，然后还会被奶奶打。在这里，父亲打母亲，母亲打孩子，孩子往疯子、傻子、瞎子身上扔石子，或者把他们引到沟里去。一切不幸的人中最不幸者就是叫花子，狗咬叫花子。哪里都有不幸的人、不幸的事，看得多、听得多了，也就不以为奇了。你若问他们人活着为了什么？他们会说："活着就是为了穿衣吃饭。"因此，不论经历怎样的天灾人祸、生老病死，活着的照旧回家过日子，平平静静地活着。
  萧红是一个天才的作家，但却不算是一个在艺术形式上自觉的作家，她不像简·奥斯丁、张爱玲那样精心构造自己的作品。她的作品仿佛是一幅拼贴画，由碎片化的、一个个场景、人物素描、片段连缀而成,是碎片化的、日常生活的状态,因此,也最具现实主义特质。她揭示了大家习以为常的生活惯性、习俗中的畸形、怪异、丑陋和病态。她不需要精神分析理论,因为,生活本身就是病态、扭曲、畸形的,而最畸形、病态的莫过于将畸形、病态视为理所当然。

新女性与旧枷锁
陈晓兰讲张爱玲《半生缘》

◇ *1* ◇

《半生缘》是张爱玲第一部完整的长篇小说，发表时题名《十八春》，署名"梁京"，连载于1949年7月在上海创刊的一家小报《亦报》。《亦报》创刊于上海解放后两个月，它不同于旧时代的小报，面貌一新，吸引了很多名家，如周作人、丰子恺等知名作家都曾在上面发表过作品。为了吸引普通读者，扩大发行量，这份面向普通读者的小报连载小说，张爱玲的《十八春》就连载于1950年3月底到1951年2月中旬，当时引起了不小的社会反响。

由于这部小说创作与发表的这一特殊背景，小说一方面要顾及它的读者——都市普通市民的趣味，因此，《十八春》依然以旧家庭的衰败和钩心斗角的日常生活为题材，这也是张爱玲最擅长的题材；另一方面又要考虑《亦报》这份小报的官方背景。因此，小说中增添了一些政治色彩，最后，以大团圆结局，主要人物投身更广大的社会生活，给人物的命运增添了喜剧色彩，也算是给读者一种安慰。

但是，张爱玲自己不满意这样的结局，后来做了修改，删除了"光明的尾巴"，题名《半生缘》。《半生缘》改编为电影、电视剧，想来大家对于故事情节都已熟悉。但是，我们阅读文学作品，不仅仅是被惊心动魄的故事情节所吸引，而是在对人物的悲剧命运唏嘘不已、扼腕叹息的同时，深入思考造成这种悲剧的深层原因，认识人物生存于其间的社会文化习俗以及这种文化对于人性的塑造。

根据小说中所涉及的重大的历史事件，可以推断故事发生在1932年到1950年期间。小说的开端，男女主人公出场的时间，正是"五四"新文化发展到最辉煌的20世纪30年代。女主人公顾曼桢接受了现代新式教育，在一个工厂的写字间做打字员，业余时间教书，她为支撑一个大家庭做了几份工作。可以说，她是一个有文化、经济独立、有责任心的新女性。男主人公沈世钧，学的是工程专业，大学刚毕业，在曼桢所在的工厂里实习，以逃避父亲为他安排好的前程——继承父业，经营皮货店的生意。曼桢与世钧相识、相爱，曼桢一直鼓励世钧离开父家，开创自己的事业。

这一对青年本来可以走向幸福生活，战争和社会动荡都没有直接影响到他们的生活轨迹。那么，是什么阻碍了他们事业的发展和幸福生活呢？这正是这部小说揭示的问题。

《半生缘》虽然是一部爱情小说，但更是一部家庭小说。占据小说中心的不是主人公的工作、事业以及相关的公共社会关系，而是他们所属的家庭，以及血缘亲情关系。这些家庭似乎远离整个社会，像一个封闭的世界，不论世事如何变迁，依然按照它的价值观念和逻辑延续着，哪怕这种价值观念、这种逻辑，极其荒谬、极其残酷。

在一个公共社会极不发达的文化中,家庭对于个人就变得特别重要,它是一个人的依赖和归属,同时也是一种负担。了解中国家庭的实质,是了解中国人情感、性格乃至人性的重要入口。现代时期的很多作家,如鲁迅、巴金等,对于中国传统家庭的本质,特别是对于其阴暗面,予以深刻的批判。张爱玲对社会世相的深刻认识,可以说,也是来自于她对于旧式大家庭的真切体验。

2

张爱玲在她的小说中解构了这种家庭。她小说中的家庭都是非常糟糕、很不健康的。

我们来看看《半生缘》里的家庭。这是三代同堂的家庭,祖母、母亲、两个成年女儿、四个未成年的孩子。父亲在曼桢十四岁时去世了,这个家立刻陷入困顿。大女儿曼璐为供养全家做了舞女、后沦为私娼。作者无意于指控社会制度的不公,而是让我们思考:曼璐有没有另外的选择?她可不可以像曼桢那样,找一份或几份正当的工作?但是,曼璐无知无识,除了身体(她很漂亮)一无所有,而她的母亲、祖母却默认并鼓励曼璐走这条道路,以维持她们舒适的生活:大房子、仆人,以及男孩子的教育,等等。

曼璐本来是一个非常值得同情的可怜的女人。

在雨果的《悲惨世界》中,芳汀为了养活她的孩子,打工、卖淫、卖了自己,最后连牙齿、头发都不剩下,可是,在她身上没有任何一点低贱、卑琐的东西。在一个不合理的社会,一个女人、一个母亲,或者女儿,不得不牺牲自己,靠卖身来养活自己和亲人,这不是女人的耻辱而是社会的耻辱，芳汀也被视为地母一样的女人，藏污纳垢滋养生命。

但是，《半生缘》里的曼璐丝毫不会引起我们这样的感觉和同情。她是家庭的奉献者、社会的牺牲品，但她又极其自私、冷酷，以牺牲亲情、毁灭妹妹的一生索回报酬。她为了有一个栖身之所，千方百计地抓住祝鸿才，小说中写道："就仿佛像从前有些老太太们，因为怕儿子在外面游荡，难以约束，竟故意地教他抽上鸦片，使他沉溺其中，就像鸽子上的一根线提在自己手里，再也不怕他飞得远远的。"

祝鸿才是一个从外形到灵魂都极其丑陋的男人，但也是当时比较普遍的一类男人。在双重的性道德和一夫多妻制下，他的行为被视为正当。曼璐和她的祖母、母亲，对于这个男人极其依赖。曼璐与祝鸿才合谋强暴自己的妹妹，借腹生子，绞杀曼桢的一生幸福。而她对于祝鸿才前妻所生的女儿招弟，也非常刻薄，她把对祝鸿才的不满都发泄在他的女儿身上。小说表现了曼璐这样的女性极其冷酷、残忍的一面。我们不禁会联想到《金锁记》中的曹七巧。曼璐和曹七巧其实是一类女人。不幸的女人往往通过施害于她身边的亲人或弱者，报复社会，报复人生。

张爱玲在情感和婚姻生活中揭示人性的自私、黑暗、扭曲。生活在同一屋檐下的人，为了利益和莫名的原因，互相算计，彼此厌恶，充满仇恨。各种形式的、隐形的暴力，无时无刻不在发生。

再来看看曼桢的母亲。

人生最大的灾难就是在一个愚昧无知的母亲手里长大。

母亲靠着曼璐过着舒适的生活，正是她暗示曼璐为祝鸿才借腹生子。听了母亲的那一套妈妈经后，曼璐打起了妹妹的主意，她潜意识中的那"野兽的黑影"到一定的时候就会循着熟悉的路来找她了。

在得知女儿被强暴后，母亲在世钧和鸿才之间做出了选择。因为她本来就是一个唯利是图、只重眼前利益的人，更不要说有什么理智和判断了，在重要的关头，利欲总是替她做主。在她本可以向世钧求救的时候，她摸到兜里的一沓钞票，觉得如果救了曼桢就对不起曼璐。本来这样的母亲与曼璐就有着更多相通之处，她甚至认可了曼璐将曼桢嫁给祝鸿才的安排，在她看来，这一切都是正当而合乎情理的。在曼璐和曼桢之间，她选择了曼璐，她心安理得地接受祝鸿才的金钱，放弃了曼桢，尽管曼桢曾经证明，完全可以依靠自己的辛苦劳动供养全家。

在曼桢被囚禁的一年里，她的祖母、母亲，还有她的弟弟伟民、杰民（多么具有讽刺意味的名字啊）从来都没有过问她的情况。他们完全被姐姐和母亲编造的谎言所蒙蔽了。在她堕入人生最黑暗的一年间，他们全都从她的生活中消失得无影无踪。张爱玲就是如此犀利地撕下了家庭温情的面纱。

— 3 —

再来说说世钧。

他本来是可以救曼桢的。尽管小说安排了很多情节，为世钧的无所作为提供了合理的原因。但是，世钧的性格决定了他不可能施救。

小说中对于世钧家庭的描写，为世钧的性格做了注解。他的家庭也是对于曼桢的家庭以及祝鸿才的家庭所做的补充。世钧的父亲与祝鸿才其实是一类人，一个皮货商人，有一个妻子和一房姨太太，曾经与曼璐有染。世钧的母亲和姨太太为了争夺一个男人费尽心机,钩心斗角。生活在这样的家庭里的世钧,落寞、压抑、隐忍、退让,得过且过。他最终回到父母的家庭、继承父业,本身就说明了他的妥协和退缩。而且,他对于爱情本身并没有坚定的信心或者说根本没什么信念(曼桢曾经给他的信中说:我会永远地等着你),所以,他轻易地相信了曼桢母亲和姐姐的谎言,而且为了缓解自己的失落,很快就结了一桩没有爱情的婚姻。最后,当他知道了曼桢所经历的一切后,他除了沉默,没有任何行动。

这样的故事,按照西方浪漫主义小说的模式来结构的话,一定会演绎出完全不同的结局。世钧在曼桢失踪后,一定会凭借自己的聪明才智找到被囚禁的曼桢,救出曼桢,顺便把祝家打个稀巴烂,惩罚祝鸿才和曼璐。或者,按照现代的逻辑,在心爱的人失踪后报警、解救。解救受难者,将施暴者绳之以法,有情人终成眷属,伸张古老的正义法则:罪必惩罚,善有善报,恶有恶报。

但是,张爱玲按照中国人的逻辑安排她的人物的命运。若干年后,曼桢是为了孩子嫁给祝鸿才,结成一桩令人作呕的婚姻,最终遂了她姐姐和母亲的心愿,落入她们和祝鸿才为她编织的罗网。曼桢算得上一个经济独立的现代女性,但却终归逃脱不了因袭的枷锁。

《半生缘》围绕着曼桢的遭遇,揭示了她自己,以及她身边那些所有至情至爱者的行动逻辑。这种逻辑,不仅是他们各自的性格和道德观念决定的,也是他们所生活于其中的文化惯性所决定的。在他们依赖和归属的家庭这个世界里,其实没有真正的爱,也没有是非观念,更不存在丝毫的正义可言。

在这个意义上说,张爱玲的小说揭示了一个价值虚无主义的家庭世界,而这个小世界正是组成社会这个大世界的最基本的细胞。

张爱玲了断私情之作

郜元宝讲张爱玲《色·戒》

◆ 1 ◆

张爱玲后期的小说《色·戒》是一部比较特殊的作品。

2007年，著名导演李安将《色·戒》改编成电影，轰动一时。但电影对小说原著改动很大，原著本来就机关重重，令人费解，被电影这么一改，就更加难懂了。

要读懂《色·戒》，首先必须了解它的创作背景。

这就要说到1945年8月抗战胜利，国民党政府还都南京，很快公布"惩办汉奸条例"，也包括"文化汉奸"，鲁迅的二弟周作人就是在这时候被当作"文化汉奸"而锒铛入狱。张爱玲的情况也不妙，因为上海沦陷时期，发表她作品的许多报纸杂志就有日伪的背景，她还与汪伪政府文化官员胡兰成结婚，在有些人看来，她也是"文化汉奸"。

对此，张爱玲当然不能沉默。1946年底，趁着短篇小说集《传奇》出增订本，张爱玲写了篇序言，说自己绝非"文化汉奸"。她承认收到过日本占领军主办的"第三届大东亚文学者代表大会"的邀请函，但她拒绝了，并未参加。另外她还有一篇新写的散文《中国的日夜》，收到《传奇》增订版最后，再三强调对中国的热爱。至于她和当时正四处逃窜的汉奸文人胡兰成的关系，却故作轻松地归入"私生活"范畴，不予谈论。

这就留下一个悬念，人们不禁要问：对这个敏感问题，张爱玲会沉默到底吗？

《色·戒》的问世，终于打破了三十多年的沉默。《色·戒》1953年就有草稿，反复修改，1978年才发表于台湾。正巧胡兰成那时也在台湾，还相当活跃，文章和谈话屡屡提到定居美国的张爱玲，令张爱玲非常不快。她在这种情况下发表《色·戒》，就是想彻底"了结"她跟胡兰成的旧账，也为自己那段过去辩解。

当然张爱玲做得很微妙。她既要将她和胡兰成的事适当摆进去，否则就无法"了结"旧账；又必须有所"化装"，不想太抛头露面。

先说张爱玲在小说中的"化装"，这主要有以下四点：

其一，王佳芝是"岭南大学"而非"香港大学"学生，这就和张爱玲20世纪40年代初在香港大学就读的经历撇清；

其二，王佳芝是广东人而并非上海人，小说特别指出她通电话时用的是粤语，这就和张爱玲自己的上海籍画清界线；

其三，易先生原型是大特务丁默村，王佳芝、易先生的关系，脱胎于1939年军统女特务郑苹如诱杀丁默村的"本事"，这就和同为文人的张、胡有很大的不同。

其四，张爱玲英文极好，小说中土佳芝跟讲英语的珠宝店老板之间竟然"言语不太通"，这就又将自己与王佳芝区别开来。这四点，就是张爱玲在小说中给自己的"化装"。

但小说也涉及张、胡之间许多往事：

其一，易先生家里挂着"土黄厚呢窗帘——周佛海家里有，所以他们也有"。张爱玲结识胡兰成之前，曾经跟当时另一个女作家苏青一道拜访过周佛海，或许她真的在周家见过那种窗帘。

其二，小说中周佛海和易先生芥蒂颇深，胡兰成追随汪精卫，与周佛海也不甚相得。

其三，易先生在香港发迹，胡兰成起初也是在香港写政论而为汪精卫所欣赏。

其四，王佳芝最初是在香港接近易先生的，张爱玲在香港读书时，虽然和胡兰成并无交集，但1944年至1945年他们热恋时，必然谈论过这层同在一城的因缘。

其五，胡兰成、易先生都频繁往来于南京/上海之间。

其六，易是武夫，却有"绅士派"的风度，这也只有理解为他是胡兰成的影子。

其七，王佳芝在珠宝店放跑了易先生，直到确认"地下工作者"没有开枪，才放心。这种牵挂，也符合张爱玲在胡兰成窜逃浙、闽两地而又恩断情绝时，仍对他多方接济的事实。

其八，易先生和胡兰成对所爱的女子都毫不留情，或弃，或杀。

所有这些与事实有关的叙述，当然是尊重历史，也提醒相关人士（包括胡兰成）引起注意，而上述巧妙地"化装"，则是"此地无银三百两"的暗示。

张爱玲这样写《色·戒》，可谓机关算尽，煞费苦心。总之《色·戒》不是一般的虚构小说，其中有大量的纪实性因素，而无论纪实还是虚构，最终都指向张爱玲必须予以"了结"的她跟胡兰成三十年前的那笔旧账。

套用张爱玲写于1943年的著名小说《金锁记》结尾那句话："三十年前的月亮早已沉下去,三十年前的人也死了,然而三十年前的故事还没完——完不了。"

2

张爱玲写《色·戒》的动机,是要通过小说人物王佳芝、易先生与真实人物张爱玲、胡兰成之间虚虚实实的对照,来表明她对胡兰成的态度,以此"了结"她跟胡兰成之间的旧账,也为自己的过去辩解。

因此,我们读《色·戒》,关键之一,就是要看作者对于作为胡兰成的影子的那个易先生的态度,究竟如何?关于这个问题,有几场戏特别值得关注。

第一场戏是在珠宝店,写王佳芝看易先生,"他的侧影迎着台灯,目光下视,歇落在瘦瘦的面颊上,在她看来是一种温柔怜惜的神气"。看到这种"神气",王佳芝就认为"这个人是真爱我的"。

但这只是她的一厢情愿,实际则未必,因为就在易先生摆出一副令王佳芝神魂颠倒的姿态之前,小说还有一段易先生的心理独白,将他的真情实感暴露无遗——

> 本来以为想不到中年以后还有这样的奇遇。当然也是权势的魔力。那倒犹可,他的权力与他本人多少是分不开的。对女人,礼也是非送不可的,不过送早了就像是看不起她。

显然易并不真的爱王,他只想借她证明自己的"魔力"。即使这"魔力"来自权势也不妨，因为权势和他已经分不开了。他所具有的不是对她的爱，而是"自我陶醉"。这就是写易先生的真心，和王佳芝的错会。

第二场戏是易恩将仇报，痛下杀手，将王佳芝及其同伙一网打尽之后，易先生的内心独白："他们那伙人里只有一个重庆特务，给他逃走了，是此役唯一的缺憾。"言下之意，捕杀王佳芝并不算他的"缺憾"。

当然易对王佳芝的死也并非毫无"缺憾"，但并非所爱者香消玉殒，而是不能将计就计，继续榨取王佳芝的灵与肉："不然他可以把她留在身边。'特务不分家'，不是有这句话？"又说，"她临终一定恨他。不过'无毒不丈夫'。不是这样的男子汉，她也不会爱他。"易先生其实是自以为是、风流自赏、自私而荒谬。对胡兰成其人略知一二的读者都会感到似曾相识。

李安的电影最后写易先生坐在王佳芝的床上，睹物思人，因为救之不能而伤心欲碎。这要么没看懂小说，要么就是蓄意篡改。

电影的事，我们姑且放在一边吧。这里要强调的是：张爱玲在小说中躲在易先生背后，让易先生现身说法的这几段心理描写，足以暴露易先生所影射的胡兰成的卑鄙、龌龊，足以"了结"她和胡兰成之间的那段孽缘了。

◆ 3 ◆

其次，张爱玲对胡兰成的态度，还通过小说人物王佳芝暗示出来。

《色·戒》有一句话颇有争议，就是写王佳芝"每次跟老易在一起，都像洗了个热水澡，把积郁都冲掉了，因为一切都有了个目的"。

1978年《色·戒》发表时，台湾小说家张系国就抓住"热水澡"做文章，指责张爱玲"歌颂汉奸"，怪她竟然把"地下工作者"王佳芝写成在汉奸那里获得性满足的色情狂。其实这句的意思只是说，王佳芝及其伙伴们过去谋杀老易失败，现在她终于逮着老易，可以完成未竟之业，不至于枉费大好青春了。

张爱玲大概也怕引起读者误会，还特意提到王佳芝和老易只有"两次"性生活，不仅没什么感觉，也谈不上爱不爱的："跟老易在一起那两次，总是那么提心吊胆，要处处留神，哪还去问自己觉得怎样"，"但是就连此刻，她也再也不会想到她爱不爱他——"破折号后面的故事，就是上述王佳芝对易摆出的那个表情的错会。她"爱"他，仅此而已，充其量只能说是一念之间，而电影却用了大量"床戏"为王佳芝的"爱"和最后的"捉放曹"铺垫，这也是一种不可原谅的对于原著的篡改。

当然，张爱玲是异常泼辣的，即使这一念间的"爱"，她也并不抹杀，所以她就索性写王佳芝非要确定同伴没开枪，这才离开珠宝店。王佳芝对易先生的情意，也就到此为止了。

李安不明此理，仅仅因为张爱玲此后没有让王佳芝出场说话，就越俎代庖，认为被老易绑赴刑场的王佳芝，仍然像老易所希望的那样，"生是他的人，死是他的鬼"，这就真是瞎扯了。

另外，小说中王佳芝离开珠宝店，明明是要三轮车去"愚园路"一个亲戚家，到那里"看看风色再说"，电影却说她要去"福开森路"她和老易的那个所谓的"爱巢"。去那里干吗？讨奖赏吗？这也是电影对小说不可原谅的篡改。

总之，张爱玲是要通过小说《色·戒》表明她对胡兰成的态度。一方面，通过心理描写，她暴露了易先生的风流自赏、自以为是、卑鄙龌龊。另一方面，她也如实写出了王佳芝对易先生一念之间的所谓"爱"。这里面所要暗示的是，她爱过胡兰成，但那只是一念之间的感动，绝非天长地久，至死不渝。更重要的是，她对胡兰成早就洞悉肝肺，剩下的只有鄙视而已。

如此"了结"旧情，也算是"恩怨分明"吧。

最后还要补充一点：一般而言，小说要追求普遍的价值和意义，就不应该把作者的"私生活"夹带其中。这等于办公务时干"私活"。但也并非绝对不可，毕竟作者的"私生活"也是生活的一部分。作者有权利就地取材，只是作者的"私活"不能太露骨，不能把读者的注意力全部吸引过去，小说写到最后，要能既办完了"私活"，也让读者有一种普遍意义的人生感悟。

张爱玲的《色·戒》是否符合这个标准，读者自有公论。

两位人格扭曲的女性形象
郜元宝讲柳青《创业史》和陈忠实《白鹿原》

柳青的创作跨越"现代"和"当代",但他最成功的小说《创业史》第一部完成于20世纪50年代末,属于当代文学"十七年"时期(1949—1966)的巅峰之作。《创业史》中"梁生宝买稻种"的故事选入中学课本,但《创业史》的成就是多方面的,不限于"梁生宝买稻种",也不限于它所塑造的英雄人物梁生宝的形象。

陈忠实20世纪70年代就开始创作,中短篇小说成绩都很可观,但直到1992年完成、1993年发表长篇小说《白鹿原》,他才真正跻身经典作家的行列。1997年《白鹿原》获中国当代文学最高奖"第四届茅盾文学奖",先后被改编成秦腔、话剧、舞台剧、电视剧和电影,影响巨大。陈忠实着力刻画的那位老族长,即恪守传统道德伦理的白嘉轩的形象,给人印象深刻。但《白鹿原》的成就也是多方面的,并不限于白嘉轩这一个人物的塑造。

把柳青、陈忠实放在一起讲,首先因为他们都是陕西人。柳青出生于陕西榆林的吴堡镇，陈忠实出生于陕西长安县（如今已划归西安市灞桥区）。一个在陕北，一个在关中，但柳青长期扎根陈忠实所在的关中渭河平原，以此为"根据地"写出代表作《创业史》，所以他俩算半个老乡。

其次，他们的文学成就都集中于一部长篇，都以一部长篇定终身，这在普遍"高产"的当代作家群中，是极为罕见的两个例外。

第三个原因更重要，陈忠实毕生奉柳青为文学上的导师。虽然《创业史》主要写20世纪50年代中期波澜壮阔的农业合作化运动，《白鹿原》的背景则是辛亥革命前后直到1949年中华人民共和国成立，二者区别很明显，但在创作方法上，《白鹿原》对《创业史》还是颇多借鉴。

比如，今天我要集中讨论的《创业史》女主人公之一赵素芳和《白鹿原》女主人公之一田小娥，这两位农村小媳妇的形象之间，就有着千丝万缕的联系。分析她们的异同，有助于我们更好地理解这两个人物各自的性格与命运，以及作家塑造她们的用心所在，也有助于我们更好地理解一个作家究竟怎样向另一个作家学习而又有自己的独创。

2

刚才说赵素芳、田小娥都是女主人公之一，因为《创业史》《白鹿原》各自都还有另一个女主人公。

《创业史》的另一个女主人公是乡村姑娘改霞，她是男主人公梁生宝的"对象"。梁生宝一心扑在农业合作化运动中，没时间谈恋爱，两人一再错过增进感情确立关系的机会。最后改霞招工进城，跟生宝断绝往来，改霞在小说中的地位也因此急剧下降，这就让小媳妇素芳占据更多的戏份，成为另一个女主人公。

《白鹿原》另一个女主人公叫白灵，这是一个奇女子，聪明、漂亮、豪爽、泼辣。那个时代的女子讲究足不出户，温良恭顺，白灵却一天到晚跑得不归家，凡事都有主张，经常顶撞严厉的父亲白嘉轩，最后离家出走，几乎断绝了父女关系。

小说写国共合作的大革命失败之后，白灵毅然加入中国共产党，跟身为国民党军官的男友、鹿家二公子鹿兆海分道扬镳，却很快和鹿兆海的哥哥、中共地下党领导鹿兆鹏结为夫妻，最后为革命而牺牲。白灵虽然在小说中戏份不少，但她的性格比较固定、单一，只能跟田小娥平分秋色。

陈忠实笔下的白灵、田小娥很像柳青笔下的改霞、赵素芳。改霞和白灵都聪明、漂亮、纯洁、正派，又有决断，懂得如何把握人生大方向，是通常所谓"正面人物"。赵素芳、田小娥也很漂亮，但她们命途多舛，迭遭不幸，又生性糊涂犹豫，尤其在两性关系上都严重违背了正常的道德规范，人格上有极大的污点。但她们并非通常所谓"坏人"或"反面人物"，周围的人们虽然大多不能理解、不肯原谅她们，但仔细分析起来，我们就会发现，她们的所作所为也都情有可原，作者对她们的悲惨命运也都给予了深厚的同情。

这就造成赵素芳和田小娥作为小说人物的复杂性。

3

先说《创业史》中的赵素芳。她出生于小镇上一个殷实人家，父亲年轻时被坏人引诱去赌博吸毒，家道中落，她自己又不幸被镇上流氓诱奸而怀孕。为了遮丑，草草嫁给梁生宝的邻居、老实巴交的拴拴为妻。

这个拴拴不仅穷，而且过于憨厚，完全不懂男女之情，又处处听他父亲摆布。拴拴的父亲，即素芳的公公，是个瞎子，但比明眼人还厉害。他精打细算，用不多的彩礼给儿子娶了这个名声不好的媳妇，随即采取一整套措施来修理和改造素芳。先是用顶门闩残酷地打掉素芳的身孕，再就是严防死守，不准她随便抛头露面，让她过着半禁闭的生活。

素芳当然不满这样的命运，无奈名声不好，只能忍气吞声。但她没有完全死心，渐渐就爱上邻居梁生宝，经常对生宝眉目传情，甚至要生宝帮她跟拴拴打离婚。但生宝是党员干部，洁身自好，立场坚定，而且他和素芳的公公一样瞧不起素芳，动不动就对素芳来一通义正词严的教训。

素芳备受伤害和羞辱，痛苦而绝望，终于在服侍远房姑妈坐月子的时候，被堂姑父（小说中描写的反动富农）姚士杰勾引，两人暗地里发生乱伦关系。

素芳对姚士杰，先是敬佩，畏惧，后是厌恶，仇恨。但她觉得姚士杰有丈夫拴拴所没有的男性魅力，这使她在和姚士杰之间那种见不得人的关系上显得半推半就，由此落入犯罪、享乐而又充满自责、恐惧和怨恨的深渊，难以自拔。

以上是《创业史》第一部中素芳的大致经历。

《创业史》第二部又用了两章多的篇幅，写素芳趁瞎眼公公去世下葬的机会，呼天抢地、撕心裂肺地大哭一场。周围人都莫名其妙，素芳也不肯告诉别人她究竟为何而哀哭不止。柳青的本意，也许是想通过这种无言的号哭来表现旧社会对素芳这种底层妇女的伤害,但在小说的具体描写上,柳青显然又无法给素芳安排一个合乎逻辑的出路。即使在新社会,素芳这种孤苦无助、诉说无门的处境也很难改变,她的精神重负也很难卸下。少女时代被奸污,和拴拴无爱的婚姻,瞎眼公公的折磨,单恋梁生宝的失败与屈辱,所有这些都无人同情。至于她跟堂姑父姚士杰的乱伦关系,一旦败露,更将是灭顶之灾。

这就是素芳的几乎没有希望改变的悲苦命运。

我们再来看《白鹿原》中田小娥的故事。

田小娥先是被父母安排,嫁给大户人家做小妾。她不满丈夫和大太太的苛待,大胆地与"揽活"的短工黑娃私通。很快就被发现,一纸休书,遣送回家。田小娥的父亲是死爱面子的穷酸秀才,觉得女儿丢尽了自己的脸,迫不及待倒贴着把小娥嫁给黑娃。因为这层关系,白鹿村族长白嘉轩不准田小娥进祠堂,黑娃父亲鹿三也不准黑娃和田小娥进门。可怜的小夫妻只能在村口破窑洞里安家。起初小日子倒也过得红火。

单看这一点,田小娥的遭遇似乎比素芳强多了。然而不久,黑娃在他的发小鹿兆鹏的鼓动之下,做了"农协"的头领,斗争土豪劣绅,在"白鹿原"上闹得风生水起。好景不长,国共合作破裂后,国民党残酷镇压共产党,黑娃被迫转入地下。田小娥从此孤身一人,无依无靠。作为共产党家属,她还整天被威胁,受迫害。

这时候,鹿兆鹏、鹿兆海的父亲,一贯好色的"乡约"(即后来的保长)鹿子霖乘人之危,乘虚而入,以保护田小娥为名,强行与她私通,然后还让田小娥去引诱他的仇人白嘉轩的长子、新任族长白孝文,害得白孝文身败名裂,被白嘉轩踢出家门,沦为乞丐。田小娥的公公鹿三是白嘉轩的长工,两人是"义交",鹿三不差似白家成员之一。他不忍心看到臭名昭著的媳妇败坏白嘉轩的门风，一怒之下，杀了田小娥。

所以故事发展到最后，田小娥的命运比素芳还要悲惨。

———— ◇ 4 ◇ ————

用通常的道德标准衡量，素芳和田小娥都有不道德的行为。但素芳勾引梁生宝，后来又被堂姑父姚士杰拉进犯罪的深渊，根源都在婚姻的不幸。而她之所以落入不幸的婚姻，又因为父亲是败家子，自己则受流氓诱骗，失去清白之身，这才一错再错。

同样，田小娥的所谓水性杨花也情有可原。首先她青春年少，却给人做小妾，这就开启了全部悲剧的序幕。她私通打短工的黑娃，对那个用钱将她买来做泄欲和养生工具的"武举"来说，并不构成出轨和背叛，而是反抗命运的不公，追求正当的爱情。田小娥走出这一步，不被任何人所理解，也得不到亲生父母的同情。好不容易跟相爱的黑娃成了家，仍然得不到族人和公婆的承认。所有这些，都加剧了她心灵所受的伤害。

尽管如此，田小娥和黑娃还是有过短暂的幸福。但接下来黑娃的逃走，田小娥失去全部的依靠。一个弱女子只能随人摆布。鹿子霖正是利用这一点，无耻地将她霸占。

许多时候，素芳和田小娥都好像是随波逐流，随人摆布，但内心深处并未失去基本的是非观，更没有昧着良心干坏事。比如，素芳和田小娥在心理和身体上都曾经对勾引、强暴她们的姚士杰与鹿子霖有过依赖，但她们很快都看清姚士杰和鹿子霖的为人，她们并没有完全沉溺于和姚士杰、鹿子霖那种见不得人的乱伦关系。越到后来,她们对这两个邪恶的男性就越是充满鄙视和痛恨,最后决然与之断绝关系。

再比如田小娥在鹿子霖的唆使下"报复"了白孝文,却很快就意识到,这种"报复"乃是陷害"好人",于是她就用自己的方式来补偿甚至讨好白孝文。田小娥对白孝文的认识后来证明是错误的,她用鸦片烟来讨好白孝文更是非常愚蠢,但至少从她意识到自己受鹿子霖的哄骗而害了"好人"这一点,还是可以看出她善良的天性。

说到底,素芳和田小娥都是变态社会无辜的牺牲品,所以尽管她们在正常情况下诉说无门,作家还是以特殊方式让她们有所发泄。柳青是让素芳号啕大哭,宣泄心中的积郁,陈忠实则是让田小娥死后化作厉鬼,附在杀死她的公公鹿三身上,向鹿三(也向白鹿原上所有人)诉说自己的冤屈。在这一点上,我们就可以看出陈忠实对柳青的继承与发展。

总之,柳青、陈忠实在描写历史与人性的复杂性上所取得的成就,一点也不逊色于中国古代那些经典作家,甚至后出转精,后来居上。

我们评价中国当代文学,应该有这样一种历史发展的眼光。

她像土地那样卑贱与丰饶

陈思和讲严歌苓《扶桑》

在海外华人文学中，有关早期华人在旧金山淘金的传说，是一个有魅力的题材。它讲述了第一代中国移民参与美国西部开发的历史，仿佛是一部民族迁徙的史诗，也是一段充满传奇性与血泪史的神话。

为什么要称它是神话呢？因为在白人历史书写者的种族偏见下，华裔族群早期历史没有得到真实呈现，真相永远被隐藏在傲慢与偏见的云遮雾障之中，始终是一个谜。所以，我们只能通过艺术虚构的形态来呈现它，那就是一段传奇一个神话。

严歌苓在 1989 年底出国，第二年在美国芝加哥的哥伦比亚艺术学院攻读文学写作的 MFA 硕士学位，《扶桑》就是严歌苓申请学位的代表作。正因为有这样一个背景，严歌苓创作这部小说是当作学位论文来写的，她从图书馆里搜索、借阅了一百六十多本有关旧金山早期华人移民的历史文献，但读到后来她终究发现，那些白人的书写中充满偏见，华人移民的历史被严重歪曲。于是，她一方面从大量文献中钩沉细节，还原真实；另一方面又通过虚构创造了扶桑这个东方名妓。她写出了扶桑具有谜一样的性格，以此向白人历史书写者们抗议；你们无法真正认识扶桑，就像你们无法真正认识中国以及东方文化。

扶桑作为东方名妓的艺术形象、中国传统文化对女性压迫的象征，以及西方人严厉的"他者"，三位一体，紧紧纠结在一起。

《扶桑》的叙事有点复杂，首先有一个叙事人"我"，这个叙事人与作家严歌苓的身份有很多相叠之处：她是一个第五代移民，嫁了白人丈夫，自己也被异国婚姻所困扰，同时她还在书写"扶桑"的故事。有了这个叙事人的存在，扶桑就有了多重的意义：一方面是叙事人根据一百六十本历史文献资料塑造出来的一个西方白人眼中的东方名妓；另一方面，叙事人通过对她的阐释和读解，表达了叙事人自身对移民、女性、跨国婚姻等一系列问题不无偏激的看法，构成了一个被阐述的艺术形象。

扶桑本来是西方强势话语营造的所谓东方名妓。在扶桑身上，所有被追捧、惊艳、猎奇、窥探的，其实都是东方社会畸形的文化元素。譬如三寸金莲，譬如妓女的腐烂生活，譬如麻木顺从、忍辱含垢的精神状态，等等。严歌苓没有另起炉灶地给我们塑造一个全新的中国女性形象；而是顺着她阅读的一百六十多本历史文献中的西方话语，让叙事人讲述一个西方人所熟悉的、能够接受的东方名妓；然后再通过叙事人的阐释和描写，赋予这个形象鲜活饱满的生命形态。而这种生命的活力，是西方人根本不可能了解的。

可以说，生命力的顽强，是解读《扶桑》的关键词。

2

那么，这是一种什么样的生命状态呢？

根据小说提供的信息，扶桑出身于湖南山区的茶农家庭，在摇篮里就定了亲，第二年她八岁的丈夫就跟随长辈出海，当了海外劳工。她没有见过自己的丈夫，十四岁那年被嫁到广东海边，按照当时的习俗，与一只大公鸡拜堂成亲。结婚后便承担起操持家务、侍候公婆的责任。二十岁被人贩子骗到美国旧金山，卖到青楼当了妓女。

在小说里，叙事人揭露了被贩卖到美国当妓女的悲惨命运，她写道：

> 我找遍这一百六十本书，你是唯一活到相当寿数的。其他风尘女子在十八岁开始脱发，十九岁落齿，二十岁已两眼混沌，颜色败尽，即使活着也像死了一样给忽略和忘却，渐渐沉寂如尘土。

也就是说，一般被贩卖到美国去的妓女年纪都非常小，二十岁已经受尽折磨，离死期也就不远了。在小说的另一处，叙事人还写道，那年在贩卖人口的场所中逃生的妓女几乎在两年里都死了，有的死于病，有的死于恩仇，也有的死于莫名其妙，然而，扶桑是个例外，她不仅没有死，而且在苦难中活到了"相当寿数"。

小说结尾时，叙事人根据史书的记载披露："近九十岁的她穿一身素色带暗花的旗袍……她显然是漂洋而来的三千中国妓女中活得最长的一个。"这似真是一个神话，也是一种象征，象征了扶桑生命力的异常顽强。小说里写到扶桑生命中的几次大灾大难，无论是被多次转卖的妓女生活，无论是肺结核细菌的侵蚀，无论是被白人暴徒极其野蛮地拖到大街上轮奸，所有的侮辱和折磨都没能摧残扶桑的生命力。

那么，为什么别的妓女不到二十岁就夭折了，而扶桑能够长寿地活下去？小说提供的信息还是有理由的。第一，扶桑被贩卖到美国时已经二十岁了，年龄比较大，身体发育都已经完成，是一个健康、成熟的女性；而大多数被人贩子卖到美国去的，都是雏妓，身体就像一朵还没有开放的花苞，很快就被残酷的性摧残枯萎了。第二，小说里说扶桑"口慢脑筋慢，娶过去当条牲口待，她也不会大吭气"。这也可以理解为，扶桑在精神上有点麻木，对于所受的苦难不是非常敏感。所以从表面上看，扶桑有一个健壮的肉体和麻木的精神，这正是旧中国的民族文化象征。

小说提供的故事时间信息是19世纪60年代，扶桑二十岁。那么，扶桑应该是出生于19世纪40年代。我们大家知道，1840年鸦片战争以后，中国被迫进入现代世界格局，扶桑所象征的旧中国的文化传统，被迫展示在西方强势文化面前，暴露了全面的隐秘与缺陷。这也就是"三千年未有之变局"下，中国旧文化面临的前所未有的考验。扶桑经受的苦难，也就是中国文化的苦难，扶桑经受的考验也就是中国旧文化即将蜕变的考验。

所以，我们不能把扶桑仅仅理解为一个东方妓女的艺术典型。她具有某种艺术共名的特征：这样一种黄皮肤妓女与白皮肤嫖客之间的关系，可以引申为男权社会中女性与男性之间的两性关系，甚至可以引申为东方弱势文化与西方强势文化之间的殖民关系。在这样一系列不平等的关系间，黄皮肤的妓女、男权社会下的女性角色、殖民强权下的弱势文化，都面临了同样的被误解、被歪曲、被侵犯，甚至是被侮辱。扶桑的意义跨越了她自身所扮演的角色。

3

然而，扶桑的意义如果仅仅是这样的话，她仍然没有超越"五四"启蒙话语的规定的内涵。严歌苓作为第五代中国移民，她正是在这样一种深刻痛苦中赋予了扶桑崭新的意义。她通过叙事人的阐释，不断提醒读者的是，扶桑虽然软弱可欺，逆来顺受，被侮辱与被损害，但是真正的扶桑并不是西方人想象的那样柔弱困乏，不堪一击，扶桑内在的生命力是足够强大的。

小说里有一个片段，写一个德国孩子站在青楼窗外，用眼睛看房间里的扶桑正在接受一个嫖客的性事。作家用海水和沙滩的关系来比喻强势与弱势的关系，她这样写道：

（扶桑的）身体在接受一个男人。那身体
细腻；一层微汗使它
细腻得不可思议。那身体
没有抵触，没有他预期的抗拒，有的
全是迎合，像沙滩迎合
海潮。没有动，静止的，却是全面的
迎合。……

克里斯万万没想到会是这样。她的肌肤是海滩上最细的流沙，那样随波逐流。某一时刻它是无形的，化在海潮里。

他以为该有挣扎，该有痛苦的痕迹。但他看到的却是和谐。……她的肉体是这和谐的基础，她主宰支配着伸缩，进退。

正是这美丽使两股眼泪顺克里斯的鼻腔上涌。

你以为海以它的汹涌在主宰着流沙，那是错的。沙是本体，它盛着无论多无垠、多暴虐的海。尽管它无形，它被淹没。

也许我们每个人看到这样一个场景，也会像克里斯那样，想象妓女是如何痛苦，如何挣扎；而作家描写的扶桑恰恰相反，此时此刻妓女扶桑非但没有表现出痛苦和挣扎，反而是迎合，用肉体营造了性爱的和谐。

但这又是真实的。妓女和嫖客的性交行为是以寻欢作乐为基础的。作家在描写了这个场景后，她没有就事论事，追求细节真实，而是用海潮与沙滩的比喻来升华这种辩证关系：沙滩看上去软软的，顺从的，任海潮汹涌地扑上去，被海潮所吞没，可是当海潮退下去的时候，沙滩还是沙滩。海潮不管怎么气势汹汹，它总是要败退下去，而真正的强者，却是看上去那样不堪一击、实质上岿然不动的沙滩。

所以，扶桑是真正的强者；对男性而言，女性才是真正的主宰；对殖民主义强权而言，弱势文化之所以能够在强权下顽强生存，它也是真正的强者。

作家还要指出的是，扶桑虽然卑贱，虽然苦难重重，但她是不需要被西方人来拯救的。我们在前面引文里提到过那个德国小男孩克里斯，他在十二岁的时候与其他小白人一起逛窑子，第一次遇见扶桑就被深深迷住。于是扶桑成为克里斯心中的女神。

为此克里斯非常憎恨唐人街污秽的生活环境，也非常憎恨那些贩卖人口、开设妓院以及嫖妓的华人，他懵懂地投入了反对华人的种族暴力，一心要拯救她心中的女神。有一次，他联络了美国的宗教组织拯救会，把濒临死亡的扶桑送进医院治疗，确实挽救了扶桑的生命。但是，当他在医院里看着身穿白麻布病人服装的扶桑时，他内心的激情随之消失。终于有一天，扶桑又重新穿上那件被丢在垃圾箱里的红衫子，一个原本的妓女扶桑的魅力又重新回到自己的身上。这才是克里斯所熟悉、认同的扶桑。

于是叙事人这么写道："他（克里斯）将不会料到，那些男人不存在，你便也不存在了，你的美貌、温存正如残酷、罪恶相辅而生，对映生辉。没有苦难，你黯淡得如任何一个普通女人。"这里的"你"指的就是扶桑。这句话可以这么理解：扶桑作为一个东方名妓，她身上的所有魅力，都是与东方社会畸形文化元素联系在一起的，也是西方白人（如克里斯那样的好心人）眼里的东方文化模型。东方文化模型与西方文化模型是被区别的，这种区别，就如同小说里所描写的又脏又破的红衫子与看上去很清洁、却没有活泼生命力的白麻布袍子的区别。如果扶桑如同"任何一个普通女人"，指的是如同任何一个普通的西方女人，那么，她作为东方名妓的全部魅力顿时都会消失。西方人克里斯对她就毫无兴趣。

严歌苓非常尖锐地指出：作为东方人的扶桑，她只能按照自己的方式生活，她不需要被西方人来拯救，我们如果被"拯救"成与西方人一模一样，那么东方的原本意义也就不存在了。所以，作家还是让扶桑穿上红衣衫，走出拯救会，回到了藏污纳垢的唐人街。

好，讲到这里，我们就进入了一个陷阱。

有的读者就会责问：照你这么解读，那么扶桑就永远是一个西方人眼中的妓女，一个耻辱的象征。难道中国人不能改变自己的命运吗？

这是一个很尖锐的问题。严歌苓所创造的扶桑包含了许多新鲜、尖锐的元素，提供了新的思考东西方文化关系的空间，这是一个新的空间。

扶桑的形象，看上去是西方人眼中的东方社会畸形文化元素所构成，但是它真正内含的文化精神，却是东方文化坚忍不拔、以柔克刚、包容万象的生命大气象。就像沙滩与海潮的运动关系。关于后者，在"五四"以来的启蒙文化的视野里是被遮蔽的，而严歌苓看到了这一点。

小说里有一个片段，写克里斯从英国留学回来，十七岁的他，在远洋轮上思念着扶桑：

> 在那艘远洋轮上，十七岁的克里斯突然懂了那一切。他看着阴暗早晨的海，几乎叹出声来：多么好的女人，诚心诚意得像脚下的一抔土，任你踏，任你在上面打滚，任你耕耘它，犁翻它，在它上面播种收获。（她的）好，在于她的低贱；任何自视高贵的女人身上的女性都干涸了。带着干涸死去的女性，她们对男人有的就剩下了伎俩；所有的诱惑都是人为的，非自然的。从这个时候起，女人便是陷阱，女人成了最功利的东西。克里斯在自己的社会中看到足够的女性早已干涸的女人。这个海洋上的清晨他想，扶桑是个真正的、最原本的女性。那土地般的真诚的女性。

在这里，严歌苓通过克里斯的思想活动赞美扶桑，提出了一个新的美学概念：土地般的女性。这是一个从"大地—母亲"的传统概念中升华出来的新的典型概念。

虽然小说里也曾经写到，克里斯与扶桑的关系，隐含了一种对母亲的依恋；但扶桑其实是一个妓女，她的生命活力更多的还是体现在男欢女爱的层面上，就男人而言，她是一个纯粹的"女人—女性"的意象。母亲的意象隐含了生育、繁殖、传宗接代的，而扶桑更多的是给男性提供女性自身的生命魅力。她既是一个被侮辱与损害的对象，又是一个充满活力的生命体。这样一种辩证关系，用象征手法来表述，那就是"土地般的女性"。

扶桑要证明的，不是弱者需要同情；也不是受侮辱者也要有尊严。扶桑要证明的是，弱者自有其力量所在。这种力量犹如大地的沉默和藏污纳垢，犹如我们面对一片苍苍茫茫的沼泽地，污泥浊水泛滥其上，群兽便溺滋润其中，枯枝败叶腐烂其下，春花秋草层层积压，腐烂了又新生，生长了再腐烂，昏昏默默，生生不息。扶桑就恰如大地。任人践踏，任物埋藏，它是真正的包藏万物，有容乃大。藏污纳垢都融汇在土地里，转化为大地的生命力量，孕育万物。如果我们仅仅把扶桑看作一个具体的妓女来理解，那是缩小了她的艺术内涵，扶桑是一种文化，一种以弱势求生存的文化。

扶桑也是几千年封建专制制度下的中国农民文化的象征。在统治者无休止的残酷剥削压迫和杀戮下，中国的农民阶级承受着难以想象的苦难，但他们依然顽强生存下来，依然生生不息，传宗接代，用他们卑微的生命支撑起整个中华民族几千年的历史发展，创造了世界一流的文化。

他们靠的是什么？是所谓的觉悟吗？是所谓的斗争吗？是所谓

的尊严和自由吗？都不是的，靠的就是他们低贱而顽强的生命力、他们牛马不如的劳动、他们饥寒交迫的挣扎。他们无言，就像大地的沉默，就像扶桑。扶桑在整部小说里没有说过几句话，面对所有的迫害、耻辱和受难，她都是痴痴地一笑。这一笑，宣告了她的生命在结结实实地灿烂怒放。

扶桑像土地一般的卑贱，又像土地一般的丰饶。这是严歌苓对中国现代文学史的独特贡献。在"五四"新文学创作中，只有一个现代作家，尝试着写过这一类沉默、坚忍的受难女性形象，他是许地山。严歌苓继承了许地山的传统，除了扶桑以外，她还创造出少女小渔、寡妇葡萄、小姨多鹤、护士万红、冯婉喻等一系列的女性形象，不断丰富和拓展扶桑这个艺术形象的内涵，成为一种艺术的典型。

一个人与一座城
王小平讲王安忆《长恨歌》

《长恨歌》这部小说曾经获得第五届茅盾文学奖,被看作是当代海派文学的重要代表作品,还被改编成电影、电视剧、话剧,风靡一时。这部小说主要讲述了"上海小姐"王琦瑶跌宕起伏的一生,在中国现当代文学史上,很难找到像王琦瑶这样的艺术形象。

为什么?因为王琦瑶不是一个特殊的、具体的、有个性的人,而是代表了上海市民文化中的某一类人,代表了一个"类"。

王安忆在小说一开始是这样介绍王琦瑶的:

> 王琦瑶是典型的上海弄堂的女儿。每天早上,后弄的门一响,提着花书包出来的,就是王琦瑶;下午,跟着隔壁留声机哼唱《四季歌》的,就是王琦瑶;结伴到电影院看费雯丽主演的《乱世佳人》,是一群王琦瑶;到照相馆去拍小照的,则是两个特别要好的王琦瑶。每间偏厢房或者

亭子间里，几乎都坐着一个王琦瑶。

在这段描写里，作家给我们介绍了一个"复数"的王琦瑶：她可以是一个人，也可以是两个人，也可以是一群人，甚至可以在每个偏厢房或者亭子间里都坐着一个王琦瑶。也就是说，王安忆笔下的王琦瑶，是20世纪三四十年代上海市区石库门里走出来的女中学生的一种"共名"，王琦瑶是她们共同的名字。

如果说，1946年的王琦瑶是十六岁的话，那么，1966年的王琦瑶就是三十六岁，1986年的王琦瑶是五十六岁。小说就是通过这样三个时间节点，描写了王琦瑶这个上海凡俗女人的一生，并且从这个人物的故事来影射上海这座城市的一段文化历史。所以，更抽象一点说，王琦瑶这个形象就是上海这座城市前世今生的一个文化象征，王琦瑶的命运与上海这座城市存在着同构关系。

2

下面我们就从三个时间节点来分析，王琦瑶是一个怎样的女人，代表了什么样的文化，与我们今天认知中的上海以及海派文化有什么联系？

我们先来看小说描写的第一个时间节点：1946年。

这一年，王琦瑶十六岁，是个普普通通的女中学生。表面清纯、朴素的衣着、还有看上去小家碧玉似的乖巧玲珑，却紧紧包裹着她身体内部不断胀大的青春欲望。王琦瑶参加"上海小姐"选美比赛，获得第三名，成为"三小姐"。

王安忆这样写道："大小姐和二小姐是应酬场面的，……而三小姐则是日常的图景，是我们眼熟心熟的画面，她们的旗袍料看上去都是暖心的。三小姐其实最体现民意。"很明显，王琦瑶象征的不是那个风情万种、妖娆动人的远东第一大都市的上海，而是旧上海的普通市民社会，她是在市民文化熏染下成长起来的、有着浓郁家常生活气息的小家碧玉。

王琦瑶凭借着本能去经营自己的生活，追求安稳，又有一点虚荣、一点浮躁，在权力和金钱面前，心甘情愿地顺从、迎合，而这种顺从和迎合也得到了周围邻居的认可甚至羡慕。这里就体现出市民文化的一种世故，一种对主宰着现代都市的金钱、权力的体认与渴望。于是，当王琦瑶一旦被党国要员李主任看中，她也就顺理成章地做了李主任的外室。繁花般的命运转机与堕落的生活现实是同时到达的，这就是上海这座城市的现代性文化特征——繁华与糜烂同体而生，迅速而亡。这是半殖民地旧上海的写照，也是王琦瑶的命。

但是，真的就像是奥地利作家茨威格说的，"所有命运馈赠的礼物，早已暗中标好了价格。"那时候的王琦瑶，还并不知道日后将要付出的代价。她最风光的青春时期，其实已经是旧上海的末路了，舞台马上就要落幕，但戏中人是不自知的。这一天当然还是来到了。

1948年，上海风云变色，李主任也因飞机失事而死去，结束了王琦瑶所有的梦想。这就是第一部里的故事，老上海市民文化孕育了王琦瑶这样一位"三小姐"，让她的欲望落在了实处，有了短暂的昙花一现的时刻，然而，时代在大的变动之中，普通人常常看不清命运去向。这是没有办法的。风雨飘摇中的老上海，繁华、糜烂，充满了梦幻，终于也走到了尽头。

3

我们再来看小说描写的第二个时间节点：1966年。

这里所说的1966年，只是一个模糊的时间概念，具体地说，应该是指20世纪50年代末到"文革"初期。这个时候的上海，正在经历一系列社会主义改造的政治运动，然而也就是在这样一个时刻，老上海藏污纳垢的民间文化，发挥了极大作用。

小说的第二部分写得最精彩，王琦瑶隐居在上海的弄堂里，与同样居住在弄堂里的几个邻居，组合成一个半隐秘的民间小世界。他们一个是资本家的太太严师母、一个是社会青年康明逊、另外一个是有着苏联血统的高干子弟萨沙，这几个失意之人，彼此不问来路，小心翼翼地经营着一方天地。他们一起吃下午茶，做夜宵，打麻将，谈天说地，半真半假，挤在一起互相取暖，久而久之，彼此之间也有了一点真心。

老上海的市民文化里有一种保守性，他们不管外面天翻地覆，只要关起自己的房门，屋里厢又是一番小乐惠。他们不盲动，不狂热，善于精打细算。政治风暴来了，就躲进小楼成一统，不管冬夏与春秋；等到政治风暴过去了，检点一下，别人都遍体鳞伤，他们受到的伤害则是最少的。

小说里这一部分描写得很细致，体现出了老上海市民文化的精髓，虽然格局很小，却很安全。但后来，王琦瑶与社会青年康明逊相爱了，对的人，却在一个不对的时间相遇，所以他们不可能像张爱玲《倾城之恋》中的白流苏和范柳原那样，凭借着乱世中的一点点相知相惜而结合。在他们身旁，有无数双眼睛在监视、审判，这个时代容不下他们小小的爱。但不管怎样，这里面是有着真心在的，王琦瑶生下了一个私生女儿，这也是空虚中的一点点实在的东西。

这一部分，作家写出了都市民间文化中极为坚韧的一面，有着蓬勃旺盛的生命力，能够在一定程度上与时代动荡相抗衡。上海，也就在相对稳定的民间文化的遮蔽下，度过了最艰难的岁月。

◆ 4 ◆

再接下来，我们看小说描写的第三个时间节点：1986年。转眼间，王琦瑶的命运又发生了戏剧性的变化，这时，她已经是一个五十出头的女人了。

20世纪的80年代，开始改革开放，上海慢慢复苏。时来运转，老上海的市民文化又回到了人们的记忆中。于是，王琦瑶开始受到她女儿辈的、一批崇尚怀旧的年轻人的追捧。作家写道："王琦瑶是上个时代的一件遗物。"其中一个叫作"老克腊"的男人迷恋旧上海的文化，在他眼里，王琦瑶代表了他梦寐以求的老上海风情：一个选美选出来的三小姐，徐娘半老风韵犹存，谙熟旧殖民地上海的生活细节，而且传说她的前夫李主任是国民党高官，还留给她一箱黄金，色欲、物欲，还有背后是权欲，都集中在这个女人的传说之中，太迷人了。老克腊不由自主地爱上了王琦瑶，两年发展出一段忘年恋。

这对王琦瑶来说，是一场在秋天里做的春梦。老克腊对王琦瑶的迷恋其实只是他自己的一种幻想。小说里写他是在制造"新的梦魇"。王琦瑶在石库门里培养出来的小情调，在一个生活节奏很快、唯新时尚的时代风气中是不堪一击的，她力不从心了。小说有这样一段描写，有一天老克腊去找王琦瑶，这时候他心里其实已经放下了，他感觉到外面春光明媚，心情非常轻松，但一进王琦瑶家里，

感觉就变了:

> 房间里拉着窗帘,近中午的阳光还是透了进来,是模模糊糊的光,掺着香烟的氤氲。床上还铺着被子,王琦瑶穿了睡衣,起来开门又坐回到床上。他说:生病了吗?没有回答。他走近去,想安慰她,却看见她枕头上染发水的污迹,情绪更低落了。房间里有一股隔宿的腐气,也是叫人意气消沉。

王安忆的笔触很残忍,但非常真实。不同年代、不同人群的成长背景、文化记忆,可能会有交错、重叠、但终究是要以自身为起点的。所以小说对于上海的"怀旧热",其实是有保留的。因为那"旧",并不是全然美好的,就好像王琦瑶有她的优雅情调,但也有衰败。老上海的市民文化也是一样,既有时尚摩登的繁华,也有它的腐朽糜烂。怀旧是一种幻觉,经不起仔细打量。过去的梦,在日新月异的今天没办法延续。在这里,王琦瑶再次成为旧上海的一个隐喻,而新的上海,是她凭借着过去的经验所无法把握的。

老克腊回到了属于他自己的、虽然没有那么精致但却充满了活力的时代;而王琦瑶,她执意不肯老去,她想要以家藏的金条换取老克腊的心,让他留在自己身边。结果被吸引的不是老克腊,而是更加粗鄙化的怀旧者"长脚",王琦瑶无法容忍入室抢劫的"长脚",结果导致了杀身之祸。市民文化的欲望与执着,成就了她的美和智慧,而这欲望与执着,又反过来让美凋零,让智慧变得愚蠢。这就是老上海的市民文化在现代生活节奏下的轰然毁灭。

小说向我们展示了上海这座城市中的一段情与爱。在白居易的

《长恨歌》里，诗人把唐明皇和杨贵妃的爱情写得很美，生前自不必说，杨贵妃死后，依然是"蜀江水碧蜀山青，圣主朝朝暮暮情"。这种爱情无比动人，不思量，自难忘，但是抵不过历史变局。

而在小说《长恨歌》里，王琦瑶所经历的也是一种类似的场景，虽然不是李杨那样深刻的爱恋，却也是一个年轻的女孩子，押上了自己的所有，去赌一个看起来美丽、可靠的前程，但是命运自有其翻云覆雨的手。所以都名为"长恨"，其中是有相通之处的。只是，王琦瑶的痛，包含的，是上海这座城市的痛。

第五单元 爱情与婚姻

东方女人的这种极其柔性的、母性的、妻性的性质在很年轻的一个女人身上,像扶桑这样的一个二十岁的女人身上,就能够吸引这些年轻的男孩子。东方女人身上的这几种性质是西方女人好像不具备的,或者就是说没有那么强烈的体现。

克里斯和扶桑的爱情中永远也不可能是平等的,不可能是他和他自己民族的那种女性会产生出的这样一种爱。所以这就是两个民族当中,如果不能产生正确的对彼此心灵的阅读,就是永远失去了他们结合的可能性。

——严歌苓

和心爱者说分手
郜元宝讲鲁迅《伤逝》

///

鲁迅的短篇小说《伤逝》，写一对"新青年"涓生和子君，他们自由恋爱，挣脱家庭束缚，也顶着社会的歧视与逼迫，勇敢地同居在一起。但不久，因为失去了"爱情"，不得不痛苦地分手。结局是女方（即子君）死亡，男方（即涓生）陷入深深的"悔恨和悲哀"。

这是鲁迅唯一描写青年恋爱婚姻的小说，创作于1925年，至今已有九十多年。九十多年来，关于《伤逝》的创作动机、艺术手法、主题命意，特别是子君和涓生的评价问题，意见分歧一直很大，《伤逝》也因此成了鲁迅所有小说中最难解说的一篇。

这里原因当然很多，但主要还是跟《伤逝》的写法有关。茅盾说鲁迅小说几乎一篇一个式样，但相对而言，《伤逝》的写法恐怕更为别致。它的副标题叫"涓生的手记"，通篇都是涓生在说，都是涓生的一面之词，几乎不给子君开口的机会。子君有限的一两句话，也都是通过涓生转述的。读者因此完全被涓生的话语裹挟着，很难跳开涓生的控制，获得观察问题的客观立场。许多人问：如果让子君开口说话，或者干脆改成"子君的手记"，又会怎样呢？当然会大不一样，但那就不是我们看到的《伤逝》，而是另一部小说了。

就《伤逝》论《伤逝》，作者让男主人公涓生"一言堂"，这种写法是大有深意的。

首先"五四"提倡男女平等，但在"新文化"运动初期，话语权主要还在男性手里，因此鲁迅这样写，本身就反映了当时真实的文化环境。同时可能还有一句潜台词：看看，这可不是我这个中老年人写的，而都是你们青年人自己说的哦。

其次，俗话说"言多必失"，鲁迅让涓生滔滔不绝，也是要鼓励读者透过涓生自以为是的"一言堂"，发现某些和涓生的话并不一致的事实，也就是透过涓生讲述的缝隙，发现他自己无法防范的某些破绽。

总之我们读《伤逝》，首先要抓住《伤逝》写法上的特殊性，看看主人公涓生的"一言堂"都有哪些值得注意的破绽。做到这一点，就能更深入更客观地理解子君和涓生，以及鲁迅的真实意图。

2

首先要问，既然话都让涓生给说尽了，那么涓生对子君的认识与评价符合实际吗？

小说写道——其实是涓生用回忆的口吻说道——每当涓生高谈阔论时，"她（子君）总是微笑点头，两眼里弥漫着稚气的好奇的光泽"。当涓生把墙上挂着的一张英国诗人雪莱漂亮的半身像指给子君看时，"她却只草草一看，便低了头，似乎不好意思了。这些地方，子君就大概还未脱尽旧思想的束缚"。这就是涓生的典型的一言堂。他凭什么说子君"幼稚"，"还未脱尽旧思想的束缚"呢？

实际上涓生后面还有更难听的话。比如他认为子君跟不上他的思想。不仅跟不上，还"只是浅薄起来"。

这就有矛盾了。当子君宣布"我是我自己的，他们谁也没有干涉我的权利！"的时候，涓生不是说过，子君的思想"比我还透彻，坚强得多"吗？为什么子君一会儿"透彻"和"坚强"，一会儿又充满"稚气"，"还未脱尽旧思想的束缚"，甚至"浅薄"呢？

鲁迅就是这样任凭人物（涓生）充分表现自己，以此来暴露他思想上的矛盾与破绽。他这样写，目的是提醒读者，涓生的话不能全信，涓生对子君的认识和评价不全面、不稳定，也不完全符合实际。

那么一开始，子君对涓生又了解多少呢？我们当然不能问子君，而只能求助于涓生的讲述。涓生说他自己一开始就对子君"说尽了我的意见，我的身世，我的缺点，很少隐瞒"。但自始至终，我们并没有看到涓生哪怕一句提到过他有什么具体的"缺点"，可见这也是他自以为是的"一言堂"。

总之，从涓生充满矛盾和破绽的讲述中，我们发现一开始，双方对彼此都缺乏了解，却自以为了解了对方，也被对方所了解。他们带着这种类似幻觉的所谓相互的"了解"（其实是"误解"）贸然结合，当然就埋伏了重重的危机。

— 3 —

现在我们就来看看，涓生和子君一开始就危机四伏的关系，怎样一步步走向破裂。

作为爱情小说，《伤逝》没有刻意渲染青年男女热烈的恋爱经过，也并没有刻意展示男女双方在对方眼里的异性的美。这可能会令一些读者失望，这样干巴巴的故事，也算是"爱情小说"吗？

唯一写到情爱场面的，只有涓生从电影上学来的求爱动作，"含泪握着她的手，一条腿跪了下去"，以及子君很快就令涓生感到害怕的"温习旧课"：为了巩固日渐淡薄的爱情，子君经常要求涓生重复他当初求爱的那一幕。

短暂的蜜月，他们还来不及学习如何去爱，就急速奔向爱的顶峰。小说这样写道："不过三星期"，涓生就"清醒地读遍了她的身体，她的灵魂"。于是涓生"觉醒"了，他认为"爱情必须时时更新，生长，创造"。

这当然没错。但问题是我们并没有看到涓生为了"时时更新，生长，创造"爱情，具体做了些什么。相反，我们只看到涓生自从有了这个"觉醒"，就开始对子君横挑鼻子竖挑眼。

他先是发现，子君从房东官太太那里"传染了"爱动物的脾气。子君喂养的四只小鸡和一只名叫"阿随"的哈巴狗，涓生深恶而痛绝之。子君为这些小动物和官太太斗气，涓生更是觉得不能原谅。

其次，涓生发现同居之后，子君主要是操劳家务，做饭，"连谈天的工夫都没有，何况读书和散步"。涓生说得振振有词，但他除了一些空洞的"忠告"，比如叫子君"不必操劳"之外，他并无任何实际的建议和帮助，而子君的"操劳"，又都是居家过日子无法省略的。

第三，就是雪上加霜，涓生被"局"里辞退了。以往的研究将这个细节放大，作为子君和涓生爱情悲剧的主要原因，也以此来印证1923年鲁迅著名的演讲《娜拉走后怎样》对"经济权"再三再四的强调。但小说《伤逝》更加关注的并非经济上的窘迫，而是涓生应对窘境的能力和态度。

一开始，涓生信心满满，并不觉得这是一个"打击"，马上就计划"干新的"，即翻译和写稿。但尚未着手之前，他就敏感察觉到子君的"怯懦"。其实子君并没说什么，只不过对失业的涓生自然而然表示关心，涓生却认定他看到了子君的"怯懦"，又因子君的"怯懦"，他才发现"仿佛近来自己也较为怯懦了"。其实很清楚，"怯懦"的正是涓生本人，他却反过来怪罪子君，说子君的怯懦影响到自己，让他跟着仿佛也有点怯懦起来。

好了，我们不必再举更多的细节，基本上可以说，涓生有问题。在他"一言堂"的讲述中，凡是好的、对的，都在他这边；凡是坏的、错的，都一把推给子君。涓生基本上可说是一个心智并未成熟却又自以为是的青年。这是子君的不幸。套用一句成语，子君也是"遇人不淑"吧。

―――◇ 4 ◇―――

下面的故事推进就很快了。涓生先是下意识地要摆脱子君，回到同居之前一个人住的那间"会馆里的破屋"，并且想"我一个人是容易生活的——现在忍受着这生活压迫的痛苦，大半倒是为了她"。子君只是妨碍他"奋然前行"的累赘了。

他接着采取的行动，就是越来越冷淡子君，比如大冬天跑去"通俗图书馆"，在那里耗上一整天，把子君一个人留在冰冷的家里。涓生啥也没说，却已经等于抛弃了子君。

但无论涓生如何冷淡子君，也无论子君多么痛苦，她还是一如既往，守着当初两人营造起来的小小世界。这在涓生看来就是执迷不悟，于是他拿出撒手锏，直接告诉子君，"我已经不爱你了！"

家人的拦阻，邻里的欺侮、贫穷、寂寞，甚至涓生有意的冷淡，都没有让子君绝望。只有这句话彻底击垮了她，让她知趣地离开。因为一直以来，"爱"是他们住在一起的唯一理由。这个理由既然被涓生亲自拿掉，子君也就只能选择离开。

5

鲁迅写《伤逝》，目的就是讽刺和否定男主人公涓生吗？

也不是。我们看，理性上，涓生懂得"爱情必须时时更新，生长，创造"，懂得"人必生活着，爱才有所附丽"，但这两条颠扑不破的真理并未驱使他与子君携手同行，而是成了指责子君、抛弃子君的借口，好像他们的爱情之所以不能"时时更新，生长，创造"，之所以失去了生活的"附丽"，责任只在子君，跟他毫无关系。

唯其如此，涓生才认为，"新的希望就只在我们的分离；她应该决然舍去"。并把这一"发现"当作天大的真相，无论如何也要告诉子君，否则就是说谎和欺骗。

涓生为自己的逃跑编制了一个近乎完美的逻辑，但一步步暴露的却是他的自以为是。所谓"怯懦"，"稚气"，"浅薄"和"旧思想的束缚"，涓生对子君的这些批评，都可以用在他自己身上。

鲁迅这样写，并非要在道德上谴责涓生，而是想告诉读者，涓生也值得理解和同情。他固然掌握了一套新的话语，能高谈阔论，滔滔不绝，但毕竟是少不更事，涉世未深，毕竟初恋不懂得爱情，更不懂得生活。子君何尝不也是这样呢？涓生只是过高地估计了自己，又不肯承认这一点而已。

　　总之涓生不是坏人，更非见异思迁、始乱终弃的"当代陈世美"——小说自始至终都并未暗示过涓生有了新欢，这才急着要脱离子君。他只是一个冒充成熟的稚嫩的青年。描写这样的青年，鲁迅心里一定充满着惋惜、同情和善意的提醒。

包办婚姻也能诗意浪漫

李丹梦讲闻一多《红豆》

―――― 〇 / 〇 ――――

闻一多的名字是跟爱国主义联系在一起的。他是新月派（亦称为新格律派）的著名诗人、学者，民主战士。1946年7月15日，在昆明举行的李公朴追悼大会上，闻一多发表了《最后一次演讲》，痛斥国民党暗杀进步人士的卑劣行径。会后遭特务伏击，不幸遇难，年仅四十七岁。闻一多的生命定格在那个拍案而起、横眉冷对的身影上，包括那掷地有声的叱问与自白："这里有没有特务？你站出来！是好汉的站出来！……我们不怕死，我们有牺牲的精神！我们随时像李先生一样，前脚跨出大门，后脚就不准备再跨进大门！"

据说闻一多是文天祥的后裔，这在闻家族谱中得到了证实。虽然并非直系，但也算锦上添花、皆大欢喜的发现了。在闻一多这里，爱国竟然有血统的支持，这简直就像关于爱国英雄的完美神话。爱国、斗士，成为我们切入和理解闻一多的关键词，这并不错，但在人格的基本层面上看，闻一多并非单纯的斗士，而要矛盾复杂些。

他的人生经历也证实了这点。闻一多真正从政的时间很短，从他1944年加入民盟算起，大概只有三四年光景。他总体还是一个书斋内的诗人与学者。而闻一多的特别可爱之处，也恰恰在于他扭转了我们对爱国诗人的刻板印象。

闻一多的爱国，与其说是后天教育引导的结果，不如说是源于生命的冲动与本能需要。简单讲，这是个为爱而生的人。

闻一多曾说："诗人的主要天赋是爱，爱他的祖国，爱他的人民，爱他的家庭。"这里的"天赋"不是名词，而是一个主谓结构的动词，即"老天赋予的"。其中隐含着诗人对自身存在和命运的感知与领悟。换言之他是在说，是命运，是老天让我去爱的，我只能如此。就像春蚕到死丝方尽，蜡炬成灰泪始干一样。闻一多觉得自己就像一座没有爆发的火山，时时能感受到岩浆在地下奔突涌动时那种火烧的灼痛。

沈从文说过一句很有意思的话：爱国也需要生命，唯有生命力充盈的人才能爱国。这话完全可用到闻一多身上。他的爱国饱含着生命的热度，爱国甚至已成为闻一多生命律动的表现，那么真切自然。朱自清称闻一多是"唯一的爱国诗人"，也是从生命存在的层面来讲的，这是极高的评价了。朱自清绝非阿谀之人，他说闻一多写诗虽然看上去理智的控制比情感的释放多些，但他的诗总体不失为"情诗"。这实在是难得的知己之论。

我们把这话还可扩大些，可以说，闻一多的爱国、爱民都是他个人"爱情"的部分。闻一多曾讲过："男女间恋爱的情感是最烈的情感，所以是最高最真的情感。"而由观念、思想推动的情感在级别上要相对低些。对闻一多而言，只有把对国家、民族的感情酝酿、升华为爱情，才是真实、真诚、够味的，也才会出现"最后一次演讲"的从容壮烈、浓墨重彩。这从他的爱情组诗《红豆》就已体现出来，

289

《红豆》中爱的生发运作跟他爱国爱民的道理是一样的。

2

《红豆》一共包含四十二首诗，它们写于1923年，那时闻一多刚到美国留学不久。《红豆》是写给自己的新婚妻子高孝贞的。从红豆的题目与意象来看，这组诗应该与爱情有关。红豆在民间又称相思豆，它赤色如珊瑚，中国古典文学作品里，红豆常被作为男女相思的象征。王维的著名绝句就是一例："红豆生南国，春来发几枝。愿君多采撷，此物最相思。"闻一多的《红豆》组诗，也可连接到这一古今繁衍的"红豆—相思"的中华抒情范式中。这从诗歌的开头就已显现了："红豆似的相思啊！／一粒粒的／坠进生命底磁坛里了……／听他跳激底音声，／这般凄楚！／这般清切！"

闻一多作诗有个特点，他选择的意象、譬喻大多和传统有关，除了红豆外，还有红烛、鲛人、女娲、古瑟，等等。从红豆这样的传统公共意象落笔，切入个人情思的书写，这在闻一多完全是手到擒来、如数家珍的举动，他的诗歌由此带上了浓郁的中国个性，中国"声音"，而他本人亦像传统化育的精灵。在闻一多的作诗、为人中，我们能清晰地感觉到中华文化由传统向现代转变的努力与阵痛。

《红豆》组诗的书写有个特殊的前提，它并非通常的小别胜新婚的夫妻间的相思。俗话说，强扭的瓜不甜，但闻一多在《红豆》中的炽烈思念偏偏建立在强扭的瓜上。闻一多与高孝贞的结合，属于不折不扣的包办婚姻。高孝贞是闻一多的姨表妹，两人在婚前仅见过一面。他们的婚事是在1912年闻一多考上清华留美预备学校的时候决定的，那年闻一多十三岁，高孝贞只有九岁。

闻家原是个较为开明的家庭，但在传宗接代的大事上，还是选择了旧时习俗。1922年，也就是闻一多出国的前一年，父亲担心儿子这一去心野了，再也拴不住，便采取了"逼婚"策略，要求儿子先完婚，后出国。闻一多本不愿如此草率地结婚，但拗不过父母与孝道的观念而最终屈从。突如其来的小家庭让闻一多的情绪一度低落到极点，他在给朋友的信中宣告："情的生活已经完了"，"我将以诗为妻，以画为子，以上帝为父母，以人类为弟兄罢"，"浪漫'性'我诚有的，浪漫'力'却不是我有的"。

新婚五个月后，闻一多赴美留学。让人诧异的是他一路情书不绝，父亲担心儿女情长会耽搁他的学业，将信件悄悄没收了。闻一多得不到妻子的回音，忍无可忍。他在信中写道："你死了么？"这时高孝贞方以实情告之。1923年寒假，他们的第一个孩子就要出世了。闻一多闻讯后，奋战五昼夜作了近五十首诗。这便是我们今天看到的《红豆》组诗。

理解《红豆》并不困难，因为闻一多写得太真了，他几乎要把心掏出来给你看，那是和盘托出的透明与灼热。即使文墨不精的鲁钝之人也由不得不感动，就像《红豆十四》中他对妻子的倾诉那般。

当时的高孝贞识字不多，闻一多写道："我把这些诗寄给你了，／这些字你若不全认识，／那也不要紧，／你可以用手指轻轻摩着他们，／像医生按着病人的脉，／你也许可以试出，／他们紧张地跳着，／同你心跳的节奏一般。"闻一多认为，真正的诗是超文字的，那种全部倚靠文字来传达的诗情，实在太普通、俗气了。而他的诗是直接由自己那颗赤裸裸的爱心凝结成的，只要心与心相通，就能领悟诗意。这时候，不识字又有什么要紧的呢？

对妻子和婚姻的态度，闻一多为何会发生一百八十度的转弯？

有人说这是因为他在美国的孤独、文化隔阂所致，也有人说是孩子的激发，既然生米已做成了熟饭……这些经验的推测都不无道理，但更为本质的原因是在闻一多爱情的生发机制上。闻一多说他是没有爆发的火山，那么他胸中奔涌的爱的能量究竟该投注在哪个目标，哪个人身上，就是一个必须解决的问题。

说得更直截了当点，爱的对象到底如何选择？这是闻一多个人的首要与根本问题。像闻一多这样的火山型人格弄不好很容易成为讨人嫌的滥情狂，或者变作极具破坏力的危险人物、极端分子，因为爱的背后、与爱连带而来的就是恨，是强烈的排他性。如今世界很不太平，有相当多的恐怖分子都是怀着爱的名义，被爱怂恿着，去实施暗杀、爆炸类的极端行动。但闻一多没有，朋友们普遍反映，这是个天真、热烈的人，可闻一多决计没有杀伤力，更不会背后耍阴招使绊子。虽然在很多事情上他都显得马虎随意，但大是大非上闻一多向来拿捏得很准。

以爱情为例，好友梁实秋曾这样形容闻一多：在男女关系上，一多的表现既热情似火，又战战兢兢。可见这是个相当自律的人，绝非到处留情的花花公子。就闻一多而言，爱的前提，是对象选择的正当性，它不能违背和超越伦理的规范。这是一个纯真浪漫的诗人与传统君子浑然融合的现代人形象，当认定对象的正当性后，哪怕最初它跟自己的喜好不符，哪怕它一度让自己觉得痛苦难熬，爱的岩浆也最终会喷薄而出。

3

我们可以把闻一多的婚恋与他的诗歌追求对照参看，二者存在极大的共通性、互文性。西方人倾向于把作文与做人区分开来，作文要么是出于知识的积累与趣味，要么是为了实践作家的白日梦，一种纯粹虚构的快乐。而中国人则倾向于把做人与作文统一起来，只有这样，才觉得心安，感觉真诚靠谱、表里如一。闻一多尤其如此。

前面说过，闻一多是新格律诗派的代表人物。新格律诗，顾名思义就是要在白话诗的书写中重新引入格律，包括节奏、诗形的规范，等等。中国曾是律诗大国，闻一多对新格律诗的构想和倡导中带有鲜明的传统和古典趣味。格律对他来说，绝非单纯的形式技巧、审美追求，它跟闻一多现实生活中伦理化人性自律和理想是密切联系、互为因果的。诗歌对格律的遵循，正如人对伦理的恪守，二者彼此呼应。

在闻一多笔下，你看不到那种放肆露骨的书写抒情，在《红豆三十八》里，即使写蜜月中妻子，最"香艳"的笔触也不过是"你午睡醒来，／脸上印着红凹的簟纹（簟纹是指席子的印迹），／怕是链子锁着的，／梦魂儿罢？"这是乐而不淫，是含蓄克己的君子做派与诗风，是虽然疼痛却不乏充实崇高的生存与快感方式。闻一多曾把新格律诗的书写比喻为戴着镣铐起舞，越是有魄力的作家，越是要戴着脚镣起舞才跳得痛快，跳得好。只有不会跳舞的人才怪脚镣碍事，只有不会作诗的人才感觉格律的束缚。真正的诗人，格律是他表现的利器。只有接受格律的塑造与锻打，诗情的爆发才具有不可遏制的力度和真诚的感染性。

由此反观闻一多对高孝贞的态度，那俨然是首荡气回肠的人生格律诗。正是在包办婚姻的严苛的"格律"中，闻一多谱写了他真挚的爱情与恒久的相思："爱人啊！／将我作经线，／你作纬线，／命运织就了我们的婚姻之锦；／但是一帧回文锦哦！／横看是相思，／

直看是相思，/顺看是相思，/倒看是相思，/斜看正看都是相思，/怎么看也看不出团栾二字。""有两样东西，/我总想撇开，/却又总舍不得：/我的生命，/同为了爱人儿的相思。"闻一多把"相思"同生命相提并论，自是为突出这种情感在内心深处的珍贵地位，这多少有些宿命的意味。他在说，人的生命是与生俱来的，相思也如此么？莫非从我降生的那一刻，就注定这辈子我都要恋着你？虽然你并非完美的女子，虽然中国已非昔日那个强大的中华，但除了你们，叫我还能思念谁？爱你，也是勇敢接受我的命运。

联想到闻一多的《最后一次演讲》，当枪声响起的那一刻，闻一多完成了他人生最后一首格律诗。在人人畏惧的痛楚的死亡格律中，闻一多迸发出了无与伦比的爱国"情诗"。从妻子的角度看，可能会有点怪闻一多，怎么这么急呢？为什么不再考虑考虑？为什么明知凶多吉少还要去演讲？太多的应当，太多的理由，太多的"诗"！凭青翼，问消息。花谢春归，几时来得。忆、忆、忆。

回到《红豆》集，我们对《红豆》组诗的喜爱，跟闻一多的人格魅力分不开。《红豆》让我们走近了闻一多，有时候真分不清究竟是《红豆》的诗感染了我们，还是闻一多的人让我们心动。透过《红豆》，一个光风霁月、深情缱绻的闻一多，跃然纸上：

> 我们是鞭丝抽拢的伙伴，/我们是鞭丝抽散的离侣，/万能的鞭丝啊！/叫我们赞颂吗？/还是诅咒呢？
>
> 他们削破了我的皮肉，/冒着险将伊的枝儿/强蛮地插在我的茎上。/如今我虽带着瘿肿的疤痕，/却开出从来没开过的花儿了。

诗中并未回避包办婚姻的尴尬,"鞭丝抽拢的伙伴"与强行嫁接的性爱花儿,便是这难堪、困惑的提示,也唯其如此,方显出相思眷顾、彼此体认的可贵。作者甚至连彼此间因教育程度不同而可能造成的隔阂亦坦白道出:"哦,脑子啊!/刻着虫书鸟篆的/一块妖魔的石头,/是我佩刀底砺石,/也是我爱河里的礁石,/爱人儿啊!/这又是我俩之间的界石!"这既是自省,也是对爱人的忏悔。《红豆》里没有惯常的抱怨与自怜,它应该可以看作是闻一多对夫妻情感的精心培养与呵护吧。

可补充的是,早在蜜月期间,就在连红喜字还未拆掉的新房里,闻一多完成了他青年时代极富才情的一篇诗论《律诗底研究》。这虽然在一定程度上冷落了新娘,但恐怕也是闻一多力图接受高孝贞的自我调节与暗示。一面是让人憋屈的包办婚姻,一面是对诗歌格律的营造。也许从那时起,闻一多已在有意无意地构想和实践他与高孝贞之间的格律化爱情了。就此而言,他在美国时对妻子的相思并不突兀。

闻一多与高孝贞后来感情甚好,他们属于先结婚后恋爱的美好典范。婚后,闻一多提出了许多"诗化吾家庭"的主张,高孝贞则夫唱妇随。20世纪40年代闻一多在西南联大任教时,由于物价飞涨,他决心戒烟,高孝贞坚决不答应。她说:"你又没什么别的嗜好,就是喝口茶,抽根烟。平时已经这么辛苦了,为什么还要克扣自己。再困难也要把你的烟钱、茶钱省下来。"闻一多过去抽的是烟叶卷成的旱烟,因烟性太烈,抽起来呛嗓子、咳嗽。高孝贞看着心疼,便从集市上购买了一些嫩烟叶,喷上酒和糖水,切成烟丝,再滴几滴香油,耐心地在温火中略加干炒,制成一种色美味香的烟丝。闻一多很满意,常常自豪地向朋友介绍:"这是内人亲手为我炮制的,味道不错啊！"

这类相濡以沫的事情还有很多，篇幅关系不能展开讲了。最后，想跟大家分享的是闻一多1937年写给妻子的一封信，当时"七七事变"刚爆发不久，身在北平的闻一多挂念到武昌省亲的妻子，故有此信。他写道：

> 这时他们都出去了，我一个人在屋里，静极了，静极了，我在想你，我亲爱的妻。我不晓得我是这样无用的人，你一去了，我就如同落了魄一样。我什么也不能。前回我骂一个学生为恋爱问题读书不努力，今天才知道我自己也一样。这几天忧国忧家，然而心里最不快的，是你不在我身边。亲爱的，我不怕死，只要我俩死在一起。我亲爱的妹妹，你在哪里？你一哥在想你，想得要死！

对此信，梁实秋这样评说："显然这已不像是一位诗人写的信了，它是一个平凡男子写给他平凡妻子的信，很平庸很真挚。"在我看来这亦可视为另一版本的《红豆》，虽然不及《红豆》华彩靓丽，但相思依旧。那是经历了无数的诗、无数华彩之后方才挣得的"简单"与"平凡"，最初的包办"格律"已全然被内化、忘却了。回首当初的结合，蓦地升起一种传奇之感。谁能想到，我的真命天子竟然以如此戏剧、让人纠结的方式露面了。就像《红豆》三十六中描写的那样：在掀起新娘红盖帕的一刹那，"我"在伊耳边问道，"认得我吗？"

婚姻为何是围城
郜元宝讲钱锺书《围城》

◆ 1 ◆

　　钱锺书、杨绛夫妇是大学问家，也是大作家。百岁老人杨绛在外国文学研究与翻译方面成就卓著，比如许多人都是通过她的权威译本欣赏到西班牙作家塞万提斯的名著《堂吉诃德》。杨绛20世纪40年代的剧本轰动上海滩，五六十年代中断创作，20世纪70年代末又拿起笔来，创作了长篇《洗澡》和随笔《干校六记》《将饮茶》。这三本书十分精彩，文学史上都要载上一笔。

　　钱锺书的学术巨著《谈艺录》《管锥编》享誉全球，不管称他为"文化昆仑"是否恰当，钱先生具有中国学者罕见的世界级影响，还是确凿无疑的。他的创作集中于20世纪40年代，短篇小说集《人·兽·鬼》和随笔集《写在人生边上》融汇中西，贯穿古今，而长篇小说《围城》尤其显示了他在文学创作上过人的才华。

　　《围城》故事的背景，有一半是"孤岛"前后的上海。这里简单说说"孤岛"。1937年全面抗战爆发后不久，日军便占领上海。

当时日本还没有向英、法、美等国宣战，因此一片战火中，英法美在上海的租界得以维持，加上逃难过来的中国有钱人家越聚越多，上海租界这个弹丸之地居然益发显出一种畸形的繁华，恰似汪洋中的一座"孤岛"。1942年太平洋战争爆发，日军占领租界，"孤岛"沦陷。

《围城》创作于钱锺书夫妇蛰居上海时期，具体时间是1945年至1946年。所以钱锺书说他写《围城》的基本心态是"忧乱伤生"，即担忧战乱中的国家，悲叹战时人民的生活。但《围城》虽然不时提醒读者，故事发生在战争期间，实际上却并未正面描写抗战，只有几处侧面提到。小说基本上是绕开战争，描写战争期间各色人等，主要内容则是留学归国的方鸿渐一连串的"爱情"经历，直至最后的结婚。

既然钱锺书这么重视方鸿渐的恋爱与结婚，读《围城》，我们就不得不以此为重点。

当然这里也有一个很方便的切入口，就是《围城》第三章方鸿渐的老同学苏文纨小姐提到的那个法国的比喻，说婚姻犹如被围困的城堡，城外人想冲进去，城里人想逃出来。这个比喻无非是说，没结过婚的人对婚姻充满幻想，想结婚，结了婚又失望，觉得还不如不结婚，或者干脆要离婚。

问题是，这跟钱锺书创作《围城》时"忧乱伤生"的心态有什么关系？钱锺书把这部小说命名为《围城》，究竟有怎样的寓意？

回答这个问题，就不能单单抓住这个法国的比喻，而必须具体分析方鸿渐恋爱与结婚的细节与过程，看看他是怎样将婚姻变成一座婚前想冲进去、婚后又想逃出来的"围城"。至于这跟作者"忧乱伤生"的心态有何关系，我们留到最后再讲。

2

方鸿渐的恋爱史有一个逐渐发展、变化的过程。

据方鸿渐的同学苏小姐介绍，大学时代的方鸿渐很害羞，老远看见女生就脸红，愈走近脸愈红，"脸色忽升忽降，表示出他跟女生距离的远近"，所以绰号"寒暑表"。也许正是这个缘故，而且一直读书，经济不独立，又有老派父亲方遯翁的严加管束，方鸿渐打光棍到二十七岁，中间一次恋爱都没谈过。

但就是这么一只"寒暑表"，从欧洲"学成归国"之后，突然放开手脚，一年之内马不停蹄谈了四次恋爱。当方鸿渐在苏小姐和唐小姐之间忙得不亦乐乎的时候，他那挂名的岳母周太太还为她夭折的女儿吃醋，说"瞧不出你这样一个人，倒是小娘们你抢我夺的一块好肥肉"。这大概因为方鸿渐年岁渐长，不急不行，而且经济勉强独立，方遯翁的管束也大不如从前。但此外还有一个原因，就是小说第七章三闾大学那位汪太太所说："你们新回国的单身留学生，像新出炉的烧饼，有小姐的人家抢都抢不匀呢。"汪太太所言不虚，一定程度上反映了方鸿渐的某种优势：他是那个年代的"海归"，颇受未婚女性欢迎。

其实到了20世纪三四十年代，"海归"优势也今非昔比。方鸿渐两个弟媳妇就认为，他留学并没什么好处，还不如没留学的两个弟弟挣钱多。方鸿渐在恋爱上突然活跃，更主要的还是主观思想上的因素，比如上述年纪大了着急、经济勉强独立这两点，但苏小姐的批评还揭示了更值得注意的一点，"想不到外国去了一趟，学得这样厚皮老脸，也许混在鲍小姐那一类女朋友里训练出来的"。对此方鸿渐矢口否认也没用。不说别的，至少在回国轮船上，他跟鲍小姐那种露水夫妻的关系，也只有同样留学欧洲的苏小姐能包涵，如果让方鸿渐父母或弟弟弟媳妇们知道，岂不要昏厥过去？

总之，留学回国之后，仗着留学生的尚存的一点优势，和勉强独立的经济能力，又因为年纪大了，特别是观念更新了，方鸿渐在男女关系上终于一扫过去的"羞怯"，变得相当主动，相当开放，也相当实用。另外他还练就了三寸不烂之舌，迷倒不少女性。

3

首先我们看，方鸿渐和那位比他还要开放的混血女郎鲍小姐的关系，显然违背了无论中西新旧的道德规范，但方鸿渐本人对这件事的态度值得玩味。除了因为被鲍小姐玩弄而感到"吃亏""丢脸"，方鸿渐其实并没有认错，更谈不上忏悔。他对待性关系的这种态度，虽然穿着"现代"的外衣，其实是不成熟、不纯洁、太随便了。他自己意识不到，后果却十分严重，他的爱情婚姻之路，一开始就危机四伏，坎坷不平。

当然他也有过真诚纯洁的恋爱，譬如他和唐小姐的关系。可惜这种恋爱来得突然，去得也突然，几乎转瞬即逝。方鸿渐和唐晓芙的恋爱失败，固然因为苏小姐的挑拨离间，但苏小姐之所以要挑拨，就因为方鸿渐认识唐小姐之前，已经跟苏小姐建立了一种不明不白的关系，而且苏小姐的话又并非凭空捏造，难道方鸿渐能理直气壮地找唐小姐，说他在轮船上跟鲍小姐的关系是无懈可击的吗？

所以归根结底，方鸿渐未能够获得纯洁美好的爱，本身就是他和鲍小姐的苟且关系的恶果。这件事还滚雪球一样催生了新的恶果：因为和唐小姐恋爱不成功，方鸿渐索性否认了纯洁的爱情本身，这就导致他以后在男女关系上更加采取玩世不恭的态度。

方鸿渐在男女关系上的"随便",不仅表现为性关系的不严肃,还表现为过于看中实际的物质利益。他维持和挂名的岳父岳母的翁婿关系,在方遯翁看来或许是"诗礼之家"的体面做派,没有因为未婚妻夭折而人情淡漠,但方鸿渐本人未尝没有物质上的考虑。他刚刚回国,工作不好找,方家虽是地方望族,经济并不宽裕,"点金银行经理"周先生无疑是一个很不错的靠山,所以方鸿渐才甘愿寄人篱下,继续做人家挂名的女婿。一旦拿到三闾大学聘书,翅膀一硬,他就拂袖而去,全不念他跟那位没见过面的"亡妻"的情意了。

　　住在挂名岳父家期间,方鸿渐还到岳父的朋友、花旗洋行买办张先生家上门相过亲,看张先生的独生女儿是否适合自己,结果被张先生全家瞧不起。相亲失败,岳母周太太还很可惜,方鸿渐却满不在乎,原来他奉行《三国演义》刘备的原则,"妻子如衣服",他在张家打牌赢了钱,买下早就看中的高级皮外套,"损失个把老婆才不放在心上呢"。

　　再看方鸿渐跟苏小姐的关系。这确实非常棘手,对这件事的犹豫不决的态度,更加暴露了他在男女关系上的"随便"与"务实"。其实他一点都不爱苏小姐,但出于无聊,又明知山有虎,偏向虎山行,主动跑去拜访人家,还喜欢抖聪明,总是说一些暧昧含糊的话,让人家苏小姐的误会不断加深。这中间就不能排除他看重苏小姐父亲是达官贵人,跟苏小姐保持良好的同学关系有益无害,因此在需要挑破那层窗户纸的时候,他总是不愿挑破。他固然不爱苏小姐,但某个时候,比如在和苏小姐单独赏月的晚上,刻意打扮一番的苏小姐的异性魅力还是打动了他,因此才稀里糊涂吻了人家,终于将双方的关系拉到极其尴尬的境地,最后才如梦初醒,落荒而逃,彻底把事情搞砸。

4

总之，无论跟鲍小姐，跟没见过面的未婚妻周小姐，跟唐小姐，跟苏小姐，方鸿渐的态度都可以说是随便、苟且、模糊暧昧而又自作聪明。最后在跟孙柔嘉的关系上，方鸿渐又故技重演，这才真正尝到了婚姻是围城的滋味。

首先他和孙柔嘉只是订婚，并未结婚，就轻率地同居，重演了他和鲍小姐之间的苟且之事，后果当然不仅被两个弟媳妇看不起，更可怕的是每次夫妻吵架，孙柔嘉都会揭起旧伤疤，把这当作方鸿渐并不真爱她而只是为了满足性欲的证据。婚前性行为似乎并没什么了不起，其实乃是破坏婚姻的一颗定时炸弹。

再比如，和唐小姐恋爱失败，始终是方鸿渐心头无法挥去的阴影，令他在感情上自暴自弃，不再相信爱情的纯洁与美好。一次夫妻吵架，孙柔嘉指责方鸿渐还想着唐小姐，方鸿渐因此被逼着说出了一段真心话："现在想想结婚以前把恋爱看得那样郑重，真是幼稚。老实说，不管你跟谁结婚，结婚以后，你总发现你娶的不是原来的人，换了另外一个。早知这样，结婚以前那种追求、恋爱，等等，全可以省掉。"他的意思是并不相信爱情，这就伤透了孙柔嘉的心，骂他"全无心肝"，当初要她，只是为满足性欲，一点不是因为爱。

说到这里，就无法回避有关《围城》的一个难题：方鸿渐为何要娶孙柔嘉为妻？

有人（包括方鸿渐的"同情兄"赵辛楣）说，是因为孙柔嘉太厉害，假装无知少女，处心积虑布好圈套，引方鸿渐上钩。赵辛楣还说方鸿渐"太 weak"，太软弱，太被动，完全是撞到孙柔嘉枪口的一个可怜的猎物。其实这样说对孙柔嘉并不公道。一个未婚女子有追求爱的权利，即便耍点小手段小聪明，也情有可原，那才更足以证明她真爱这个男人。相反作为男人，方鸿渐如果一点都不爱孙柔嘉，尽可以干干脆脆告诉人家，而不能像他处理和苏文纨的关系时那样扭扭捏捏，不明不白，最后还可怜自己"weak"，把责任全部推给女方。

方鸿渐和孙柔嘉的关系，某种程度上确实重演了他当初和苏文纨的关系，区别在于他对孙柔嘉可能比对苏文纨更多了一些好感。至于实际或实惠的一面，似乎不太明显，但我们也不要忘了，在落后封闭的三闾大学，来自上海的姑娘孙柔嘉也算是鹤立鸡群，方鸿渐要选择一个对象，也非孙柔嘉莫属。这其中就不能不包含一层实际和实惠的考虑。

不管是否出于钱锺书的本意，总之我们从方鸿渐的恋爱婚姻中确实能看到，一个人在男女关系上有忠心、有爱心是多么重要。具体到方鸿渐这样一个男人，如果不能在恋爱婚姻上取得成功，而是鸡飞蛋打，四面楚歌，又怎能"正心诚意，修齐治平"？

钱锺书写《围城》，确实是"忧乱伤生"。但令他忧伤的不只是国破家亡，也包括他笔下方鸿渐赵辛楣等知识分子所面临的精神道德上的困境。当我们看到被孙柔嘉骂作"全无心肝"的方鸿渐最后"和衣倒在床上"的那副几乎要死掉的样子，我们担忧的就不止是这个归国不到一年的二十八岁青年的明天，也是无数个这样的青年所组成的国家民族的前途。

人性的幽光到底能照多远
文贵良讲吴组缃《菉竹山房》

◇ 1 ◇

  吴组缃的短篇小说《菉竹山房》写于1933年，讲述的是一个凄美而惨痛的故事。这篇小说的结尾非常独特，被誉为"欧·亨利式的结尾"。欧·亨利是19世纪美国小说家，又是世界著名的短篇小说作家。他的小说结尾往往既在情节发展之中，又出人意料之外，给人意想不到惊奇感受，所以被称为"欧·亨利式的结尾"。《菉竹山房》也有这样一个结尾，正是这个结尾，显示了人性幽光的强大力量。

  小说中的叙事者是"我"，"我"带着新婚的妻子阿圆从城市回到家乡后，去看望二姑姑。二姑姑的住宅叫菉竹山房。小说的题目就以二姑姑的住宅命名的。二姑姑年轻的时候喜欢一个读书人，两人互相爱慕，在后园里偷尝禁果，被人抓住。二姑姑从此被人瞧不起。那个读书人赴南京赶考，参加科举考试，不幸落水而亡。二姑姑听到死讯后上吊自杀，被人救活。男方家觉得二姑姑有情有义，征得女方家长同意，就让二姑姑抱着这个读书人的灵牌成亲。这时候，二姑姑十九岁。这就意味着二姑姑要守一辈子的活寡。

这一段故事在小说中只有简短的几行文字，作者也没有做任何评论。但我们不得不提出一个问题：十九岁的二姑姑为什么会抱着死人灵牌成亲？

有人会认为，二姑姑不去抱不就行了？问题不那么简单。首先，在那个时代，不是二姑姑想抱着死人灵牌成亲就能抱着死人灵牌成亲。这也要双方家长同意，尤其是男方家长的同意。二姑姑与读书人的恋爱故事，在古时候属于私订终身，在现代属于自由恋爱。私订终身，而且有出格的行为，就双重违背了封建礼教，给双方家庭带来了奇耻大辱。是二姑姑上吊自杀的行为获得了男方家长的赞许，男方家长才向女方家长提出抱着灵牌成亲的。

当然，二姑姑自己也要同意。

小说并没有写二姑姑为什么愿意抱着灵牌成亲的心理，但对于一位名誉扫地的闺秀，如果不抱着灵牌成亲，又有什么其他出路呢？待在娘家，娘家也很嫌弃。抱着灵牌成亲，这就在封建礼教中被称为"守节"。二姑姑守节的结果，恢复了双方家庭的名誉，也恢复了二姑姑的名誉。二姑姑的恋爱，以违背封建礼教开始，以遵从封建礼教结束。

2

那么，现在的箖竹山房以及二姑姑状态如何呢？

箖竹山房高大阴森，宽大的住宅常年只住着二姑姑和她的丫头兰花。而二姑姑呢，阴暗、凄淡、迟钝。二姑姑和兰花完全生活在一个现实与她们的幻想交织的阴暗世界中:她们称蝙蝠为"福公公",称燕子为"青姑娘",还说姑爹——也就是那个落水而亡的读书人——每年都回来,戴着公子帽,穿着宝蓝衫,常常在园子里走。这些景象与叙说,给人阴森可怖的感觉。箓竹山房就像一座巨大的古墓,古墓中生活着二姑姑和丫鬟兰花。她们就像活死人,没有任何生气,仿佛只是在等待死亡的到来。

当天晚上,"我"和妻子就住在箓竹山房里。风雨大作,"我"和妻子被窗外的两个"鬼"吓了一大跳,小说是这样描写的:

> 我看门上——门上那个册叶小窗露着一个鬼脸,向我们张望;月光斜映,隔着玻璃纱帐看得分外明晰。说时迟,那时快。那个鬼脸一晃,就沉下去不见了。我不知从那里涌上一股勇气,推开阿圆,三步跳去,拉开门。
>
> 门外是两个女鬼!
>
> 一个由通正屋的小巷窜远了;一个则因逃避不及,正在我的面前蹲着。
>
> "是姑姑吗?"
>
> "唔——"幽沉的一口气。
>
> 我抹着额上的冷汗,不禁轻松地笑了。我说:
>
> "阿圆,莫怕了,是姑姑。"

小说到此结束。小说结尾这一"窥房"的情节是神来之笔,令人惊悚,令人震惊,完全称得上"欧·亨利式的结尾"。谁能想到白天那个看上去心如死灰的二姑姑,还有窥房的冲动,并且晚上还付诸行动?二姑姑窥房的情节看上去很荒唐,她几十年没有性爱生活,因压抑而变得有些扭曲。但从人性的角度看,又合情合理,是人性的自然流露,同时也是对封建礼教的嘲讽与反抗。

人性中有自然人性,有社会人性。自然人性中,生理的性是核心部分。古人说:食色,性也。这里的"性",就是自然人性;"色"就是"生理的性"。在人类社会中,生理的性需要礼教来规范和引导;但礼教不能以压制甚至扼杀的方式对待生理的性。在二姑姑身上,封建礼教试图变成一把锋利的剪刀,把她身上的人性当作柔嫩的小草剪掉。但它不过是成了一块大石头,把这棵小草压得弯弯曲曲。小草一旦有机会,就会钻出来,显示人性幽光的力量。

3

与二姑姑的故事有点相似的是《白鹿原》中的冷秋月的故事。

冷秋月是白鹿原冷先生的大女儿,是白鹿原数一数二的好姑娘。她嫁给鹿子霖的大儿子鹿兆鹏。他们两人可谓门当户对,郎才女貌。但不巧的是鹿兆鹏一心扑在革命事业上,坚决不与妻子同房、生小孩。因此,冷秋月自从嫁过来,就没有性爱生活。有丈夫之人,没有丈夫之实,这比二姑姑的遭遇更惨。

一天晚上,她公公鹿子霖喝醉酒回家,她开门;鹿子霖以为是自己的老婆,就在媳妇的胸脯上摸了一下,还亲了一下脸。当时,冷秋月十分窘迫,好在鹿子霖没有进一步的行为。但是,这一摸一亲,唤起了冷秋月对性的渴望,她变得焦躁不安,晚上睡不着。她试图勾引鹿子霖,被鹿子霖拒绝后并遭到语言上的羞辱。不久,冷秋月疯了。

冷秋月发疯,是人性长期遭受压抑的结果,也是对礼教的无声抗议。既然鹿兆鹏不与冷秋月同房，为什么两人不离婚呢？冷秋月与鹿兆鹏的婚姻时代，还是1930年前后的时代，白鹿原的人们还不能接受离婚的观念，尽管民国已经有关于离婚的法律。冷秋月自身不可能提出离婚，因为她接受的是嫁鸡随鸡嫁狗随狗的传统观念。而且，无论是鹿兆鹏提出离婚，还是冷秋月提出离婚，都会使得冷家和鹿家蒙羞，冷先生与鹿子霖绝不会同意。冷秋月如果没有与公公鹿子霖那场误会，会像二姑姑在菉竹山房守着死人灵牌一样等待着鹿兆鹏的回心转意。她因性爱的觉醒意识而变得发疯的结局，是采用一种自我毁灭式的方式向白鹿原的礼教提出了强大的抗议。

其实，二姑姑的自杀也是一种自我毁灭，只是没有成功。二姑姑"窥房"情节之前的叙事中，二姑姑一直是被"我"和阿圆这对城市里来的年轻夫妇观察打量，成为城市现代青年人审视的对象；而在窥房情节中，"我"和阿圆反过来成为二姑姑所审视的对象，只是这一审视没有实现，情节再度让二姑姑成为"我"和阿圆审视的对象。情节上的这种审视与被审视关系，把"我"和阿圆这对城市夫妻和二姑姑放在对立的位置。但这一对立中，却暗含着一种人性上的贯通。

明白地说，"我"和阿圆这对现代城市夫妻恰好是年轻的二姑姑与那个读书人的升级版，或者说理想模式，即：自由恋爱，互相尊重，志趣相投。在这样的夫妻关系中，人性的光辉最完美、最绚丽。

如何用一生去等待
陈思和讲严歌苓《陆犯焉识》

---------◇ 1 ◇---------

《陆犯焉识》是严歌苓创作的重要里程碑，也是新世纪中国当代文学的扛鼎之作。这部小说史诗般的描述了中国 20 世纪的沉重历史，以及中国知识分子在大历史叙事中的坎坷命运。张艺谋导演的电影《归来》选取了小说的后半部分，陆焉识从监狱里被特赦回家，但是他的妻子（巩俐饰演的冯婉喻）已经失去了正常记忆，她无法辨认自己所等待的丈夫。于是，丈夫只能默默地陪伴妻子，一起等待着自己的真正归来。

要讲"等待"的主题，那么，我们暂且把主人公陆焉识放在一边，着重分析女主人公冯婉喻。在小说里，男女主人公的名字构成了一个对应关系："焉识"相对"婉喻"。"焉识"的意思是"怎么知道"，或者"怎么认识"？是一个问题的提出；而"婉喻"则是答案："委婉的讽喻"。"婉喻"是修辞。"陆焉识"三个字作为倒置结构，暗示了中国当代一段历史中知识分子的命运，而这段命运的真实情况太残酷，只能借用"婉喻"的言说修辞，来做含蓄的表达。

　　这个含蓄的表达形式，就是通过女主人公无限期的"等待"来完成的。古今中外文学名著中，凡表现女性对丈夫忠贞不渝，"等待"就成为它的主要形态。中国民间到处都有望夫石、望夫台的故事，牛郎织女被分隔在银河两岸，一年一度也是"等待"着鹊桥相会。在西方荷马史诗里，奥德修斯在海上漂泊十年，历尽艰辛回到家里，他的妻子佩涅洛佩利用织布的方式，巧妙拖延了其他贵族们的求婚，一心一意等待着丈夫的归来。所以，"等待"就成了人类神话中的永恒主题。在《陆犯焉识》的文本里，冯婉喻一生就是在等待中度过的。冯婉喻的姑妈冯仪芳是陆焉识的继母，年轻的寡妇，为了维持其在陆家的地位，冯仪芳精心策划，撮合自己的侄女冯婉喻嫁给了陆家大少爷陆焉识。所以，这场婚姻从一开始就带有阴谋的意味，这就导致陆焉识起初有点排斥冯婉喻。婉喻的小名用上海话叫"阿妮头"，老二的意思。一般来说，老二是平庸的代名词，既没有做老大的精明强干、有责任心；也没有做老小的风流倜傥、备受宠爱。阿妮头婉喻不靓眼，不招摇，甚至也不聪敏，平平凡凡的一个上海弄堂里的妹妹头。为了躲避这场不如意的婚姻，陆焉识一而再再而三地离家出走：先是出国深造；后是抗战奔赴大后方，每一段人生历程里都有红颜知己相伴。因此冯婉喻的等待并非是从她的后半生开始的。按照小说提供的时间线索来排列，陆冯婚姻是从1928年开始，但没有同房陆焉识就远走高飞，直到1933年才回国，真正建立家庭。1937年抗战爆发，陆焉识又一次远走高飞，单身赴重庆，真是聚少离多，直到战争结束才回上海。再一次分离要到八年以后，那是1954年的镇反运动，陆焉识被捕入狱，先是判了死刑，后经过婉喻的奔走送礼，甚至忍辱牺牲肉体，被改判无期徒刑，经过上海和江西两个地方服刑以后，1958年10月初，陆焉识被发配大西北劳改。从此冯婉喻进入了更加漫长的等待阶段……

如果我们把冯婉喻的一生等待分作三个阶段：第一次等待是从1928年开始的，冯婉喻以处女之身等待着浪子丈夫在国外过完了风流放荡的留学生生活，回家完婚——这是我们从五四时期的小说里经常看到的爱情悲剧故事；第二次等待是从1937年抗战开始的，那时冯婉喻已经有三个孩子加一个难缠的老姑妈，她留在沦陷区的上海，等待着大后方与"临时夫人"共避战乱的丈夫回归，这又是一个一江春水向东流的故事；然而到了第三次等待情况就严峻起来：丈夫是一个被判无期的劳改犯，冯婉喻只有在第三次等待中扮演了一个"囚犯的女人"，一个牺牲者的角色。只有这个角色呈现的文学形象才具有神圣的意味，于是她有了一种巨大的精神召唤力量，冥冥中唤回了浪子陆焉识游魂般的爱情。

但是，如果从深层次的情感来讨论冯婉喻一生的等待，那么她前两次的等待似乎更加绝望，危机重重，因为在"五四"自由而有点荒唐的时代氛围下，青春作祟，陆焉识随时都有可能放弃继母包办的妻子而另娶红颜。只有第三次他被捕入狱，流放劳改，一切希望都被断绝了，仿佛进入了地狱一样，也只有在这种别无选择的境遇下，他对冯婉喻唯一真爱的意识才被一点点唤起。所以，冯婉喻在这个时候的等待，倒是没有什么感情危机可言。那么，只有在这样一种比较单纯的环境下，我们可以直面探讨冯婉喻的等待的意义：她为什么要等待这么一个不归的丈夫？

面对这个问题，大多数人思考的前提是：陆焉识究竟爱不爱冯婉喻？爱情似乎应该是对等的，如果冯婉喻等待着一个根本就不爱她的丈夫，那么，她的等待还有什么意义？但是作家的思考前提恰恰相反，她的问题是：冯婉喻究竟爱不爱陆焉识？这样一来爱情就成了主观选择的重要参照。如果我们按照原来的思路：既然陆焉识不爱冯婉喻，那么陆焉识被判刑劳改时，冯婉喻应该选择离开陆焉识，他们之间的婚姻关系瓦解也是合情合理的。这里不存在这样一种伦理：丈夫受难的时候，妻子必须要跟着受难。但是，我们这样的思考似乎忽略了另一个存在：那就是如果冯婉喻的等待只是取决于丈夫爱不爱她。那么，冯婉喻的爱情主体就变得无关紧要了。

假如冯婉喻深深爱着陆焉识呢？——讨论这个问题，先要排除陆焉识爱不爱冯婉喻的假设前提，就是说，不管陆焉识爱不爱冯婉喻，冯婉喻都是深深爱着陆焉识，爱情本来就不是对等交换，而是一种内心的绝对指令，是主观上不可遏制的激情以及相对持久的生命力量。那么我们来读一下，小说里冯婉喻是怎么爱着陆焉识的——那段情节是在陆焉识冒死从大西北逃亡出来，为了与妻子见上一面，小说的场面是陆焉识已经悄悄地靠近了冯婉喻，他隐蔽在一旁不敢相认，而冯婉喻从嗅觉上本能地感觉到丈夫就在近处。小说这样写道：

> 远远地，她也能嗅出焉识的气味，那被囚犯浑浊气味压住的陆焉识特有的男子气味。婉喻有时惊异地想到，一个人到了连另一个人的体嗅都认得出、都着迷的程度，那就爱得无以复加了，爱得成了畜，成了兽。她十七岁第一次见到焉识时，就感到了那股好闻的男性气味。焉识送她出门，她和恩娘走在前，焉识走在一步之外。恩娘手里的折扇掉在地上，焉识替恩娘捡起。那一刹那，他高大的身躯几乎突然凑近，那股健康男孩的气味"呼"的一下扑面

而来。十七岁的婉喻脸红了,为自己内心的那只小母兽的发情而脸红。

这是严歌苓特有的描写手法。冯婉喻对陆焉识的爱的感觉里,已经完全排除了世俗意义的功利是非,完全排除了文化意义的思想感情,就是纯粹从生理出发的体味,或者说是一种生命基因的呼唤和亲近。《牡丹亭》里杜丽娘梦中见到一个异性就生出爱心,以致殉身,我们可以看作是一个神话,但从生命深层意义来考虑,就是一种生命基因的呼唤。我们爱上一个人的话,有时就会发现,这个人似曾相识,从来就生在自己的身体里,彼此肉身就如同一人。在这里作家故意用了极端的词来形容这种爱情状态:成了畜生,成了野兽。她是为了要排除许许多多附加在人类文明之上的关于爱情的定义和阐释,才把它还原到赤裸裸的生命意义上,呈现爱的原始状态,就是牢不可破的生命基因的力量。为什么有的男女在婚姻状态下一生到老都会同床异梦,情为路人;有的爱人之间彼此只需看上几眼,就会一辈子纠缠在心里摆脱不开?这就是有没有爱的见证。

爱是一种神秘而伟大的生命自觉,当一个人能够自觉到这种天赐的能力,意识到自己的生命基因发出了爱的呼唤,那他的心灵里一定会感受到极大欣悦。这时候的生命状态,爱是唯一的、至高的、既不需要证明也不需要回报,是一片澄净的精神天地。深爱中的冯婉喻正在独享这一片精神天地。由此我们就可以理解,冯婉喻为什么不离不弃地等待陆焉识,无论是丈夫的不忠还是丈夫的受难,都不能妨碍她从生命基因出发对他的不渝的爱和等待。在张艺谋导演的电影《归来》里,冯婉喻的等待最终获得了期待中的回报。陆焉识从劳改农场不顾性命地逃亡,为的就是回到冯婉喻的身边。这种不计后果的逃犯行为,以及被特赦后对失忆的妻子无微不至的照顾,都表明了陆焉识对冯婉喻的爱。这也是电影《归来》的主题。但是我们从小说《陆犯焉识》的主题来看,冯婉喻"等待"的意义,远远超过了陆焉识"归来"的回报。就如沈从文在《边城》中的最后一句话,翠翠等待着爱人的归来:"这个人也许永远不回来了,也许'明天'回来!""等待"的结果,总是有两种可能性:要么归来,要么永远不归来。然而在《陆犯焉识》的小说文本中,婉喻的"等待"却出现了第三种结果,即对于"归来"自身的超越。

小说的第二十章节,作家花费了一个章节来写1965年7月,也就是陆焉识逃亡后重新自首回到劳改农场,他通过组织主动办了与冯婉喻离婚的手续;经过家庭成员的讨论,婉喻最终也同意在离婚协议书上签字。作家称这个离婚的建议是劳改犯陆焉识目睹了家庭成员的生活状况后,对妻子和子女们做出的最后一点贡献,事实上,此举也确实保护了家人在紧接而来的"文革"灾难中免受更大迫害。但是从婉喻的心路历程而言,为什么她在获知丈夫越狱逃亡以后同意离婚?这值得我们做进一步分析。我们从小说中冯婉喻三次等待的铺陈中可以了解,陆焉识对冯婉喻的爱情并不是一次性完成的。婉喻前两次等待(尤其是第一次)的时代背景中,我们可以发现,与"五四"时期的新文学有一脉相承的渊源,但意义则不同。陆焉识与其说不爱婉喻,还不如说,"自我"刚刚觉醒的知识分子陆焉识陷入了一种眼花缭乱的大自由当中,他的爱情观还处于蒙昧状态,并没有感受到真正的爱情是对所爱对象的生命奉献,而不是自我的攫取。在陆焉识的前两段风流韵事中,他基本上持一种寻欢作乐的人生态度,也无视别人对他付出的爱。唯有到了监狱里,尤其是在大西北劳改农场里所从事的非人苦役时,才逐步意识到自己自私的一生毫无价值。婉喻的家信一步步唤起了他对家人的思念，唤起了他心中把爱作为生命奉献的精神需要。他的逃亡就是要冒着生命危险，回到婉喻身边，当面向她表达这一份后知后觉的爱。而他这种真爱的欲望，深深爱着陆焉识的冯婉喻马上就感受到了。这是心灵相通的恋人间才会有的心灵感应：她的等待终于有了回应。

对于冯婉喻来说，陆焉识越狱逃亡的行为本身超越了对婚姻责任的承诺以及最终归来的大团圆结局。她感受到了陆焉识对她的等待的回应，她便坦然地在离婚协议书上签下了自己的名字：婚姻形式此刻变得微不足道了。还有什么比所爱的人用生命行为来表达对你的爱的回应更为珍贵呢？所以，这以后的婉喻平静如水，微波不起，她的精神世界沉浸在陆焉识对她的爱的回应之中，由此进入了一个真正的大喜悦大自由的境界之中。1976年陆焉识获得特赦回家时，冯婉喻患上了失忆症，与真正的大团圆失之交臂。但这个结局只是在世俗层面上是个悲剧，而精神层面上，冯婉喻的等待早就有了最好的结局：婚姻存在与否，丈夫归来与否，都被这场越狱事件所解构，婉喻早在1965年就进入了自由与超越的精神境界。这就可以理解，为什么婉喻在失忆症以后能够接受并不认识的陆焉识对她的陪伴和照顾，却不能认同她面前的男人就是朝思暮想的陆焉识。他们的晚年，轮到陆焉识履行爱的使命，做出真正奉献了。也正是在这样的两个生命的爱的融汇中，婉喻的模糊意识里，逐渐、逐渐地把眼前的男人和精神上的陆焉识慢慢重叠在一起了，于是，她进入了真正的大自由。小说最后是这样描写两个八十岁的老人一起返回人类的伊甸园：

> 我祖母跟我祖父复婚之后的第二周，一天下午，卧室

天窗的竹帘被拉开,进来一缕阳光。婉喻站在这缕阳光里,成千上万的尘粒如同飞蛾扑光,如同追求卵子的精子那样活泼踊跃。婉喻撩着撩着,缩回手,三两把就把自己的衣服脱下来。眨眼间已经是天体一具。我祖父十九岁第一次见到她的时候,听说她在学校修的是体操,差点喷笑。现在他信了,婉喻少女时代练的那点体操居然还在身上,四肢仍然浑圆柔韧,腰和胯上保持着不错的弧度。她那两个天生就小的乳房此刻就有了它们的优越性,不像性感的丰满乳房那样随着岁数受到地心引力的作用而下垂变形;它们青春不骄傲,现在也不自卑,基本保持了原先的分量和形状,只是乳头耷拉了下来。婉喻的失忆症进入了晚期,她肉体的记忆也失去了,一贯含胸的姿态被忘了,动作行走洒脱自若。焉识看着她赤身裸体地在屋里行走,身体一派天真。……现在婉喻从羞耻的概念中获释,因此很大方地展臂伸腿。年轻的婉喻给过焉识热辣辣的目光,那些目光宛如别人的,原来那些目光就发源于这个婉喻。一次又一次,当年轻含蓄的婉喻不期然向他送来那种风情目光时,他暗自期望她是个野女人,但只是他一个人的野女人。现在她真的是野了,为她一个人野了。焉识悲哀地笑着,眼里渐渐聚起眼泪。1963年他逃出草地时,一个念头反复鞭策他:快回到婉喻身边,否则就要玩不动了。他走上前,抱住滑溜溜的婉喻。玩不动也这么好。

……

爱情是一种颠覆性的想象
严锋讲王小波《革命时期的爱情》

◇ 1 ◇

　　王小波英年早逝，是划过中国文坛的一颗流星，但这颗流星的亮度很高，光芒很长，照亮了许多人的心灵。许多人爱他思想的自由不羁、鲜活锐利，也爱他文学的奇思异想，颠覆奔放。关于王小波的文学成就，我们这里需要先稍微讲一下，因为这关系到后面对这部作品的解读。

　　一般来说，大家对王小波的杂文都非常赞赏，但对他的小说存在不少争议，不少人认为他的小说文学性不强，议论太多，叙述者太突出，过于直白，也缺少精细的结构。这就涉及到一个问题：什么是文学性，文学是否就完全应该是感性的，文学与理性思维的关系如何。其实，文学史上一直有一个哲理小说的传统，从狄德罗、陀思妥耶夫斯基，到王小波本人十分喜爱的昆德拉，他们的作品都贯串了对社会、历史、人性的理性思考。再看中国小说，一直缺少一个思辨的传统，所以说王小波其实在这方面是填补了一个空白。

他的小说其实是他思想的土壤和形象化的场景，同他的杂文是一体两面，要从这样的角度才能更好地理解他的创作风格。《革命时期的爱情》就是把他散落在杂文中对于人性、时代、爱情等的思想以形象的方式烩于一炉，在两性关系的描写上，达到了前所未有的深度。

作品中的男主人公叫王二，这是一个出现在许多王小波小说中的名字，某种意义上可以视为作者本人的化身。很多文学家都会把自己写进作品，但是写得像王小波这样坦率、直白、不加矫饰的是很少见的。

我们可以看一下这个王二，他身材矮小，相貌丑恶，浑身是毛，整天胡思乱想，与环境非常脱节，还有暴力倾向。在我们熟悉的文学作品中，通常这就是一个坏人的形象，非常不符合我们对爱情小说主人公的期待。但是王二的内心其实有非常个人化的精神追求，这种追求又与他所处的时代和环境产生巨大的冲突。这是一个在非典型的历史时期的非典型的人物所遭遇的非典型的爱情故事。

故事发生在"文化大革命"的年代，我们都知道"文革"是一个非常不正常的历史时期，法制、传统和社会规范遭受巨大破坏，但是人的思想又遭受空前的禁锢，爱情在当时被认为是属于资产阶级的，在当时的文艺作品中不允许表现，也从公共媒体上销声匿迹。但爱情是人的天性，靠禁是禁不住的，而且越禁越好奇，越禁越向往，越禁越强烈，就像石头下的小草，会顽强地以各种姿态从各种缝隙钻出来。当然这会是一个艰难压抑的过程，带着扭曲与伤痕。

小说写王二在一家豆腐厂工作，一开始就遇到了大麻烦，被误认为厕所里的一幅淫秽图画的作者，这种画在当时是非常普遍的，正是人性被过分压抑的一种表现。但不幸的是，这幅画被认为画的是他厂里的一位女领导，威风凛凛、道貌岸然的老鲁，这就问题严重了。老鲁常常朝王二猛扑过来，要撕王二的脸。王二呢，当然就要想办法逃脱。如果按照之前批判"文革"的伤痕文学的写法，这就是一个冤案和平反过程，反思"文革"对人性的压抑和无辜者的迫害。

但是我们看到，王小波的描写很快就偏离了套路，向我们展示了别样的风景和另类的情调。小说一开始就写这两位斗智斗勇，各显神通。他们追得鸡飞狗跳，上天入地，但王二总能想法脱逃，老鲁也总是功亏一篑，她最好的成绩是抓到王二的一只鞋。大家有没有觉得这个画面有点似曾相识呢？没错，这就是《猫和老鼠》中的场景。猫与鼠是天敌，但他们也是一种永恒的追逐游戏的玩伴。在这个游戏中，需要有人扮演追逐者，也需要有人扮演被追逐的对象。

———— 2 ————

那么，这个游戏的乐趣何在呢？王小波在后面道出了真机：

> 假设你是老鲁罢，生活在那个乏味的时代，每天除了一件中式棉袄和毡面毛窝没有什么可穿的，除了提着一个人造革的黑包去开会没有什么可干的，当然也会烦得要命。现在男厕所里出了这些画，使她成为注意的中心，她当然要感到振奋，想要有所作为。这些我都能够理解。我所不能理解的，只是她为什么要选我当牺牲品。现在我想，可能是因为我总穿黑皮衣服，或者是因为我想当画家。不管是因为什么罢，反正我看上去就不像是好人，这一点是毋

庸置疑的了。

最能证明这场猫鼠追逐的游戏性的，是最后王二被追得烦了，不想逃了，停下来准备正面迎战。结果老鲁身子一晃，朝他身边的一个人扑去。游戏是需要玩家双方配合的，其中一方退出，另一方就会索然无味。把看似严肃的政治运动和道德诉求游戏化，这是王小波作品中常用的解构策略。这种解构的意义，一方面颠覆了那些道貌岸然的形象，另一方面也让传统的迫害者与被迫害者的关系变得模糊和复杂起来，这是王小波非常深刻的地方。

老鲁对王二的追逐是一个开场游戏，概括性地暗示了压抑与虐待。接下来王二与×海鹰的故事就是正片了。由于王二的种种所谓的不端行为，他被认为是落后分子，由团支书×海鹰进行"帮教"。这是一个很有时代特色的词，从前指先进分子对落后分子进行帮助教育，提高他们的觉悟，改造他们的思想。他们定期在一个房间里单独见面，×海鹰要王二向她汇报以往的经历和不端的想法，然后由她来清理王二灵魂中的那些脏东西。这对于天性散漫，自由不羁的王二来说当然是一个痛苦的过程。

但是这个过程如同老鲁对他的扑打，很快就偏离了预定的轨迹。小说里这样写道：

> 到了五月初，我到×海鹰那里受帮教时，她让我在板凳上座直，挺胸收腹，眼睛向前平视，双手放在膝盖中间，保持一个专注的模样。而她自己懒散地坐在椅子里，甚至躺在床上，监视着我。我的痔疮已经好了。除此之外，我还受过体操训练——靠墙根一站就是三小时，手腕绑在吊

环上，脚上吊上两个哑铃；这是因为上中学时我们的体育老师看上了我的五短身材和柔韧性，叫我参加他的体操队，后来又发现我太软，老要打弯，就这样调理我。总而言之，这样的罪我受过，没有什么受不了的。除此之外，×海鹰老在盯着我，时不常的呵斥我几句。渐渐地我觉得这种呵斥有打情骂俏的意味。因为是一对男女在一间房子里独处，所以不管她怎么凶恶，都有打情骂俏的意味。鉴于我当时后进青年的地位，这样想实在有打肿了脸充胖子的嫌疑。

这些帮教的场景是这部小说最精彩的部分。可以毫不夸张地说，这是中国文学，乃至世界文学中前所未有的爱情场景，其中包含了非常复杂的性、权力、身体、政治的关系，其层面之多，意义之复杂，反转之激烈，足以令人头晕目眩，改变三观。

从最表面的形态来说，这是一个当年常见的教育场景，先进人物用高尚的思想改造落后的青年。从教育的手段来说，×海鹰让王二不停地自我检讨，于是王二不得不把自己以往的个人历史和私心杂念向她倾诉，这与神职人员听教徒忏悔不无相通之处。这种对私人内心的粗暴入侵，包含了身体性的惩罚和规训，又马上进入到王小波最拿手和最热衷的场景：审讯与虐恋。

— ◆ 3 ◆ —

在王小波的另一部作品《似水柔情》种，警察小史抓了一个同性恋阿兰，连夜审讯，听阿兰讲自己的性爱经历，还对阿兰使用了暴力，没想到阿兰有受虐倾向，正中下怀。在这样一种奇特的施虐

/受虐、拷问/交代的关系中，小史最终发现了真实的自我。

与此相似，在《革命时期的爱情》中，王二的坦诚交代，让×海鹰反感恶心，也让她觉得新鲜刺激，欲罢不能。在一个更基本的层面，在一个精神单一、文化匮乏、极度压抑的时代，两个思想背景反差极大的年轻人密室独处，肢体相接，灵魂裸呈，最后的发展结果，既有违和之感，又在情理之中。这里有权力关系的体现，控制与反控制，仇恨与复仇，扭曲的灵魂，也有真诚的人性，对爱的渴望，在绝望和无聊中爆发的激情，宛如世界末日的荒岛场景。

然而，作品对爱情的探究还远没有停留于此。那个时代让×海鹰对爱情的想象限定为暴力和下贱，她必须把自己想象成牺牲者、受害者，把王二想象成凶残的敌人，这样才能维护自己的正义性，但这又反过来强化了性的魅力。在这里，王小波表达的是他对爱情的一个最核心的观念，那就是爱情其实是一种建构，一种想象，一种角色扮演的游戏。在他看来，爱情具有一种颠覆性的力量，能够超越现实，翱翔于人类的苦难之上。这其实也不是王小波独有的观点，从某种意义上来说也是古往今来一切伟大文学中爱情描写的真谛。

王小波的贡献，在于他善于在爱情最困难的时刻，最不容易发生的地方寻找爱情最不可思议的表现形态，并让我们对爱情的意义刮目相看。我们有理由因此对他表示感谢。

爱是心心相印，不是互相占有

陈晓兰讲舒婷《致橡树》

――― ◇ *1* ◇ ―――

舒婷是当代文学史上非常重要的一位女作家，当代中国朦胧诗派的重要代表人物。

按今天时髦的代际划分，舒婷属于50后，1952年出生于福建龙海石码镇，十七岁下乡插队，二十岁时从农村回到城里进工厂当工人，据说做过水泥工、挡车工、浆纱工、焊工，在今天看来，这些工作应该由男性来承担，但是，在那个"妇女能顶半边天，男人女人都一样"的时代，在强调两性平等的同时，也无形中抹杀了性别差异和女性的特性。

实际上，岂止是女性的独特个性被无视，男性的个性又如何呢？舒婷在农村和工厂度过了她的青年时期，这个时期对于一个诗人来说是至关重要的，她青年时期的这段人生体验对于她的人生观念和两性观念必然会产生很大的影响。

舒婷在下乡插队落户期间就开始了文学创作，20世纪70年代末开始发表作品。《致橡树》这首诗于1979年发表于《诗刊》杂志，引起普遍反响，可以说在文坛和社会上引起的震动，堪与1928年春《小说月报》发表丁玲的《莎菲女士的日记》所引起的反响相比。

《致橡树》所提出的爱情观和女性对于男性的理想可以说是继承了"五四"理想，与丁玲《莎菲女士的日记》中莎菲所追求的爱情和理想中的男性有一定的继承关系。随着现代男女两性的平等和女性的解放孕育而生了一大批优秀的女性，这些女性对于男性的要求也非常的高，她们不仅要求在日常生活和社会生活中的男性平等地对待女性、尊重女性的自由独立和人格尊严，而且要求男性自身也要有独立人格和人的尊严，希望他们品格高尚、具有社会担当。

毫无疑问，《致橡树》是当代文学的经典之作，在我看来，它不仅仅是一首爱情诗，更是一首两性平等、人格独立的女性宣言。

诗中对于男性和女性都寄予了很高的期望。

她把男人比作橡树，女人比作木棉，他/她们彼此既有本质上的相通，又有着各自独特的气质和特性。橡树的特征是：枝干粗壮、枝叶茂盛、根系发达，具有顽强的生命力，耐干旱，抗严冬，不受虫害，不易腐蚀。橡树具有旺盛的繁殖能力和顽强的自然生长力，可以在高冈河谷、荒山野岭、沙丘薄地发芽生根，长成蔚为壮观的参天大树，其茂盛的枝叶是鸟类栖息、繁衍的天堂。橡树的果实可以食用。据古人记载，灾荒之年，可以靠橡子充饥活命。在中国，橡树林主要分布在北方。

相比于松柏、杨柳，橡树似乎在中国文化中没有特别的地位和丰富的象征意义。但是在西方文化中，橡树却具有重要的地位和复杂的喻义。橡树多次出现在《圣经》中，橡树因其高大茂盛而被作为休憩之地，旅途中的人可以在橡树的树荫下休憩，人们也可以把旅途中死亡的亲人埋在橡树下，也可以用橡树作标记，标示某个特别值得纪念的日子和地方。在今天的欧美国家，到处可以看到橡树林，橡树被视为坚强、自由、独立的象征。18世纪德国浪漫主义诗人荷尔德林有一首诗《橡树林》，歌颂橡树无须园丁的栽培，无须寄人篱下，仅靠自己壮实的根系和大地、天空的滋养，欢乐而又自在地长成蔚然壮观的参天大树。荷尔德林把橡树比喻为"温良的世界里的巨人族"，它们中的"每一位就是一个世界，似满天星斗，个个都是神，自由而又互为一体地生活在一起"。荷尔德林借用橡树的特征表达自己对于独立、自由的追求。

在20世纪70年代末的中国，舒婷的诗《致橡树》借用橡树这一意象，表达了她心目中理想的男性形象，表达了她的男性观念乃至"人"的观念，应该说具有划时代的意义。她借橡树的隐喻，象征一个值得女性爱恋的理想的男性，应该具有坚忍不拔、不畏严寒、独立自主、扎根大地、脚踏实地的品性。

2

但是，即使如此，诗中的抒情主人公"我"，作为一个女性，绝不在"你"这样一个伟岸、高大的男性面前丧失自我："如果爱你，绝不像攀援的凌霄花，借你的高枝炫耀自己。"凌霄花的叶子呈卵形，花朵艳丽，但自己不能独立，借气根攀附于其他物上，是属于那种没有外物支撑无法站立的植物。诗开篇第一句就以否定句的形式，言明心志：绝不像天生依附的凌霄花那样依附于男性，也不借男性的高枝炫耀自己。这种姿态，颠覆了传统的、至今流行的观念：夫贵妻荣。

现在社会上有一种论调："学得好不如长得好，干得好不如嫁得好""女人最大的成功是嫁个成功的男人"。舒婷颠覆了这种爱情婚姻观念。紧接着第二句，又用了一个否定句："我如果爱你，绝不学痴情的鸟儿，为绿荫重复单调的歌曲。"颠覆了传统婚姻中女性作为"巢中的鸟""金丝雀"的形象，也让我们联想到挪威剧作家易卜生的戏剧《玩偶之家》中的娜拉：她被丈夫称为"可爱的小松鼠""快乐的小鸟"。一个依附于男人的女人丧失了自由也遗忘了自己，存在的价值就是取悦男性，向男性献媚。

第三、第四句："也不止像泉源，常年送来清凉的慰藉；也不止像险峰，增加你的高度，衬托你的威仪。"注意两句都用了"止"字，"不止像泉源""也不止像险峰"，女性可以"像泉源"，也可以"像险峰"，甚至像日光照耀你，春风吹拂你，给你慰藉，带来温暖和光明，但仅仅如此还不够，女性不能丧失女性的自我和主体性，仅仅成为男性和家庭的奉献者和牺牲品。诗歌开篇用的几句否定句，意在批判、颠覆两性关系中的传统观念或者现实中以牺牲女性自我为代价的两性关系。

那么，女性应该以什么样的姿态与男性相处呢？诗歌后半部分回答了这个问题：相互平等，独立并存，彼此尊重，彼此欣赏。女性像木棉一样，与橡树平等并列，保持自己的独特样貌和品性——如诗中所说："作为树的形象和你站在一起"，而不是作为你所需要的清泉、泥土、日光、春风而存在。

诗中以木棉作为女性的象征。木棉树，俗称攀枝花，又叫英雄树，生长于热带及亚热带地区，在中国分布于东南与西南。在早春时节开花，象征着万物的复苏和春天的到来。春季木棉花灿烂艳丽，夏季花落后长出椭圆形的果实，果实成熟后，果荚开裂，白色的棉絮包裹着卵形的黑色的种子漫天飞舞,像雪花随风飘扬,落地生根,繁殖生长。因此,木棉与橡树一样具有顽强的生命力和繁殖力。橡树果实可以食用,木棉花蕊则是上好的织物原料。木棉树树身高大,花朵鲜艳似火。南方人用木棉树象征坚毅的性格和灿烂的前程,也象征坚贞的爱情。

所以,木棉与橡树外形不同,但精神品性相通,只有这样的相通,才能同气相求,才能说志同道合,如《致橡树》中所言:"根,紧握在地下,叶,相触在云里。每一阵风过,我们都互相致意。"但是,却永远保持着各自的特性。《致橡树》后半部分比较了橡树与木棉各自的特性:"你有你的铜枝铁干,像刀,像剑,也像戟,我有我的红硕花朵,像沉重的叹息,又像英勇的火炬。"

最后,揭示了爱情的真谛,那就是:爱是两个独立个体终身相依,同甘苦,共患难,"分担寒潮、风雷、霹雳;共享雾霭、流岚、虹霓"。爱一个人不是爱他美的丰姿,而是爱他站立的位置,也就是说,爱他的立场、爱他之所以是他的根基。

3

读舒婷的《致橡树》,不禁使我联想到20世纪初黎巴嫩的诗人纪伯伦。

纪伯伦生活于1898年至1931年间,他一生坎坷,过着漂泊不定的生活,他的散文诗誉满全球。西方人说:纪伯伦是东方献给西方的礼物。舒婷的《致橡树》与纪伯伦散文诗《先知》中的"论爱情""论婚姻"有异曲同工之妙:

爱，除了自己，既不给予，也不索取。/爱，既不占有，也不被任何人占有。/爱，仅仅满足于自己……/爱除了实现自我，别无所求。(《论爱情》)

你俩要彼此相爱，但不要使爱变成桎梏；/而要使爱成为你俩灵魂岸边之间的波澜起伏的大海。/你俩要互相斟满杯子，但不要用同一个杯子饮吮。/你俩要互相递送面包，但不要同食一块面包。/一道唱歌、跳舞、娱乐，但要各忙其事；/须知琴弦要各自绷紧，虽然共奏一支乐曲。

要心心相印，却不可互相拥有。/因为只有生命的手才能容纳你俩的心。/要互相搀扶着站起来，但不要紧紧相贴。/须知神殿的柱子也是分开站立着的。/橡树和松树也不在彼此的阴影里生长。(《论婚姻》)

（译文选自《纪伯伦散文诗经典》，李唯中译，译林出版社，2008年版。）

我们应该为了爱点什么而活着
文贵良讲张洁《方舟》

◇ 1 ◇

《方舟》是张洁于 1981 年完成的一个短篇小说。它的标题让人想起《圣经》诺亚方舟的故事。诺亚方舟是上帝赐予热爱上帝和相信上帝的人的礼物，这个人叫诺亚，诺亚一家在大洪水中乘坐方舟得救。小说的题记是"你将格外的不幸，因为你是女人"。小说的主人公是三位女性，她们爱情溃败、婚姻破裂、生存艰难。

联系标题、题记和三位女主人公的命运一起来看，很容易得出一个结论：这篇小说关注的是女性，提出了拯救女性的方舟在哪里的问题。但今天看来，这篇小说所表现的问题，又不仅仅是女性的问题。

《方舟》中除了女性遭遇的性骚扰问题外，大部分问题都是全社会共有的。因此《方舟》提出了一个更大的问题：拯救生存艰难的现代人的方舟在哪里？

1980 年 5 月，《中国青年报》上发表了《人生的路呵，怎么越走越窄》一文,作者署名"潘晓"。这篇文章中的"我"是一位女性,她的困惑是找不到人生的意义,变得迷茫。但我们不能就此判断,这是20世纪80年代初只有女青年才会发生的意义危机,从而仅仅视为一个女性主义的话题。实际上"潘晓"是一位女青年和一位男青年共同的笔名,只是以女性的口吻叙述而已。当然,即使"潘晓"只是一位女性,也可以把意义危机看作是那个时代所有青年的意义危机。

2

小说的三位主人公都是女性,分别是曹荆华、柳泉和梁倩,年龄都在四十左右。她们小学和中学都是同学,都读了大学,在"文化大革命"中经历不同遭遇后,又聚集一起了。她们生活的现状有个共同之处,就是爱情溃败、婚姻破裂。曹荆华和柳泉都已经离婚,梁倩虽然没有离婚,但与丈夫已经形同陌路。在爱情与婚姻中,有三个要素非常重要,第一是性,第二是小孩,第三是志趣。

曹荆华的父亲被打成反动权威,她自己被发配到边疆,年幼的妹妹失去生活保障。因为要负责父亲和妹妹的生活,被迫嫁给林区的一名森林工人;两人虽然志趣不同,但因为可以得到物质、维持亲人的生存,就结合在一起。

后来,曹荆华没有与丈夫商量就做了人工流产,丈夫愤而提出离婚。这就是因为小孩问题导致婚姻破裂。那个时候是在"文化大革命"时期,她考虑到物质匮乏,小孩出生后可能导致父亲与妹妹生活没有着落;还考虑到小孩来到世上就受罪,不如不让其来到这个世上。而她的丈夫想要孩子,但曹荆华没有跟他商量就把小孩做掉了。两人在生小孩这件事情上的分歧，成为婚姻破裂的利刃。

柳泉是英语系的高才生，与前夫属于自由恋爱，有了孩子。但男人不关心老丈人的落难，不关心柳泉的担忧，每天抓着柳泉做爱，柳泉实在受不了，提出离婚。性生活不和谐导致婚姻破裂，又由于争夺孩子的抚养权，打了五年离婚官司，互相撕得体无完肤。

梁倩与丈夫白复山也是自由恋爱，也有了孩子。但梁倩发现白复山变得庸俗浅薄、自私自利。虽然没有离婚，但已经分居。两人没有离婚的原因，梁倩是要维护自己高干家庭的体面与声誉，白复山是想继续从高干的岳父那里获得利益。在这里，志趣成为情感破裂的关键因素。

托尔斯泰说：幸福的家庭是相似的，不幸的家庭各有各的不幸。这话确有几分道理。曹荆华、柳泉和梁倩虽然都是爱情溃败、婚姻破裂，但原因各不相同。从中可以看出，志趣在婚姻前的自由恋爱时起着关键作用。但在结婚后，相比小孩与性来说，志趣的力量要小得多。如果在性与小孩两个问题上能取得共识，那么志趣往往不会成为婚姻破裂的关键部分，就像梁倩和白复山，志趣不同，情感破裂，但婚姻的壳子还在。

张洁确实是从女性的角度对社会提出了批评。三位女主人公的丈夫都存在很大的问题。曹荆华的前夫粗俗不堪；柳泉的前夫是对人冷漠但又性欲很强；梁倩的丈夫自私自利、卑鄙世俗。相比张洁有名的短篇小说《爱，是不能忘记的》，《方舟》对男女关系的看法有一个一百八十度的转弯。在《爱，是不能忘记的》中，女作家钟雨完全是以崇拜的姿态爱上了一位老干部男人。他们的爱情非常纯洁，算得上典型的柏拉图式的精神之恋。《方舟》似乎传递了一个观点：社会上不是好男人被别的女人抢走了，而是压根就没有好男人。

如果仅仅这样理解，只能在男女对抗的结构中理解女性生存的艰难，这就窄化了小说的意义空间。如果从男女好坏的角度看，小说中，曹荆华单位的安泰、柳泉单位的老董和外贸单位的朱桢祥这几位男性，都称得上好人；而贾主任等女性就心理非常阴暗。笼统地说，对三位知识女性的遭遇的同情，折射出作者对社会的批评。

3

造成三位知识女性的生存困境，有特殊时代的因素，比如"文化大革命"对曹荆华一家造成的破坏；有制度性因素，比如柳泉工作的调动如此艰难。20世纪80年代前后不仅女人调动工作难，男人调动工作一样难。由于制度因素，因为两地分居，造成多少婚姻破裂，无法统计。当下社会，制度变了，调动工作就容易多了，万一不行，还可以辞职。但有些是人类的普遍问题，比如曹荆华做人工流产的事情，她是因父亲遭遇不公平而不得不做人工流产，从这点说，跟时代有关系。但是从婚姻角度看，创造生命的胚胎是夫妻双方的事情；同样的，毁掉生命的胚胎也是夫妻双方的事情，不能一方说了算。

这是四十年前的状况。四十年后的今天，社会发生了变化。在性的方面，婚前性行为也被社会认可。小孩方面，丁克家庭越来越多，尽管放开二孩政策，人们生育的欲望也不是预期的那么高。志趣倒很重要，合得来就结婚，合不来就离婚，闪婚、闪离在当下社会也很多。当然即使这些方面发生了变化，也不能够表明当下社会就没有了生存危机。工作上的巨大压力、社会上弥漫的对健康的恐惧情绪、生活意义的迷茫等，以另一种形式成为当下社会的生存困境。

如果跳出婚姻家庭的范围，张洁赞扬了这三位知识女性身上的人性美德。曹荆华尽管有腰疼病，但还是毫不犹豫地帮心理阴暗的贾主任搬煤。柳泉自己的事情还很糟，但会去找不给钱的市场管理员进行理论。梁倩拍电影很艰难，但为柳泉调动的事情尽心尽力。对不善良人进行帮助的善良，对陌生人关心而与不合理现象进行抗争的正义，对逆境中朋友倾情帮助的无私，无不彰显了处在逆境中人们美德的高尚。

所以小说的结尾，她们给自己找到了快乐的理由而庆祝。张洁赞美这三位女性好像"为了爱点什么而活着"。

她们爱点什么呢？她们虽然身处逆境，但是对生活，对人类自身，有一份信念，有一份热爱。这不仅是四十前女人的方舟，也是四十年后所有现代人的方舟。